U0934704

逆光也是种向阳

之桃 著
ZHI TAO

测绘出版社
SURVEYING AND MAPPING PRESS

图书在版编目（CIP）数据

逆光也是种向阳 / 之桃著. —北京：测绘出版社，
2015.11

ISBN 978-7-5030-3805-1

Ⅰ. ①逆… Ⅱ. ①之… Ⅲ. ①长篇小说 - 中国 - 当代
Ⅳ. ①I247.5

中国版本图书馆CIP数据核字（2015）第228228号

责任编辑　赵　强
版式设计　刘碧微

出版发行	测绘出版社	电　　话	010-83060872（发行部）
地　　址	北京市西城区三里河路50号		010-68531609（门市部）
邮政编码	100045		010-68531538（编辑部）
电子信箱	smp@sinomaps.com	网　　址	www.chinasmp.com
印　　刷	北京京都六环印刷厂	经　　销	各地新华书店
成品规格	146mm×210mm	印　　张	9
字　　数	249千字	版　　次	2015年11月第1版
印　　次	2015年11月第1次印刷	定　　价	32.80元

书　　号　ISBN 978-7-5030-3805-1
如发现图书质量问题，可联系调换。质量投诉电话：010-82069336

目录

目录

第一章 总有人会挺身而出

打破平静的方式有很多，你可以看一场电影，养一条狗——最好是顽皮的那种，你可以去喜欢一支乐队，或者可以去尝试一次恋爱——你不能驾驭的那种。

哦，我姓简，名星辰，是这个时代很寻常的名字，说穿了就是伪装成文艺感的矫情。我试过无数打破风平浪静的招数，最动心的恐怕就是去养狗，只可惜替我取名字的亲生母亲并不纵容，那句“我说了，家里只能养一只畜生”将我萌生已久的想法扼杀在了摇篮里。

反正，我肯定是必须留下的。

一个蹒跚了十几年的目标，就像这个名字一样，遥不可及。所以我期待出嫁，期待翅膀长硬的那一天。这样的叛逆期来得太慢，已经24岁了，毕业已两年，连初尝禁果的机会都没有。该死……

每次闹钟凌晨4点响起的时候，心中总是涌起一股我要辞职的想法，但最后还是会没出息地出现在准备室。就像假装这是“生活所迫”，就像养狗一样，有点儿骨气就够了，但是这玩意儿打出生就没跟着我。

大多数人描述我的工作，一半欢喜一半忧，工资凑合，疲劳度太高。一半羡慕一半躲，光鲜亮丽，但是太危险。每到新闻爆出任何飞机失事的消息，大家总是屏息然后开始关注身边的人。其实……其实……其实……大部分时候，我很正常，正常到让自己很无聊。

到公司打卡，6点整。航前准备会，上飞机，检查设备，准备餐食，上客，迎客，安全演示，安全检查，起飞，发水发餐，打扫卫生间，收垃圾……哦，下降了，哦，落地了。“再见，请慢走。”然后，又一遍重复。

其实很多时候我都在想，如果自己辞职了，又能去干什么，没有爱这份工作爱到死却也离不开的感受，是不是跟爱情一样，和小说里的一样。下午6点到公司，航后讲评结束的心情比起床还痛苦，有种找不到人陪的那种心酸。其实也不是缺爱到这程度，只是大家作息不规律，就算是找个好朋友吃上口饭也是个碰运气的事，运气太好是不是可以去买彩票？

寂寞是什么，寂寞是你早上出门时掉在地上的杯子，回到家的时候它还在那里。在家里，有妈妈唠叨还是好的，总比在房子里听回音强多了。于是就让我更想养狗了，可是养在家里妈妈必定会弄死我……养在这里，我必定会弄死它。为什么？没点上班没点下班一出去就是三天，是饿死还是渴死哪怕是撑死只有上帝知道了。好在寂寞什么的，两年也就磕磕绊绊地习惯了，偶尔回家感受所谓的温暖就是一大家子催着带男朋友回去。“我也想带，我比你们还急，可是我找不到啊！”

在家的时候就是刷刷微博看看豆瓣，有时候觉得自己也很成熟的——嗯……从大家的世界里学来的成熟。大学时期的同学，和自己一样来到H市的只有一个，还不如不见，因为是关系很不好的那种。培训时期倒是结识了几个关系不错的朋友，但是刚才也说到了，因为工作原因，一起吃上一顿饭都挺难。所以大部分不飞的时光，都是跟条狗一样待在电脑前度过。

这些都不是重点，重点是我自认长得不丑，性格也差强人意过得去，在航空公司找不到男朋友的理由也很直接，轻浮的不敢碰，出色的碰不了，中庸的早就心有所属。总结下来就是，在这么一个人才济济的大环境下，我简直就是星辰中的一朵浮云，自然受不到太大的关注，也懒得去关注了。就算对上眼了，那种你出去过夜我在家、我出去过夜你在家的日子，简称：等死。

每晚冥思苦想也没想出个所以然来，还是填饱肚子要紧。穿了一条高中时的运动裤——嗯，自高中毕业没长过个，裤子还能穿。或者说，身材保持得还可以吧。想吃辛辣刺激的东西以激发自己的活力，尽量让自己摆脱吃独食太浪费的观念，索性一鼓作气蒙头钻进出租车："师傅！K大广场。"

K大是国内不可不知的最高学府，也是我想吃的那家川菜唯一离我近一点儿的分店。我想我穿得这么阳光稚嫩，应该也能假扮大学生走一个清纯路线。但是我忘记了自己下班到家小眯了一会儿愣是没有卸妆，顶着个大浓妆，没有LOGO的纯色短袖，高中生才会买的那种黑色运动裤，边上带两条缝，对，就是那种。所以"非主流"这个词现在很能形容我，邋遢，庸俗，还带点儿招摇的味道。

但是招摇我暂时先保留，因为接下来才是发挥的时候，我只能说接下来所有的事情都纯属意外。

要跟大家介绍一下时下炙手可热的名人，名字就很能让人记住——宇宙。身为明星，长相演技唱功算是出类拔萃的，但这不是重点，重点是，他不仅自己取得K大博士学位，还赞助和拥有了若干个物理实验室，最近被K大返聘为讲师，每周授课一节，我也因为学校离我住的地方近，去观摩过一次，还称不上观摩，我还没进物理系大楼就被堵在了外面，接受烈日洗礼，41℃的烈日，我不知道用41℃描述地面的温度会不会引起学术纠纷，总之，就是很热。再一次就是航班上遇见，跪求合照，被当面拒绝。从此我就开始拥有"偶像包袱"，我是指，能躲多远就躲多远……

家里暂时还不用我养，因而一个月的开支倒也游刃有余，直白一点，几乎存不了钱，日子也是过得相当不清贫，就比如一个人下馆子，四菜一汤，按我妈的说法“你要是猪的话称斤卖也能卖不少钱”。哦，对了，我还有个姐姐，长我两岁，简倾城，还在J市读研，比我文气，但也是一朵奇葩，好在我的故事里她只是个龙套，但是不得不说，她的孽债也不比我少，但既然我是简星辰，那今天还是只讲我的事情吧。

这家川菜馆是这几年很火热的一家餐厅，消费略高但是人气更高，等我到的时候大家排队排得相当壮观，幸运的是今天我一个人出来觅食，服务员告诉我有一个不是太舒适的位置，但是一个人的话却正好，而且是一个包房的门口，很多成双入对的必然不肯屈就了，但是对于我一个只是来填饱肚子的人来讲，这就很足够了。此时此刻我正享受着四菜一汤的豪华大餐，直到有一对恋人牵手走进我的视线。他们都戴着帽子和口罩，有点儿异于常人，但是在流感泛滥的季节这些也不算什么了，为什么说吸引我，原因有两点：第一点，就算看不到脸，但是着装光鲜，身材都是极好的，让人看了就非常羡慕的那种，高挑又迷人的外形，如果能看到脸就更好了……第二点，那就更简单了，他们牵手直接进了我正对面的那间包厢。

两个人，两个人走进了最低消费2000元的包厢，想来就让人愤慨！那是我一星期的工资！果然人和人没得比。

掏出手机给乐乐发了条微信，没指望她能回，但是她却回得极快。

我：一个人吃饭的寂寞你懂吗?

乐：吃饭没叫我的寂寞你懂吗?

我：……我以为你上班的。

乐：难道我休息你就请客带我去吃大餐吗?

我看了看眼前的食物，要是让她知道我就算一个人也在吃大餐会不会被打死?

违心回道：原谅我用一碗馄饨填满了我受伤的心。

说完又嚼上一块口水鸡。

等我再抬头时正好看到包厢的门被打开，刚好能看到半个脑袋，开门的是其中的女子，已经摘了口罩和帽子，回头对房间内的人说道：“就开点儿缝，通通气，没事的，这边没有人。”

那个……请问，我……不是人吗？

不禁感叹自己到底多么没有存在感。

待她回过脸来，倒是把我惊着了。于含雅？

其实很多人都不是太清楚这个人，一个在影视圈初出茅庐的女孩子，但是突然名声大噪，因为莫名其妙传出了和宇宙的绯闻，从此让不少人记住了她。

我说就算不看脸都能觉察到那种气场呢，原来也是个明星。这让我更好奇另外一个人是谁了，而且还牵着手，看来关系不一般啊！

发挥我良好的视力，使劲儿往门缝里窥视，除了那张桌子和中间那盏百合灯，我死活没看出什么。八卦一向是女人的天性。

果断放弃，看着乐乐发来的照片，是她在吃菠萝包。

乐：叫你不带我！跟着我至少还能让你吃点儿面包屑呢。

我：我们真的是好朋友吗？

乐：也是，忘记你要减肥了。还是啥都别吃了。

简直是禽兽。

要是这厮在我眼前，我非跳上去捉弄一番，可惜现在美食当前，我大人不计小人过！况且我吃独食，算起来还是我比较没良心。

撇头看到门缝有个人正站在那儿，嘴里念道：“还是关了，不安全。”便“砰”地关上了门。

不——安——全——

三个字。

半张脸。

是——宇宙。

脑子里一下子空白了一片，不是惊讶见到大明星了。而是发现那些他们矢口否认的“绯闻”竟然是事实，我不点评明星的作风是否正派，但至少在我的心里，如果是爱情那必定是透明而光亮的，如果只是找一个角落去温存的话，那种卑微的爱情我是不会要的。

随意搅动了一下酸菜鱼，突然就没了胃口。你说我一个连恋爱都没谈过的人，看到别人家谈恋爱就开始碎碎念，也不知道是嫉妒还是怎么的，其实真的不是，我觉得他们是般配的，抛开明星身份来说，在一起肯定会很合适。在几篇访谈里，于含雅就和她的名字一样，温和、恬静，还带一点开朗，要我形容那就是冬天里的一抹阳光，令人很舒服。想成为那样的人，嗯，我也想成为那样的人。多好的人，如果不是明星，就能正大光明在一起了呢。我也知道，这是如果。

水瓶座的孩子就是容易动情，容易想太多，其实跟自己一点关系都没有。很不巧，偏偏我就是水瓶座，还有一个坏毛病不得不提，那就是爱多管闲事。

发呆的时候又有两个人飘进了我的视线，前方拐角处，出现了带着摄像机的人士。不用猜就知道，这是狗仔队了。他们在那边不知道商量什么，迟迟没有下一个动作，碍于这走廊六间包厢，而我很突兀地坐在这第六间包厢的门口，但是这些都不是重点，显然他们对于我这样的小人物也没兴趣，看到也只是忽略了。

我观察很久总结出来，他们不知道宇宙和于含雅在哪个房间，狗仔队就算是知道了也不能冲进去，偷拍这种事情，当然越阴暗越好。

我才刚刚萌生了一点对爱情的那种渴望，就被突如其来的正义感给打败了。

如果他们被拍到了，是不是会被迫分手？

其实这只是一个假设，但是思绪在脑中一闪而过的时候，就支配了我接下来的行动。

推开门，惊讶的是他们。推开门，出卖的竟然是自己。

“外面有狗仔队！”

其实用脚趾头想也知道，对于已成事实的狗仔队埋伏，和我善意的通风报信没有直接的关系。我的意思是，就算我说了，他们也还在那里。

当然这些都是等我喊完才想起来的。

他们面面相觑都没有说话，相视了几秒后突然望向我来，显得我身份极为尴尬和唐突。

“我……我就坐在你们门口吃饭。我……只是好心……”说到最后，声音低到我自己都快听不清了。这种没有实际意义的好心，落得一个走也不是留也不是的窘境。

“……”

“……”

“……”

最先打破三人沉默的是于含雅：“宇宙，怎么办？”我只能微微看到她眼神里透出的不安，其余无法感知。

“你叫什么？”让我意外的是他没有回答于含雅的问题，而是转头面对我。

“我？”我用手指点了点自己，“我叫星辰，简星辰。”不知道他问我名字的意图何在。

接着又是短暂的沉默。

宇宙走到于含雅的身边，扶住她的肩说道：“之后再出来，知道吗？”

于含雅先是凝视，接着反手搭着他的手臂：“嗯。”

“简星辰。”他低语道，“对不起了。”

“嗯！”听到自己的名字，我应得很快，紧接着脑海里飘来一句“对不起”。对不起？他和我说对不起干什么？他刚刚的确和我说了对不起？

没有给我想明白的空当，突然右手被握紧。等我再反应过来的时候已经是在外面，或者说是被他拉了出来。

径直往外面走，没有帽子，没有口罩。没有任何遮掩。

一瞬间明白他这是在干什么了。有时候保护一个人，是不惜以牺牲另外一个人做代价的。

无暇顾及被甩在身后的狗仔队，他们的疑惑可能只有一个，可靠消息明明是于含雅，为什么拉着其他人。可是这弥足珍贵的牵手照却比任何真相都能卖出好价钱，因而拍照，使劲儿拍才是当下该做的事情。

从他手心的温度知道这一切不是在做梦，餐厅四周开始响起此起彼伏的尖叫声，接着是应接不暇的闪光灯。一切来得太快，乱了我的耳，迷了我的眼，而我脑海里只回荡着那句“对不起”。

“简星辰，对不起。”在把我拉出人群后他又低低地重复了一次。

这次我仔细看着他，侧脸很美，如果眉头舒缓会更迷人。

然而我在回忆起这件事情时只能想起那句对不起。

第二章 超速绯闻

他拉着我在5楼四处碰壁，每一次走到尽头都只是墙。所有过往的人群几乎都围过来，折腾几次，可以看到他渐渐压抑不住的暴躁，握我的手越来越紧，然而我也不敢吱声，这样的压迫感也让我很不好受。何况是在这样的情况下，我比他还想逃离这人群簇拥的地方。

眼见他停顿犹豫着该走右边还是左边，我忍不住扯住了他的胳膊，好让他意识到我的存在。

整整矮了他一个脑袋，看他的时候得抬点儿头，但是这个角度去看他眼睛就觉得更加深邃了。

差点儿说不出话，我别过头，避免眼神的再次接触，能感觉到他不常来这儿，对离开的路线很是模糊，我不禁开口："想走的话就跟我走。"

在后来的某些报道里，我们被描写成了女子牵着宇宙走出大家的视线。

仓促的脚步，我们闪躲着终于到了电梯口，但是在电梯里没能躲过同乘的人，还是免不了近距离的拍照和提问，沉默是最好的回答。最后我们选择背对大家，在转身的时候他终于放开了手。

到达B2的时候只剩下几个人，他们迟疑着走出了电梯，时不时还回头看，待人远去，宇宙才走了出去，剩我一个。

“那……那……您慢走。”

一时之间，我只能想出这句话。

他向前的步伐停住了，回头看着我。看了好一会儿。

我勉强笑了一下：“再……再见。”尴尬地摆摆手，准备去按关门键。

说时迟，那时快，他疾步走来扣住了我的手，再一次。

没有只字片语的解释，他就拉着我走，直到找到他的车才停下。几乎是一气呵成的动作，打开车门把我塞进去。

我疑惑地望着他，既然已经摆脱人群了，该演的也演了。

“我知道你有很多问题。”

还没等我开口他便先答道，同时启动了车子。

“……”我还是不知道怎么和他说话。

“往你家怎么走？”

“哦？我家？”要送我回去？

“你沿着逸夫路一直开，到了迎宾路3路右转到底就是。”

这是我在到家之前说的最后一句话，除此之外我们没有任何交流，我不敢问，也没啥可以问。

他在我说的地方停车。我刚准备下车，却突然叫了出来。

“啊！”

他显然是被我吓到了，马上问道：“怎么了？”

“我们刚才走得急，都没有埋单啊！”

“扑哧”，他很不应景地笑了出来，顿了顿又继续说道：“含雅会解决的。”

我“哦”了很长一声，然后解开安全带。

这个时候该说什么？

“那……再见。”

我想我只能再一次道别了。

在我转身之前他又阻止了我：“等一下。”

我望着他，眼里满是不解。

“手机给我吧。”

“……”我递过去，还是望着他。

他很快地输入了几个数字，然后按了通话键，几乎同时他的手机就响起来。

“这是我的号码，我想以后你……”他可能不知道怎么说，“我想，以后可能很多事情需要联系——至少这件事。”

整理了一下，大概懂了他的意思，今天的事情在日后多少会有点儿影响，所以他觉得大家还是有必要联系的，比如说，对口供？

“哦……好……”

几乎是恍惚着下了车，看着手机上的陌生号码，存上了宇宙的名字。待车子驶出一会儿我都没缓过神来。

直到一句“我逮着你了！”

循声望去，是刚下班到门口的箫梓。

她慢慢走近我，狠狠拍了拍我，大笑道：“我老远望见你了，快招来，那是谁啊！”

“啊？”

今天事情有点儿多，反应不免慢了不少。

“朋……朋友……”我支支吾吾倒也吐出了个词。

“哟，你简星辰有能耐啊，还攀上个大款啊！我说你公司的人咋看不上呢！自己把好的藏着呢！”

我真没看不上人家，是人家看不上我……“不是，只是朋友！”我认真地看着箫梓，需要她一个肯定的眼神！

她也回望着我半天：“你少来！”

说罢便整个人贴上来拉着我往小区里走。整整被她盘问了一路，但脑子里还是今晚那件事，嗡嗡作响。

到家之后，看了看钟，才9点半，却仿佛半个世纪那么久，准备去卫生间洗个澡定定心。但是一进去就更加定不了心了。

整个眼妆，简直不能看！眼线都花了！我竟然还有脸出去吃饭！吃饭不是关键！被拍了照片！简直一万个想死的心！

顿时心生项羽自刎的心境，为什么偏偏是我！

一杯凉水下肚，只能存着侥幸心理，我穿成这样谁会知道是我，就算大家说像我，我只管否认不就好了。

明天还要上早班，五点就该起来了，于是点开电脑开始做准备，习惯性地登录了微博，首页跳出了最新资讯竟然满屏都是“宇宙和女友现身”。

要不要这么快，前后也就一个小时。

简直不敢想明天会怎样，会不会有人认出我来。可是照片里我的脸那么模糊，而且像个大染盘，什么颜色都有，特别是眼睛上黑乎乎的一团，完全不能看！

我尽量抚平心情，关掉微博，打开公司网站开始做我该做的事情。唉，如果一觉醒来这都是做梦就好了。

顺势拿起手机看看刚刚存下的宇宙的手机号码。“我竟然和宇宙交了朋友。”

接着又看到手机上弹出的微信系统消息，哦，新增的电话联系人有时会询问是否添加为微信好友。犹豫归犹豫，手却不自觉地按了添加好友。

该死，果然还是希望认识他吗？

可是一直到自己睡着，我都没有收到对方已接受好友申请的消息。的确是我太看得起自己了，人家只是怕有麻烦所以留了号码，可能事情过去了这辈子都不会打我的电话，我还非常厚脸皮地去加人家好友，真的太不自量力了。

然而我却没有意识到这件事情的严重性，如果说平淡是我以前的生活，那么接下来的每一天都是汹涌的。

浑浑噩噩地起床，赖床那股劲儿已经掩盖了昨晚的那种心情，果然在我的世界里早班才是最痛苦的。

今天一切都算正常，直到落地回公司，看到我的人几乎都扭过头去议论一番。这是怎么了？我显然已经忘了昨天的事情了。就算想起来我也不会意识到她们已经发现了自己，从那些照片来看，根本联想不到我啊！更别说认出我了！

然而，是我低估了狗仔队的力量。原来仅仅一晚，他们就已经把我的事情打听得清清楚楚。然后，见报。

很快我就反应过来，她们议论的是我！竟然不自觉地脸红心虚，低下头把资料塞进箱子，准备撒手走人。

“星辰？”并不算太吵的大厅里好像听到了我的名字。

下意识地回头望了一圈，也没看到熟人。拖动箱子继续向前走，这时候，“简星辰”三个字在我耳后响起，我想这绝不是幻听。

急忙一个转身，险些撞到身后的人。嗯，喊我名字的人，温暖我美好年华的一个人——尹叶勒。

此时的夕阳就像8年前的那个放学路上一样，把眼前的人照出一种刺眼的意象来，却忍不住让人想接近，接近了我那青涩或许还不算初恋的初恋。

那时的尹叶勒作为学院代表来参加我们高一新生的欢迎会，几乎惊艳了我们每个人内心对爱情的所有想象。我想，就在那一天，他俘虏了包括我还有更多人的心。如果说年轻的爱恋是酸的，那我的可能还带一点儿苦，大概是因为夹杂着暗恋在里面，整整一年，会因为擦肩而过而心跳加速，最原始的喜欢，不过如此。

枯燥而繁忙的一年级，在每一次期待邂逅中缓缓度过，直到有一天我意识到，三年级的他已要毕业。我用了最老土的手段，写了第一封，也是唯一一封情书，却用了最直白的方式，亲手交给他。我想那是我做过最光明磊落的事。

他接到我的信笺并没有太多的意外，双手接过。那时候我就知道他是一个温柔的人，懂得体贴别人的感受。也许是紧张，我竟然没有丢下情书跑开，只是呆呆地望着他，似乎沉迷在这种幻想里，不愿意醒来。当他打开的时候，我更没有勇气挪动脚步了，只是低下头不敢看他。仍记得那个夏天的夕阳下，我低头看到的那双蓝色运动鞋和他卷起的校服裤脚，竟然没办法移开目光。

接着。

他摸了摸我的脑袋，对我说：

“好，等你先毕业。”

他浅浅地笑，和语气同样温柔，我至今都还未理解这句话的意思。

到底是毕业就在一起，还是毕业再议？这件事我一直没有问出口，就像躺在QQ好友名单里的他一样，从未提起，也不敢提起。备注成：尹叶勒——一个心口滚烫而不安的回忆。

“星辰？”见我痴痴地看着他，他用手在我眼前晃了晃，这才把我从回忆里给扯回来，感觉被人看穿一般，我的脸又是一阵红。

“哦……哦！”我低头答道。

还是那般温和：“下班了吗？”

此时的他，就像我初进公司时一样令我惊讶，或者说他的每一次出现都会骚动我的心。但是我相信缘分，在没有联系的那些年里，我竟然又来到有他的地方，虽然不同部门，虽然不常遇到，也不怎么说话，但是有些人你能看着他就是种满足，特别是你喜欢的人。记得第一次与他一起飞航班，他出现在准备室的时候，我和他都被对方惊呆了，最后竟然相视一笑。这么多年，他一点儿也没变，飞行员的制服穿在他的身上好像更有魅力了。最后他留了我的号码，作为校友福利，说是公司里可以互相照应。就像那时的QQ一样，其实最后还是没有联系。但是，心里却是满满的。

今天是我进公司第四次遇到他，两年里遇到四次，概率小得可怜，但是每次都是无法抑制的激动。

“嗯。下班了。”

我轻快地回答，尽量用自然的语气。

“我也下班了，正好一起走吧，我送你。”他连贯的一句话，好像没有让我拒绝的余地，或者说，我打心眼里不想拒绝。

“可……可以吗？”会不会不顺路？

“我记得你上次说你租的房子在添新花园吧？”

“嗯。”我抬头看看他，那双会笑的眼睛，真是每一次看都会忍不住多看两眼。

“我最近也搬去了，上班方便点儿。”他还是笑，我的记忆里他都是在笑，笑得让人一点儿抵抗力都没有，“走吧。”

这短短的对话，最后又在公司引起不小的骚动，先是怀疑新闻上曝光的我和宇宙的关系，接着是揣测公司最受欢迎的男性和我的关系。至少默默无闻从此和我好像就分道扬镳了。

这是我第一次坐尹叶勒的车，和他的为人一样低调，四个圈。

“那个……学长，今天麻烦你送我了。”我一上车就开口，以遮掩我的紧张。

“还叫学长呢，叫我叶勒就可以了，都毕业了。”他侧头说道，转而又继续开车。

毕业了？毕业了。毕业对我而言像是个谜。

“嗯，好。”

然后又是长时间的沉默。

可能为了让车厢内不这么安静，他打开了收音机。

“今天为各位听众带来的《娱乐最当时》，就是早上接到媒体爆料的宇宙和其航空公司女友，首次公开了宇宙的牵手照，除此之外……”

后面的我根本就没心思听，用脚趾头都能猜到现在娱乐新闻和报纸肯定是铺天盖地报道，真不知道他们是怎么写我的，也不敢看。就像犯错的孩子一样，开始揪自己的衣角。这一切同样都看在尹叶勒眼里。

“今天航班上乘务长跟我说，宇宙的女朋友就是你？”

想不到他也会关心八卦，更想不到，他会问得这么直接。

“呃……不是，哎不是，也不是，反正那个，哎不是的。”我也不知道怎么去讲，毕竟关系的不是我一个人，而且思绪混乱很难让我讲出一句流利的话。

“你们认识？”他接着问。

“不……不算认识……”为什么不回答不认识！

他显然还想问，但是我的手机却在这个时候响起来了。

我本来还庆幸来了电话可以让我逃避这个话题，但是看到屏幕的那一刹那我就傻眼了——宇宙。

愣了半天不知如何，还是尹叶勒提醒我该接电话了，我才犹豫着接通了电话。

“喂……”

“我10分钟后到昨天送你的地方，有些话需要当面和你说清楚。”充满磁性，但此刻却非常具有杀伤力。

“10分钟？”我下意识地看了看表。时间应该差不多。

“嗯。”

“好，我知道了。”

他没回应，直接挂掉了电话。

“那个……学长，不是，叶勒，我的箱子先放你那儿，一会儿我有个……呃……朋友来找我，等我忙完我去找你取好吗？”

"哦，好。"他没多问一句，这种善解人意总是让人怀疑成体贴。

"谢谢。"

在门口等了不到5分钟，一辆白色耀眼的跑车就停了下来，没容我迟疑，就呼唤我上车。虽然这边不算正门，但进进出出还是有不少人，所以把我叫出去是最好的方式，而不是待在这里任人围观。

没等我有坐稳的空隙，他直接掉头往其他方向驶去，安全带都没来得及系，"嘀嘀嘀"的叫声让气氛变得格外异常。

如果说昨天的相遇是意外，那么今天的见面又算什么？如果仅仅只是为了警告我的话，电话足矣，至少我是这么想的。

"绯闻这种事情，他们没办法证实，这也是为什么没有直接找你采访，不确定的事他们没办法下结论。"他斩钉截铁，似乎回答了我心中的疑问。

"那……我这是？"

"其实只是那么几天，只要你不承认，事情也就过去了。"他转过来看我一眼，"这样不难吧？我是说，假装不认识我。"

这种设问句在我的心里留下了很深的坏印象，你大可直接告诉我。

"不难。"我尽量不看他。

"至于手机号，我是怕事情变严重才留下的。"直觉告诉我他是在耻笑我昨天添加他好友的事情。

我没有说话，昨天的确是我想多了。其实并没有做朋友的意思，一开始就知道了。

"嗯。事情过去我会删掉。"

可能料想不到我会回答得那么直接，他停顿了一会儿才嗯。

"其实我找你出来，也只是想亲口跟你把事情说清楚，我觉得这样比电话会更好。"

我觉得电话更好。

"嗯，你说的意思我很清楚了，我以后会注意言行，只要不承认照片里的人是我就行了。告诉他们我不认识你，没去过那边吃饭。”像是怄气，一口气说了一长串，觉得有点儿气短。

“……嗯。”他似乎也意识到对一个帮助过他的人提出这样不客气的要求，有点儿不好意思。

“那我知道了，你可以送我回去了。”不知道为什么这时候脑子里会跳出来尹叶勒的模样，如果换成叶勒，他是不是也会把关系撇得清清楚楚。

车上阵阵的香水味，只字片语的表达，短短几分钟，理智告诉我昨晚那些善举，真是不值得。

没有一句，谢谢。

“其实都是小事，你大可不必放在心上。”在我开门下车前，他幽幽地说道。

小事?

小事?

“对于你家常便饭的绯闻你当然处理得得心应手，但对于我，假如昨天没有我你今天还会这么轻松地告诉我该怎么做吗?我帮你是不争的事实，我惹上麻烦也是不争的事实，我是闲得发慌才找你来帮我提高知名度来让所有人认识我吗?我本可以做旁观者，这样子看你们的新闻对我而言才是小事。”

说完我就狠狠地关上车门，没有任何的犹豫，至于那人的表情我连看都不想看，你说得没错，我们本来就不认识。

突然觉得刚才的委屈一下子溢出来了，唉。人就是这样奇怪的，总是在吵架的时候特别容易掉眼泪。

而那辆价值不菲的跑车也在片刻后从我身后消失，人心就是这样薄情。

越想越觉得憋屈，眼泪不争气地在眼眶里打转，像是在考验我的忍耐力一样。

“星辰。”在我听来简直天籁，如果换个场合我可能会扑过去，可是现在不行。

“你怎么在这儿？”与此同时，眼泪悄然坠下，顺着脸庞，带着尴尬。

我用手抹了抹，又怕弄花了妆。

“你下车后我就在这儿等你，但是你神情恍惚一直没发现。”如果关心真的可以感化一个人的话，那么我的心早就被拿走了。

“学长……”实在想不出如何去形容眼前的人，我想伸手找一点依靠，但是身份不容。

但是他却扬起修长的手指，就像那天一样。他摸摸我的脑袋，眯着眼看着我，那种安心感真是能把整个世界给忘掉。

忍不住将事情原委道出，我相信他是个很好的聆听者，同时喝着他给我泡的绿茶，沁人心脾。

他的家比我的家干净很多，是最近才搬来的，很多东西还没整理，环顾四周可以看到很多盒子。

对于我的遭遇他没有发表什么意见，只是静静听完，然后告诉我没关系。

我当然知道会没关系，只是时间问题。

抬头看看客厅的钟，已经六点多，该是晚饭的时候了。我向他道别，他却执意要送我回去，因为距离太近，我没能拒绝他。

好好洗漱一番也没有胃口吃饭，上床之后看到手机有很多未读消息，多是微信，只有一条短信。

微信无非是我那些后知后觉的好友来询问我关于绯闻的真假，我一概回复：“搞错了。”

再打开短信：“再累还是要吃晚饭。”

这是尹叶勒第一次给我发短信，除了激动以外我竟然有一种意料之中的感觉。

最后我枕着手机进入了梦乡，梦里好像也梦到了这个人。

再次睁眼已是翌日早晨，更确切的是被楼下的声音吵醒的，我住在二楼，一楼有什么动静都能听得清清楚楚，更何况是一大群记者的骚动，但是我只认为是楼下有事情，并没意识到是记者。

为了买早餐我随便打理便下楼，正中记者下怀。

对于突如其来的记者围攻，我没有一点儿心理准备，每个问题都是针锋相对，不留余地。我支支吾吾也不知道回答了什么。

除了“不是”“不知道”都不知道该说什么，脑子里只记得那句“假装不认识”。

“可是简小姐，您的好友对于当天晚上做出了证实，您的确穿了照片中这套衣服并从宇宙的车上下来，您是否承认？”

觉得要缺氧，是箫梓。我竟然忘记了那晚她在，我竟然忘记了要和她去说清楚。

记者离我越来越近，问题越来越多，这不是我曾料想到的事情，闪光灯和此起彼伏的询问声，让我越来越觉得天旋地转，第一次直面记者，别说魄力了，我差点儿连一句话都说不出，最后借着空隙我勉强转身跑回楼上房间。

绯闻就像是炸弹一样，炸平了我内心最后一点安分。

重重地关上门。我该怎么办？

第一个反应是宇宙。

但是他已经很明确地告诉我不要再找他，这件事情到昨天为止。可是现在的这样状况又怎么解释呢，成堆的记者还在那里，丝毫没有走的意思。

手机却在这个时候响了起来。

“喂。”心不在焉地喂了一声。

“是我。”

是你？我看了看屏幕，是宇宙。

“记者都在我家！”忍不住咆哮，加上昨天的事情，实在让我对他的态度好不起来。

“能猜到，昨晚就爆出来了新闻，说你的朋友证实了这个事情。”昨晚？昨晚我很早就睡了。

“那我要怎么办？”

“还是按我说的，你只要否认就可以，其余都不要回答，不知道该说什么的时候就沉默，最好是能避开就避开。”

怎么避开，人都堵到我楼下了。

“我朋友的事真的是意外，我忘记那晚在小区遇到她。”我极力解释着，总感觉他会误会成我是故意的。

“这些我不关心，我只希望我们都能全身而退。”他不带任何情绪的语气，在我听来就像是命令一样。

忘了怎么挂的电话，唯一感受到的就是失落感。并不是期待他能解决这些事情，而是他的那种态度，感觉就像在对我说：“自己惹出的麻烦请自己解决。”

真是恨不得时间倒回去，我一定不会冲进去！

唉，还不是自己傻，曾经在飞机上被拒绝签名的时候就该看出他不可一世不近人情，那天竟然还去帮他，最后自己蹚了一身浑水还没办法爬起来。

很快，腹部的饥饿感就代替了心中的各种抱怨。在弹尽粮绝的情况下，我开始担心下午三点签到该怎么办，饿肚子不是大事，可一会儿我还是得出门上班啊。

“真该死！”苦恼得要命，手机却又响起来了。这次是乐乐。

她幸灾乐祸地在电话里喊道：“唉哟我的亲娘啊，你楼下堵得也太壮观了，做了明星太太果然排场不一样啊。”这时我简直想掐死她。

“真不是他们说的那样，我和宇宙真没什么。”

“你去跟箫梓解释去，人家可是都看见了好吗？”她说完又笑了起来，“我说星辰，你这以后怎么出门？”

说出了我心中的痛。

我以后可怎么出门？

“你给我捎点儿粮食来吗？我从昨晚一直饿着肚子。”略带乞求。

“行。”

没过多久乐乐就带着打包好的面条敲门出现。

三下五除二就解决了这些东西，于是乐乐成为尹叶勒之后第二个知道真相的人。至于箫梓，解释是解释不通了。何况她是个大嘴巴，就算她信了，第二天肯定又把我捅到报纸头条了。

“一会儿还得上班，不知道他们什么时候才走。”我看了看表，对乐乐叹了口气，就像救命稻草一样。

“走？问不出你点儿结果来，他们能走？”

我这才想起来乐乐大学是学的新闻，好像也做过实习记者。

“那怎么办？”沮丧得简直想搬家。

“硬着头皮出去呗。难道以后日子不过啦？”她挑眉，看得我有点儿发愣。

是啊，日子不过啦？

何况这些骚动还不是因为宇宙，他说得很对，只要否认一切和他有关的事情都好了。就算箫梓作证又怎样，我死不认账谁也拿我没办法。

有些人薄情，我就不需要给他面子了，心中突然打好了算盘。

抱着乐乐看了一中午的电视，直到闹钟响起来——到点化妆上班。

在鼓起勇气出门之前最后望了乐乐一眼，她很有默契地望着我：“大不了就跑呗。”

深呼吸，然后大步往楼下走。

很快就被团团围住，闪光灯还是乱晃我的眼，我一只手遮掩着：“能不能让一下，我要去上班。”

显然他们直接无视了我的问题，开始各种狂轰滥炸，丝毫没有让我走的意思。

“请问简小姐，你和宇宙……”

“简小姐关于昨晚……”

“简小姐，照片……”

“还有……”

青筋暴起，有的人躲在家靠经纪人挡着，还把事情全推我身上，再看看这些记者唾沫飞扬恨不得拿口水淹死我，一股怒气从脚底心冒了出来。

“口口声声宇宙宇宙，你们凭什么肯定我就喜欢他。照片里的人不是我，原因很简单，我不喜欢他。”只要能堵住这群记者的嘴巴，诋毁他一点儿又算什么。何况是他欠我在先，大不了扯平了。

“我再说一次，我一点儿也不喜欢宇宙，别说和他在一起了，我连看都不想看他一眼。”

空气瞬间凝结，集体沉默。

我暗爽，拔腿就跑，好一会儿记者才反应过来发生了什么事情，先是唏嘘一片随后又向我追来。直到我上了一辆出租车，直面记者的初体验才宣告结束。

我不会想到，出于报复打击的几句话，今后把我和宇宙的联系扯得更紧密了。

媒体力量果然强大，我的那些话同一时间在互联网和电视直播里扩散开来。

没工夫去管这些，我一个要上班的人，凭什么把日子耗在这种绯闻里面。

才刚下车，手机又响起。我看都没看就接起来。

“喂。”

“你疯了吗？”又是他，“你疯了吗！”他几乎叫了起来。

“不用你告诉我该怎么做，就和我说的那样，我非常非常不喜欢你。”

说完就收线。

然后弹出来一条微信消息，是乐乐的。

“帅呆了。”她在窗口看到了我和记者当面对峙。

我忍不住笑了出来，如果知道我刚才把宇宙也说了一顿，估计她更要夸我帅了吧，脑海里却浮现出宇宙气急败坏的脸，顿时起了一身鸡皮疙瘩。

我环臂抱了抱自己，心里念叨，这样你们再也不能烦到我了吧。

公司里的同仁们看到我，虽窃窃私语但比起媒体还是淡定很多，没有直接上来问我，很好，再过几天风波就能过去。

连我自己都觉得方才的表现简直帅呆了！

今天的飞行任务很轻松，去到深圳过一夜，还可以美滋滋地吃一顿夜宵。

在开航前准备会的时候，乘务长偷偷问了我一句：“我说简星辰，新闻里那些说你和宇宙在一起的事，是不是真的啊？”

全组人都屏住呼吸，像买了彩票的人坐等开奖的那刻一样。

“呼——”我长叹一口气，“当然假的。”

当然是假的，就算照片为实，但那也是假扮的。

虽然我矢口否认，但是全组人对我的怀疑还是没有彻底解除。

落地到深圳是晚间7点50分。五月的H市都带一点儿夏天的气息，何况是亚热带的城市，后悔自己没带一件短袖，潮湿闷热。

到了宾馆和同屋的女孩子换上便装，准备先在房间吹吹冷气，等再晚一点儿出去吃点儿东西。我们就打开了电视，不偏不倚正就是全国同步的娱乐频道。

屏幕上大大的宇宙真是能把我一口凉水喷出来。

“宇宙，这是你第一次公开自己的恋情吧？”

“嗯。”宇宙眯眼笑，一脸温柔。我却心里暗骂——伪善！骗子！欺骗大众！真实的模样根本就是傲慢无礼！

“这两天关于新闻上频繁爆出那些，先是你们的照片，接着今天简小姐做出单方面回应，是不是你也有些话要说呢？”主持人就是主持人，一针见血。

第一次看着电视里出现关于我的东西，而且事关“生死”，不知道他会不会也诋毁我，下意识地把音量调大。

过于关注电视里，没察觉身旁的女孩子正在编辑微博，似乎是在等待宇宙一回答她就把真相发出去。

“呵呵。”出乎我的意思，他竟然笑了！

“可能是我做得不对。”当然了。你就是做得不对。

“我其实已经和她交往了一段时间，可能是觉得媒体施加的压力太大，她才会说出那些话。”说完，他把目光正对摄像机，直勾勾地和电视机前的我来了个猛烈对视，感觉他就真实地站在我的眼前，一眼望穿。

五雷轰顶。

真的是五雷轰顶。

我做梦也想不到这人会来这么一招。

“神……神经病啊……”我气急败坏地关掉电视，丢掉遥控器，这句话单薄无力，直接被身旁的妹子无视了。

她也被刚才电视里那些话震惊了，迷茫地看着我。

别迷茫，我比你还迷茫呢！

狠狠地用双手拍了拍自己的脸，一定是我打开的方式不对！

不死心地又打开电视。

“嗯，没有分手。”他接着说，“希望大家给我们一点儿私人空间。”

再一次，五雷轰顶！

……

“乐乐！”我拨通了她的电话，想寻点儿对策。

“简星辰，我都想和你绝交了！亏我今天还信你了！”

我就知道她也看了电视。

反正这一次是没人相信我了！

与此同时，又冒出了另外一个人的名字——尹叶勒。

他会不会，也认为我是在撒谎呢？连交情深厚的乐乐都不愿意相信我，何况是才见了几次面的尹叶勒。

有一种绝望从心底开出了花，而盛开的是宇宙那笑得得意的脸。

他到底是演的哪一出？

生气地把被子一蒙，手机调到静音——简直烦死了！

我这辈子也想不到宇宙会那么小肚鸡肠，为了我下午说的那些话竟然这么打击报复。如果我不是当事人，我绝对不会相信这种真情流露背后的真相。

而至于尹叶勒，突然有一股浓烈的内疚感。条件反射地去摸手机，颤颤巍巍地打上几个字：“他们说的都不是真的。”

其实，我大可不必解释，也许他并没有放心上，也有可能把我当成骗子。越是不安越是想解释，随着短信的发送，心好像平静了一点点。事到如今，我最关心的竟然是尹叶勒的想法，想来也是好笑，难道暗恋了一整个高中还不够吗？我这卑微的心情，他能懂吗？

回复我的不是短信，而是尹叶勒的电话。

“星辰？”淡淡的一句，却温柔得让我说不出一个字。

“你还好吧？”他继续问，要不是我知道尹叶勒的个性是对谁都很关心，恐怕我都要怀疑这是喜欢了。

不太好。“嗯，没事。”口是心非什么的在这种时候最该死了。

“发生了什么事？”他这么问，反而让我有种贼喊捉贼的感觉，原来他还不知道刚才的新闻。

“无论听到什么，叶勒你都不要信。”我迫切地说道。

没等到他答复，我便匆匆收线。怕再听到他的声音，我真会再一次喜欢上这个人。8年了，有些东西真的是有增无减。

他那么优秀，感觉在人群里多看他一眼都已经赚了，听说他也一直没有交女朋友，但是一切都是听说，我和他的距离感觉比宇宙还要远。

一想到宇宙脑袋又开始疼，一团糟的生活真是要感谢他！

我犹豫着要不要打电话和他吼上两句，可这不是正如他意，难道我要道歉才能抚平他那扭曲的自尊心？他要的就是我平静地消失，而不是在公共场合诋毁他一番然后再离开他，转念一想，当时要是沉住气就好了。可是这样被他捏在手心里把玩的境遇，真的让人很难接受。

手机屏幕跳出来一条微信，系统消息——宇宙添加您为好友。

这是要干吗？

还未等我反应过来，他就发来一条语音消息。

“简星辰，变成我女朋友会不会很高兴？”

小人！

简直可以想象到手机那头笑得邪恶的脸。

“真为于含雅小姐感到心疼，昔日爱人竟然为了报复不惜出卖女朋友的位置！”碍于身旁有人，我只能通过文字的方式发送出去，虽然气势弱了很多，但是我相信也能让对方气急败坏一阵子。

“你不要太得意！于含雅的位置你想都不要想。”

“嗯，我是不想，是你想。谢谢！”刚把这条消息发出去，一通电话就轰炸过来。宇宙的脾气真是雷厉风行让人一点儿缓冲的时间都没有。

听不清他劈头盖脸对我说了什么，我怕同屋的妹子听到就把声音调到最低，同时走出了门外，踱步到楼层休息厅。

“你这个疯女人！”见我完全不搭理他，他终于迸出了些不太雅观的词。

“如果我疯了的话，我现在就立刻联系媒体把那天的真相说出来。”

“你敢！威胁我？”

“我怎么不敢！你都敢胡说我是你女朋友了，我还有什么不敢！”

啪嗒！再次挂掉电话。

是的，一天里面我挂了宇宙两次电话，要是让记者知道说不定能写出什么惊天动地的文章来。

逞口舌之快，却心乱如麻。

第二天太阳还是会再次升起，麻烦一定还会如约而至。在见到宇宙的这48个小时里，我的世界早已变样。

我又哪会知道，不仅仅是麻烦，简直是灾难。

因为心中郁结难眠，去到周围四处闲逛，巧遇宇宙疯狂粉丝并被认出，拉扯中被推倒，手腕——骨折。

公司第二天一早就安排备份人员来到深圳接替我无法完成的飞行任务，我于翌日晚间23点整回到H市。

在此期间同事骚扰短信不断，都是询问宇宙的事情，对于我骨折，倒是只字未提。也好，好好休息一番，避避风头。

司机师傅很惊讶地看着我，始终没问出来。的确，坐出租车的空姐是不少，但是打着绷带的空姐他可能第一次见到。

从反光镜里可以看到师傅狐疑的眼神，我先发制人：“在外面摔的，骨折了。”

师傅意味深长地“啊”了一声：“我还以为被旅客打的呢，新闻不老是说有旅客打空姐吗！”

的确，这就是我们目前的社会地位，在飞机上跟孙子一样，特别是飞机延误或者其他情况下，各种被骂，有的还会动手，想来真是骇人。

“我是自己摔的。”不满地嘟哝了一句，总觉着师傅也是在同情我们这一行。

到家没多久就收到宇宙发来的消息。“门口，快下来！”这家伙是不是蹲点了？怎么每次来的时机都刚刚好。

我没回，直接无视。

接着就是满屋子的铃声在癫狂，大概有了七八通电话的样子，我才忍着脾气接了起来。

“我让你下来！”近乎咆哮。

这种人还能去当人类灵魂工程师（老师）？都是外貌协会的吧！

“我不想见你。”这绝不是撒娇，这几天一肚子的火正愁没地儿发泄，再瞅瞅我的手，这都是谁害的！

“你是想我在你小区门口等一晚上，明天又上电视？”

“你敢！”

“我怎么不敢。”感觉这对话有点儿熟悉。

没出息的我最后还是灰溜溜地跑到老地方，但这次死活没上车。

“你上来。”他摇下车窗。

“你下来。”

“……”他竟然妥协了。随后念叨，“往你小区里走走，外边人来人往的不适合说话。”

我由于穿的制服还来不及换，就披了个大披肩掩人耳目。他跟在我身后，一改嚣张的气势，半晌都没说话。

眼见都快走到我楼下了，我实在没辙，回头问道：

“你找我干吗？”

他“深情”地望了我一眼，我承认，他眼睛是好看，但除了深情我真想不到其他的词。

“谢谢。”他冷不防地爆出来这么一个词，让我有点儿受宠若惊。

“那天的事，真的谢谢。”

其实他早对我说谢谢，事情就不会搅成这样了。

“除了谢谢呢？”我挑眉，得寸进尺。

“什么？”

“除了谢谢还要说什么？”

他直勾勾地盯着我，感觉能把我给看穿。我心虚地别过头，好不容易反客为主，不能让自己的气焰下去。

“对不起。”

OH MY GOD.

刚才是谁在电话里吼个没完，现在的态度那叫一个温顺啊。这厮会不会是双重人格？这是病，得治。

我愣得回不了神，他又重复了一遍：“把事情搞成这样，对不起。”

真诚这种东西，骗不了人，就算我是真被骗住了，那也只能怪他演技太好。被他唬得我哑然失声，人都放下架子了，我是不是也该态度好点儿？

心里是这么想的，嘴上还是说道：“对不起也没用。”

第一次觉得这样的自己，很难堪很丢人，说出这句话马上就后悔了。

“你……”他显然吃惊于我不依不饶的恶劣态度，伸手就抓住我的手。讲理不成，就想以暴制暴？

没容我想太多，被他抓住的腕部传来一阵撕裂的疼痛，我“嘶”地倒吸一口冷气，肩上的披肩也垂落，眼前这一幕略显凄凉，在一个月黑风高的夜晚有一个人揪着我受伤的手，一脸的不满。

他顺着我的目光望去，才发现我手上的纱布。

“手怎么了？”他眉头微蹙，语气不乏担心。这难道是我的错觉？

“骨折了。”

他猛地放开手，却不料手离开他的拉力由于惯性往下垂，又是一股撕裂感……

“嘶……”

“你再这么下去，我手得断。”

他被我这么一说，方才的脾气顿时又没影了。

“怎么搞的？”

“拜你所赐。”

嗯，拜你所赐——今后的种种，拜你所赐。

第三章 该怎么对号入座

虽然说骨折不是大事，但是要绑着石膏6周，完全康复说是要3个月，这对我而言还是很可怕的。

交完材料办理完停飞到家已是中午，想着接下来的时间不用上班心里还是美美的，可是怕家里人担心，终究还是没把骨折的事告诉他们。也就说接下来的三个月，我要非常寂寞地养伤。

不知道尹叶勒对我之前突然说的那些话，会不会放在心上。我试探地发了条消息给他："学妹请你吃饭，赏脸吗？"

"好。"简简单单一个字，顿时让我心安。

我想尹叶勒也是个很直接的人吧，每次都会第一时间给我打电话，而每次接之前我都要深呼吸，那种心跳加快的感觉，一点儿也不输给交情书的时候。

"……喂？"轻声细语——做作。

"是我，叶勒。"嗯，我知道。

“嗯，一起吃饭吧？”明明已经问过了。

“你在家吗？”

“嗯，在。”

“好，那十分钟后你楼下见。”

十分钟？？？我该穿什么？哪有时间考虑这些，等我抓着一件风衣下楼时，早已是20分钟之后。

“一定等很久了吧。”一路狂奔，免不了有点儿喘气。

“我也刚到。”有些人的一句话就有融化一个冬天的力量，虽然五月的风吹着已经是和煦温润。

“想吃什么？”他说话时低颌浅浅的口吻，一如往昔。

“都行。”

并肩走着，阳光稀疏交纵洒向身旁的人，仿佛披着一层光一般。这是我以前从未敢想象的一件事，真不知道是不是该感谢宇宙，我和尹叶勒似乎往不可思议的方向去发展。

“那就附近随便吃点儿吧，也不早了。”他微微抬起手臂，看了看表，刚好十二点。他一定注意到我一直在偷看他那修长的手指。

是不是可以再过分一点儿地偷看他？往上一移，对上的竟是他那双深邃而温柔的眼睛。——脸上蒙上一片红晕。

我想我恋爱了。和那时一样。

“咳咳。”为了掩饰我越来越红的脸，甚至是耳根，我不自觉地干咳两声。

“感冒了？”他关切地问。

“没……没……”果然在恋爱方面，他也很迟钝，连女孩子赤裸裸的心思也看不出来吗?

“小心车。”他低吟，双手扶住我，并拉向一边。

这么面对面的直视，还是第一次。五秒？还是十秒？我记不清。只是好像他的脸也红了那么一下，就那么一下。

“谢……谢谢……”我尴尬地回答，他也放手，尽量恢复自然。

总觉得气氛怪怪的，我抬起左手捋了捋被风吹乱的刘海，也可以挡住偶然间捕捉到他看我的眼神。

“你的手，你的手怎么了？”

白痴。竟然用受伤的手去捋头发！

“骨折了。摔的！”我对他笑嘻嘻。

“骨折了还笑。”他略带严肃的表情，突然让我不敢吱声了。

“算了，去我家吃吧，你这样去人多的地方，碰了就更严重了。”他近乎命令的语气，根本不给我选择的余地啊。

我算不算毁了一次约会啊？

懊恼。

很懊恼。

但也因为如此我竟然第二次来到了尹叶勒的住处。

他招呼我坐下后，就走向厨房，同时给我倒了一杯橙汁。

我这一次可以大胆地窥视整个屋子，比上次来更加整洁，显然这几天他彻底整理过了，客厅主调是米色，干净而透亮。低头啜了几口橙汁，正好瞥见茶几上放的一本书——《最高职责》，讲述的是2009年一位英明的机长在险情下选择迫降在哈德逊运河并成功组织撤离等到了救援船队的事情。

闲来无事，就翻开来看看。我看书的速度一向比较快，只是不走心，就跟高中时候一样，速度快效率不高，成绩一直是中等。再比比几乎没有错失过一次年级第一名的尹叶勒，真是差之千里。

“在笑什么？”尹叶勒突然端着一盘花椰菜走了出来。

我总不能告诉他我是在笑以前的他，有多么优秀吧。

“好香啊。你还会做饭？”

“嗯，来了四年了，早就独立了。何况大学也一直一个人在外面，习惯自己做饭了。”会做饭的男人连说的话都会熠熠光辉。

“好厉害！”由衷的赞美。

他对着我笑了笑：“我再去做个排骨，你自己坐一会儿吧。”说完他转身又进了厨房。

想不到还能吃上他做的饭，真是不可思议。

研究完客厅，我开始好奇他的卧室。

“那个……叶勒，我能看你的卧室吗？”不要脸的终极形态！

“随意参观，就是怕有点儿乱。”他显然有点儿忙，都没有回头。

就像点燃了内心的小火苗！我竟然可以看他的卧室！

依旧是感觉的米色主调，干净的卧室，没有多余的摆设，除了床、衣柜就只有一个飘窗，上面摆着几本书，还有一个杯子。很难想象一个男孩子的房间会散发淡淡的香味，唯一醒目的可能就是床头柜上摆的几张照片。

有他在美国学飞时候和教官的合照，有他和家人的合照，还有一张是他高中临近毕业站在主席台上发言的照片。等等，他边上的那个人不是我吗？

我没记错的话那天是校庆，每个班随机挑选一名代表去台上列队。没想到这照片里会出现我。我甚至都不知道，有一张这样的合照。他会不会自己也没发现？

于是我拿着照片，走到厨房。

“叶勒？”我轻声唤他，而他正好把菜装好盘，听到我叫他就回头看了我。他很认真地看着我，我则很认真地拿着照片。

如果我没看错的话，他的脸的确有一瞬间是红的。

“你看到了？”

“嗯！不可思议！竟然是合照！”我显得有些兴奋，“你真TM帅……”

也不知是哪根筋搭错了，竟然在他面前说出了一句粗口……

“哈哈哈。”他倒是开心地大笑起来，然后连连夸我可爱。后来被他说得，我都觉得有点儿不好意思了。

虽然都是家常菜，但不得不说，的确有点儿人不可貌相。还以为他不食人间烟火，想不到做菜倒是很好吃。

酒足饭饱后，他招呼我在客厅坐下，还是泡了茶，总之他很喜欢喝茶就对了。

我们聊着高中，聊着出名的老师和学生，然后聊到了彼此。

“在你们入学那天，我就记得你了。”他手肘枕着沙发，一手撑着下巴，“简、星、辰，当时就觉得，这名字很漂亮。”

“不觉得很恶俗吗？”我忽略了他这句话的重点，反而研究起我的名字，“不过我姐姐叫倾城，和她一比，我就觉得自己好多了。”

我正自顾自地笑，才反应过来他说的是，记得我。

“什么？你记得？”

“嗯，你很漂亮，一眼就能让人记住。”这是第一次被人直白地赞美漂亮，有些文饰或者是开玩笑我都可以笑着接受，但是他这么认真地去形容，我反倒心虚起来。

紧咬着嘴唇，一时找不到话。

“你很漂亮。”显然，他没有放过我的意思，“现在，也很漂亮。”

淡如清水的口吻，却能夺取我一整颗心脏。

“手还疼吗？”

“不……不疼了……”我整理好笑容，算是露出一个OK的表情。

“看着都疼。”

说完他又露出了那种担心的表情：“要去复诊吗？”

“嗯，下周二，要重新去绑一次。”

“哦，下周二。”他低语，然后掏出手机看班，“可惜那天要飞，不然就能陪你去了。”

“没事，小事。”

“这样了还小事。”责备的味道在里面。

“一只手很多事情都做不了吧？”

“还行，就是洗澡比较麻烦。”这个是实话，幸亏是左手，要是右手就麻烦了。

“嗯。”

然后短暂的沉默。

“事情怎么样了？”

“什么事情？”话题转得有点快。

“你和那个明星的事情，那个宇宙。”不知道为什么，可以感觉到他不喜欢宇宙。当然了，我也不喜欢。

“很烦，被他弄得越来越烦。”忍不住去抱怨，“一个小肚鸡肠的家伙，为了扳回面子还谎称和我正在交往！怎么会有人信呢！”

他无奈地“唉”了一声，听起来像是当事人一样的处境。

我也只能摆摆手，捏起茶几上的一颗薄荷糖就往嘴里塞，撅着嘴就这样玩了起来。顺势躺在沙发上，嘴里发出“吧唧吧唧”的声音。

“你还喜欢我吗？”

他问我：“你还喜欢我吗？”

我猛地坐直身子，死死盯着眼前的电视机，大气不敢出。

“我说星辰，你还……喜欢我吗？”

此时的阳光透过落地窗，狠狠地砸在客厅每一个角落，空气里安静得只剩下微弱的心跳声。

我当然喜欢你。

但是我说不出口。

“呀，我忘了洗衣机里的衣服还没晾。”我知道，自己真的很不适合撒谎。

抓起手包就疾步走向门口，我喜欢你，只是不知道如何表达。时隔多年，我真的已经不知道怎么再去说喜欢了。

“简星辰！”在我开门的那一刹那，他再一次喊了我的名字，我虽想逃避，但还是回头对上了他的目光，真诚而坚定。不知是不是我会错了意。

“我等你。”他似乎突然失落起来，垂下了脑袋，“我等你，所以没关系……我可以等你……”

砰。

我不敢再逗留，重重地关上了门。

尹叶勒。我喜欢了一整个少年时光甚至到现在还能骚动我心的人，你的那般温柔是我如此迫切想得到的，却在面对面之后产生了一丝犹豫，是否是渴望而又惧怕呢？是否是担心拥有后的失去呢？我只怕，一切让我期望太大，我只是怕，最后我会难过。然而我不懂的也是你，你是试探还是也对我留有遐想呢？我的脑子真的乱了，比宇宙闯进我的生活里还要乱。

初次见到你的心动，在这一刻似乎又席卷了一次，酥酥麻麻的。

军训后的新生入学仪式，为了方便而剪短的头发一点都没有女孩子的气息，然而偏偏一颗怀春少女的悸动，在遇见你时洋溢出不可言状的感觉。你在九月的烈日下仿若凉风拂动了我们的夏天，褐色的眼眸平静而温和地望着一众新人，白皙的脸庞和我们军训后的健康肤色格格不入，微微掠过的风吹散着你飘逸而俊爽的秀发，动静皆宜，你的声音在广播里显得更加低沉，却富有魅力：“欢迎你们加入南山中学。”

情窦初开的幻想，我固执地认为这句话只是为我而说。

从此我的茶余饭后都会刻意地从高三楼宇前走过，自习的时候也会去图书馆偷看正勤奋学习的你，然而我知道我和你之间的距离是多么遥不可及。多少爱慕你的女孩子都被你婉言相拒，包括了我。

可是在今天，你却问我这个问题。

令人，费解。

曾经那么真切地站在你面前向你诉说着爱恋，最后又被扯回了干涩的现实，回归于默默无闻。是否是缘分的侵袭，让我再次遇见你，再次直面你，再次延续我们未能完成的毕业后？还是说，你只是出于关心？

蜷在床上，苦思不得解。你的笑却反反复复出现在眼前，如果我回答喜欢，那你又将告知我如何？你的“等我”，到底在等什么？

容不得我再思考半分，电话又在这时作祟，来人是我的绯闻男友。

“喂。”

经过昨晚的道歉，我俩关系已是缓和了不少，他也承诺会在合适的时机宣布分手，在将影响降到最低的情况下澄清。

“晚上一起吃饭吧，总要作秀一段时间。”他倒还是直言不讳。

“哦，可以。”

“那就在你楼下等了，7点。”

说完便掐断了电话，都不用听我的答复？

除掉之前的偏见不说，捡了个面面俱到的男朋友，怎么说也是我赚了吧？虽然是假的，但是到最后说是我甩了他岂不是面子上也过得去？

甩了明星，谁有这个机会呀。

正当我偷着乐时，收到了简倾城发来的消息：“我下周来你这儿待一段时间。”

“Why？”

“我导师在K大，我过来交论文，顺便蹭吃蹭喝。”

“你真是我姐姐？”

真是服了她了，自从交了男朋友之后，温婉的性格大变，脸皮也越来越厚，有机会真的要见见她男朋友了。

“还有就是，我失恋了。什么都别问，让我待几天。”

……

“嗯，来时打电话。”

虽然短信听不出语气，但是她越是这样轻描淡写越是令人担心。

“好。”

她简单回了我一个字后，马上又一条信息砸过来。

“那天看娱乐新闻看到你了，我还没和妈说，你好好整理整理，过来给我交代清楚。”

“靠！”

以下省略一千字，姐妹之间的调侃。

快到六点的时候，肚子已经饿了，我塞了几片面包充饥，要是一会儿饥肠辘辘大开吃戒怕把别人吓着了。

翻着杂志啃着面包好像又回到了一周前的生活，平静得有点儿让人神往。舔了下手指后，我打开衣橱，开始选衣服。多是休闲服和运动装，裙子真的少得可怜。

最后勉强拿了条薄荷色泡泡袖连衣裙，能登大雅之堂吧？

电话铃声响了几声之后就断了，我从窗口向下望，宇宙的车已经停在楼下了。涂上唇彩之后就匆匆奔下楼，关了门才反应过来，自己为什么要打扮？

“嗨。”

上车之后我主动打招呼。

“嗯。”他简单回应我，就驶出了我们小区。

与我想象中的忐忑不一样，我以为他会带我去那种高档的西餐厅，方才我还百度西餐的礼节呢，显然是我多虑了。

他在一家名为Bay Café的咖啡店门口停下，这边地段不处于闹市，四周较为僻静，周围多是别墅区，星星散散地坐落着几家餐厅，但是环境都很好。

他领我进去，里面的客人也不多，似乎都与他认识，和他点头示意，我们在一个偏厅处坐下，其实在我们之前这一桌已经有几个人了，其他人我不认识，但是于含雅，我一眼就看到了，她是除了我以外在场唯一的女性，他们很随性的都是T恤加牛仔裤，倒是我刻意了一点，说实话，我都觉得有点儿怪了。

就算对方是明星，还是不希望自己被比下去，这是女孩子的天性。尤其是这样，被比下去太多，一下子就黯然失色了。

气势上弱了，脸上的笑容也假了不少，在座的几人反而很客气地和我打招呼。

几句客套下来能察觉到他们之间的关系，再仔细看看那几张脸也是熟悉得很，都是荧幕宠儿。简单用餐之后，他们就聊开了，我插不上话，反正多半也是调侃宇宙的，我内心附和几句。

不知于含雅是有意还是无意，每次我抬头总是能对上她的眼神，作为知情者来说，她没必要这么关注我。倒是剩下的另外几个人，聊着聊着就开始询问我星座啦爱好啦，然后又问到我和宇宙怎么认识的，我求救的眼神投向当事人的时候，他就自然帮我解答了，说得风生水起就跟真的一样。真不愧是演技派的，不得不佩服。不过这样子我也松口气，至少我这个冒牌的还没露馅儿。

今天比较沉默的除了我以外，就是于含雅了，总觉得她今天怪怪的。只见她接过某男递过的烟，眼看就要点上了，宇宙从边上面无表情地说道："于含雅你和我出来一下。"

气氛就尴尬起来了，而于含雅却仿佛意料之中的表情，嘴角微微上扬，笑着说道："我和他谈点儿事情，你们慢慢聊。照顾好我们星辰啊，别欺负人家。"虽然刚才明显感觉到她的不爽，但是最后把话题扭转向了我，我还是有点儿感动于她的好气量。所以我说了，地下情人什么的，我可不愿意当。

他们离席之后，好像就冷场了，剩下的人自顾自聊天，似乎当我不存在，我也只能起身说去下盥洗室。

洗完手，看着镜子里的自己，不算顶漂亮，但还拿得出手啊，只是那一桌的明星，让我一点儿信心都没了。朝镜子里瘪瘪嘴，然后就准备回去。谁知一走近，就听到了他们的评价。

"于含雅摆了那么久清高，宇宙还是找了棵野菜。"

“就是。”

“你说于含雅怎么就下得了脸和我们出来？”

“宇宙这人也奇怪，放着好好的于含雅不要，怎么就找了这货色。”

“这也是于含雅自找的，装什么玉女，呵呵。”

说完他们就一起哄笑了起来，刺耳得很。

真心给黑暗的娱乐圈跪下，朋友是拿来说笑的。

“吃不到葡萄说葡萄酸。”

几个人瞬间怔住了，显然想不到我就在一旁。我对他们做了一个很夸张的微笑：“再见！”

其实我完全可以假装没听见的，只是性格摆在这里，不能睁只眼闭只眼。待我转身欲走时候，正好遇到回来的于含雅和宇宙。他们的脸上浮着一层不悦，但不是因为这件事。

“我朋友找我有事，我先走了。”我走到宇宙面前，同时又向于含雅颔首：“含雅我先走了。”

这种居心叵测的朋友，我连一分钟都不愿意多待，于是回头又怒瞪了他们一眼。他们没说话，都低着头，头上顶着小人的光环。

“等等，我送你。”宇宙先是疑惑，然后也看了他们一眼，似乎能猜出端倪，就随我一起撤了。

一路上我都没说话，反正是逢场作戏，我也不想说人闲话，但是生气的表情写在脸上，一点儿都藏不住。

“怎么了？”他一手撑着车窗，一手扶着方向盘。

“没事。”我转头望向窗外。

“如果是他们冒犯你，那我跟你道歉。”他最近好像总是跟我在道歉，“他们也不是我的朋友，所以你要对他们生气，都可以。”

“哎？”

“今天是于含雅叫我去的，我觉得既然已经公开和你的关系，单独去会面总会被人落下话柄，所以带上你。”

所以我又是炮灰?

“哦。”又望向窗外……

“对了，你和于含雅?”我想起来他们今天似乎发生了不愉快。

“没什么。”

显然他也不愿意告诉我太多，我只好闭口不提。

到了楼下之后，我跟他道别。结果还没走进楼栋，就被他喊住。

此时他已经下车，然后走到我面前。再一次打量眼前的这个男人，一头金色的头发却没有玩世不恭的味道，反而给人一种前卫和无法阻挡的震慑力，高挑的身材，腿显得更长，月光将他的五官映射出迷离的味道，每次和他对视似乎都会本能地脸红。

“怎……怎么了?”我将眼神移开，不自然地问道。

“后天，我们去海边吧。”他轻启薄唇，字字清晰。

酒店代言活动。

去海边吧。

以女朋友的身份。

去海边吧。

他是这么说的。

之后的几天，也并没有交代我什么注意的事情，我只是简单打包好行李，带了几条沙滩裙和清凉装，除了告诉我是陪他去参加酒店代言活动，其余一概不知。

这一次来接的，不仅仅是他一个人，这次是御用保姆车，上面还有经纪人等随从，他们话不多，但是很友好，到机场的路上一直在询问我要不要喝水，是的，问了整整一路。

说来凄惨，这是我工作以来第一次去旅行。职业所迫，休息少得可怜，仅有的年假也只有五天，都拿来回家了，谈什么旅游。要是想请假，那就是无休止的扣分，那意味着扣钱。大好青春都贡献给工作了，想来的确心酸，这次借着受伤竟然和宇宙跑了出来，真不知该庆幸自己受伤了还是说不幸。

不过真心感叹宇宙的人气，车子从候机楼经过的时候就已经被粉丝堵得水泄不通了，也不知他们是通过什么途径知道他的动向。

他一下车更是引来各种骚动，幸好安保措施严密，只是今天要让粉丝们失望了，因为你们最不想见到的绯闻女友竟然也出现了，并且还是牵手出现。

相对于第一次正义相救所带来的尴尬，这一次我没有表现出多么惊讶，顺从他的行为，下车前，他还将他的墨镜摘下来，替我戴上，惹得经纪人偷笑："还真恩爱。"看来连经纪人也不知道真相啊。

宇宙对这种大场面已经司空见惯了，时不时和不远处的粉丝挥手，我除了低头走路一个多余的动作也没有。在经纪人的帮助下，办理好手续，我们就进安检准备登机，时间掌握得很好，恰逢头等舱旅客登机时刻，因此没有在候机楼引起太大的骚动。

虽然飞了这么久，但是坐头等舱这还是第一次，尤其还是自己公司的，难免遇到一两张熟面孔。

320通舱都是单通道，左右分布，头等舱的话一共两排，一排一共四个座位。除了餐食好点儿，服务好点儿，座位舒服点儿，要我花两倍的价格去买我是绝对不愿意的。但是，像这种沾光的机会，我还是不排斥的。

宇宙坐在第一排左侧靠窗的位置，他边上的位置本来是我的，但是我谎称自己也喜欢靠窗，就坐在了第二排，经纪人坐在他边上，而我边上的是这次活动的甲方代表，整个漫长的3小时航程我们四个人几乎是零交流。

宇宙比我想象的要安静，戴着耳机全程只喝了点儿饮料，从乘务员的角度来说这种旅客是极受欢迎的，我们最希望的就是一上来就睡到落地、不吃不喝的旅客，像宇宙这样不耍大牌的还是比较少见的。虽说我资历未够，还没办法升为头等舱乘务员，但是对于这方面的听闻还是有的。

除了我们四人之外，另外一侧是几名商务人士，他们显然对宇宙的出现不以为然，都在做自己的事情。幸好头等舱的乘务员和乘务长都不认识我，她们仅仅多看了我几眼，算是满足好奇心吧。宇宙的脑袋耷拉在一侧，我怀疑他睡着了，刚才听经纪人说他的行程很满，通告、电影、发布会，还要去大学授课。

本是漫无目的地环顾四周，但是竟发现酒店方代表，他虽坐在我边上，枕着扶手倒一点儿也不回避地看着我。

"怎么了？"是不是方才午餐时沾了米饭？我用手摸摸了嘴角。

"呵呵。"眼前的人直接笑出了声。

"之前我们还奇怪宇宙怎么找了个平凡的女孩子。"他挽了挽衣袖继续说道，"其实仔细看下来也不是没有可能，挺可爱的。"

这算是夸奖吧？

"谢谢。"我抿了口橙汁，目光向窗外望去。

窗外正是从层云里破出蓝天的那一刹那，虽长期在高空工作，但窗外的美景却鲜见。反倒是旅客才能有时间去看一看外面，哪像我们，忙起来没完没了。

果然震慑人心的永远都是大自然，广袤无垠的蔚蓝简直可以吞噬心灵，原本的那些坏心情瞬间无影无踪。满足地向后躺，补一个好觉。

再次睁眼的时候有一阵骚动，是从身后的门帘外传来的。声音虽不大，但是前后几排却依稀可辨，似乎是有粉丝知道宇宙在前面想来讨签名，乘务员进来通报后被拒绝，回去跟粉丝解释对方似乎不依不饶硬是要进来，乘务员声称非头等舱旅客不能进入，于是就起了争执，用词还非常难听。这种事情虽不常见，但是身为经济舱乘务员的我也遭遇过此事。

起身，离座，拉帘。

"你们这样别的旅客怎么休息，乘务员会遭投诉的。"合上帘子后，我和这几个毛孩子说道。

"你谁啊你。""关你什么事！"

“女士真的不好意思。”我瞅了瞅这位乘务员的工号牌，是最近才飞的新人。也难怪一上来就对我道歉。

“这事不怪你。”我和颜悦色，但面对几个学生时又摆出一副教训的嘴脸，“你们跟这位姐姐道歉，影响别人工作了！”

她们先是错愕，接着像是生了气一般也是恶言相对。乘务员眼见我的情况不利，拉开帘子示意我进去，说理不成，我也被灭了气焰，灰溜溜地走了。

“现在的学生怎么这样！”我嘟哝着回到座位上。但是显然我刚才的举动引得帘外骚动更大了，头等舱所有的旅客都醒了。

这可不是我本意。帘外那群孩子竟然嚷着“那嚣张的女人死出来把话说清楚……”我听得脸红耳绯，几乎就要跳出去了！

只是前方的宇宙突然抬臂按了个呼唤铃，而他的耳机早已不见踪影。

乘务长从前面应声而来，唯唯诺诺后，就拿来了纸和笔。我从后面只能看到他在纸上随意地写着什么，随后就交给了乘务长。而乘务长拿着纸出了帘外，不过一分钟，就回归于安静。

安静得过分。

有些人用几分钟摆平了一场闹剧，而有些人反而越搞越糟。挫败感油然而生，我下意识地咬着嘴唇，像做错事的孩子一样，老老实实地坐在位置上。

但显然宇宙没有追究的意思，戴上耳机后又沉沉睡去，就像什么都没发生过一样。而我却一直紧张到落地。

“女士们先生们，现在向您预报航班到达时间，我们的飞机预计在下午的14点20分到达目的地三亚凤凰机场，三亚的地面温度为39摄氏度……”

39摄氏度，咳——好热！

落地后我脱掉了罩衫，里面仅剩一件灰色宽边的无袖丝质吊衫，下身则是一条白色的热裤，甚是应景——热带岛屿对吗——我来了。

三亚有VIP车来接，因此不用走候机楼，我们直接从停机坪离开，直到进酒店，一路上宇宙都没和我说话，倒是经纪人坐到我一边苦口婆心道：

“星辰啊，下次遇到那种事情你就不要去管了，知道吗？”

我当然知道他指的是什么。

“是。”心虚地压低声音。

“真乖。”说罢他抬手拍拍我的肩。

给我的感觉就是很好说话的经纪人，大概也是他把宇宙宠得一副怪脾气。

我将宇宙的墨镜架在头顶，难得出来旅游当然要看看沿途的风景。一会儿就将飞机上的事情抛在脑后，心情愉悦得不得了。

到酒店大概三点多，正是最热的时候，一下车一股热风就钻进我每一个细胞，我跳下车就奔进酒店大门，一股凉爽扑面而来，我无暇顾及身后被我抛下的一干人，最重要的就是宇宙，我把他也晾在外面了。

一个刹车，我连忙转身，此时他们几人也步入酒店，除了宇宙之外，其他两人眼里都是笑意，像是在看一个调皮的孩子。而宇宙则是微微叹了口气，然后径直向我走来，搂住。

没错，是搂住。他拉过我的肩膀一侧把我调转了180度，而我一个踉跄直接跌进他的臂弯里，这场面，在别人眼里甜蜜得不像话，在我眼里，无法言状。

这一次酒店代表走在我们之前（后来从前台的嘴里我得知他叫杨经理），他领着我们到前台办理入住。

“之前要的两间海景房。”说完，前台的女孩子就递上来两张房卡。

一张在经纪人Kevin手里，一张在宇宙手里……

我的呢？我的呢？？？我的呢？？？

我僵在半空中的手没得到前台的回应，宇宙硬生生把我拖进了电梯。

“我的……”话未说完，他抬手在我脑门上轻轻磕了一下。

Kevin在一边笑开了花，显然他没能读到宇宙眼里“闭嘴”的意思。我只能闭口，任凭空气凝结。

1203的Kevin早我们一步到房间：“记者晚上五点到，其余的艺人应该也到了，总之五点在宴会厅见，我会先过去，宇宙你一会儿带着星辰过来就是。”

“嗯。”

说完Kevin就掩上了门。

而我们就住在隔壁的1205。

和宇宙同住。

是的，同住。

“你你你你你你！”关上门我就指着他，却只能说出一个你字。

“你睡客厅。”他悠然地环视了一下房间，然后丢给我一句话，像是知道我的心思一样。

只是！这个回答太不绅士了！

“什么！”我简直不敢相信他的回答，“我睡客厅？”

“嗯，你睡客厅！”

“凭什么！”

他没有再管我，拖着箱子就进了房间！

“喂！”我不依不饶地跟了过去，却发现他已经在收拾行李了。

显然，我是没戏了。

吃了败仗，我只好退出房间，客厅只有一个沙发，要我睡沙发？我可不习惯在这种半开放的地方睡觉。

于是我开始在屋内各种上蹿下跳，天无绝人之路，竟然被我找到一间影音厅，虽然不是床，但是总比沙发强，果断把行李全搬了进去。

影音厅里摆着两张全躺式沙发，只是少了被子和枕头，我大步走进宇宙那间房，卷了他的枕头和被子。谁管他啊。

“你站住！”宇宙出声制止，我没理。

他追着我出来，却发现我找到了栖身的地方。

“哟！”他眼角浮起一层笑意，但是马上又被我瞪了回去。

“干吗！”我没好气地铺着被子。

“不错，真好养。”

我说今天怎么会相处得这么和平，终于开始损伤我了。

“走开！”

我站起来，把他推出门外，使劲儿关上了门。真是不想见到他和大众所了解的不一样的戏谑表情。

“你好好休息啊，哈哈哈哈。”

他在外面笑得张狂，而且是发自内心的那种。

“走开！”我又重复了一次。

谁知道下一次开口会不会变成让他滚……

真烦。

本以为是出来旅游，开头就不太顺利！

“呼——”我深深吐了口气，就躺了下去。

虽没有大床的舒适，但好歹也能睡上几晚。至少不用花钱，我只能这么安慰自己。

等到门外没了动静，我就搬了些必需品进来，还把客厅里的衣帽架拖进来挂自己的衣服，除了洗澡如厕的问题，其余都能解决了。不过这是套房，客厅也有卫生间，不用厚着脸皮去他房间……只是洗澡，还要经过他批准……瞅着我的轻松熊睡衣，能被他笑死吧。是我轻敌了，没想到会住在一间房……是我笨。

整理完毕之后，我就踱步去了客厅，至少客厅不能被他霸占。才走出来几步，他也出来，并且让我眼前一亮。

此时的他已经换了行头，白色的衬衫剪裁有致，裸露的脖子和他不羁的外表散发着性感的味道，灰色的西裤将他的腿拉得更长了，我这才想起来刚才在他房间瞥见的衣柜，里面早已准备好了形形色色的服装。只是这一刻，我还是被他的外貌征服了，从心底来说，这样的完人很难不去多看几眼。

“咳。”我敲着肩膀，假装在放松，踱着脚步到了沙发前。

“去换衣服吧。”

“我换什么？”

“一会儿有发布会，之后还有晚会。在房间里，都准备好了。”说完他就推搡着我，并把门反手关上。

……

……

为什么没人告诉我，我也要参加？

参加晚会我该干吗？

出神间我望向了衣柜，的确有一些女性的晚礼服，只是这是我前二十多年都没接触过的东西，让我接受可能还要点儿时间。

过了十五分钟他终于不耐烦了，在外面敲道：“好了没有？全部试一遍也不用这么久。”

是的，我全部试了一遍。

“吵死了！”

我刷地开门，向外迈出一步，他的手作敲门状，停在半空，我和他都惊讶于眼前突然出现的对方，距离近到呼吸喷洒在对方脸上的每一个毛孔。

一袭深紫色落地长裙，剪裁简单，不露胸不露背，左侧开衩到大腿外侧，非常精致的设计，至少在我眼里是的。

只是披头散发不施粉黛没有珠宝陪衬，实在配不了这样一件礼服。我承认，只有像宇宙这样的身段才能驾驭所有衣服，并且是不附带任何其他装饰的情况下。他一米八五的个子，除了演戏之外还经常出现在各种秀场，和他对戏的女孩子也是经过各种筛选，身高不够的哪怕是“恨天高”也拯救不了她们女一号的地位，这样近乎于完美的男人竟成了我的绯闻男友，我自己到现在还很难相信。但是回归到现实。

我和他不过几公分的距离，要不是身高差怕是我的鼻子都能撞上他的了。

他向后退了几步，望向另一侧，但我分明看到了他脸颊处的一丝窘迫，仅仅是一瞬间便恢复了自然。

“真慢。”像是自言自语，“他们一会儿就来了。”

说完他走向我的房间，然后捧着我的几件衣服出来。

“你干吗？”

他没有解释，反而把我的衣服丢在他的床上。

“你干吗！”

我又重复了一遍，并且把声音调大。

“什么干吗。”他白了我一眼，“一会儿化妆师要过来，你要他们看见情侣分房睡？”

不知道为什么，明明心里有反驳的声音，但是直视他的时候我总是心虚得说不出话来，也不是心虚，就是说不出！

他见我傻站在他背后，就伸手拉我出来。不知不觉间，我和他的牵手似乎已经变成很顺理成章的事情，用不着解释的行为。

他松开手，而我借着惯性直接坐到了沙发上，与此同时房间的门铃响起。

宇宙不由分说便去开门，陆陆续续进来的得有四五人，化个妆也要这么多人吗？

他们招呼我和宇宙分别在沙发的两侧坐下，有人来帮我弄头发，与此同时化妆师就正坐在茶几上，面对着我帮我化妆，边上还有一个人拿着耳环项链种种在我身上比画，原来我一个人就要消耗这么多劳动力。整个过程紧凑得让我说不上一句无关的话，偶尔瞥一眼宇宙，他那边也是，忙着扑粉忙着做定型。

原来男生也化妆。想着想着我就咧开了嘴，而此时我正好在上口红，化妆师大声喊道："哎呀，不能笑啊！"

好吧。

我眨了下眼睛，算是不好意思，又乖乖让她们在我脸上胡作非为了。

漫长的等待之后，终于大功告成。方才的宇宙已经足够耀眼，此时更是无法用言语去形容，难得一见的帅气，他起身点了点鞋头，一手去扣袖钉，实在太夺人眼球了。

他似乎也发现了有人毫不遮掩地在看自己，于是乎，望向我来。

他的眼神先是聚焦，然后掠过一丝惊异，再接着又恢复原始的迷离目光，似乎要夺走我的心一样。

真是不忍直视。

我也起身，走向镜子旁，而某位工作人员在我惊叹他们的鬼斧神工之妙时将一双白色的高跟鞋摆在一旁，边上粘着几根黑色的羽毛，实在美得很。

我说了声谢谢便换上了它，在高跟鞋的作用下，不知不觉就将背脊挺直，似乎自信了很多。而此时从镜子的一角露出了宇宙的身影，原来他已站在我的身后。

虽然有了高跟鞋，但他还是足足高了我半个脑袋有余，从镜子里再一次和他对视后，他略低头："该下去了，时间差不多了。"

声音很低，但是很清晰，像是银器敲击骨瓷发出的质感声音一样，具有穿透力和魅力。

"好。"我深呼吸。

他的手已经准备就绪，手肘空出的间距，正需要我的分量去填补。左手的纱布被巧妙地用蕾丝伪装起来，摆在身侧，上面还有一排金色的水钻熠熠生辉。而我的右手，才刚挽着宇宙，他就将另一只手覆上，像是看透了我心里的紧张一样，轻轻地拍了两下，然后又挪开。

我承认，我喜欢他这种不动声色的安慰。尽管他很自私，脾气也很差，但是对于那晚的道歉和今天的表现，再加上这一身露着光芒的打扮，有那么一瞬间，会让人心动。

十多公分的高跟鞋平时几乎不穿，再加上晚礼服的限制，想要优雅地走路就必须时刻保持精神集中。

才出去刚走了几步，一侧的房门也被打开——于含雅。

她穿着裸色的长裙，婀娜的身姿一览无遗，虽说我的礼服也漂亮，但不知为何我就是觉得不如她。她的头发只是简单打理了一下，全部披在身后，而我卷起的大波浪被盘在一侧垂下几丝，不知为何，每次和她见面，我都显得格外做作和刻意，除了落落大方沉鱼落雁之外，我几乎找不到词去形容她。而在她边上的我，只能算是小家碧玉。

不自觉地低下头，我想一旁的宇宙想必也已经看得出神。虽说对方才是正牌女友，但是在一圈人的围观下被比下去还是觉得很丢人，手不受控制地拽紧了他的胳膊，衣服起了褶子。

“糟糕。”我急忙松手。

现在的场景实在尴尬，在别人看来更加尴尬。原本大家猜疑的大众情侣竟是绯闻，而真实女友现身晚宴，却偏偏松开了手，三方对峙各怀鬼胎。

其实假的人，只是我一个。打肿脸充胖子，这种事情本不是我的长处，纵使是一个配角，我也想要一个全身而退，而不是每次都这样。

呆立在原地不知所措，而于含雅却出声：“这么巧！”

她的笑在别人听来是多么自然，我却感受到了那语气里的苦涩，是啊，自己的爱人，却只能任凭别人挽着。

“嗯。”宇宙深沉地应了一声。

于含雅浅言：“那我先下去了。”

伴随着高跟鞋敲击地面的声音，她便远去了。留下了在走廊颓废的我。

“走吧。”

这一次宇宙没有搂着我，没有牵着我，而是一前一后走着，我的心再一次沉到了谷底，深深的挫败感。虽然对方并没有和我比，我这种虚假的身份根本没有去较量的意义，只是不知为何，我非常讨厌因为于含雅而被他区别对待的感觉，可这就是事实，不是吗？他早就警告我，于含雅的位置让我想都不要想。谁知事到如今，我真的会被伤到自尊，哪怕在这谎言里，也能尝到失望的味道。

直到快入厅了，他才不得不牵着我进去，也只是逢场作戏，将我领入席，同席的也均是演员，包括于含雅。

他们都在举杯和其他人说笑，唯独我，一个人也不认识，只能独自发呆。临近开席，灯光暗了下来，大家才入座。

简单的开场之后，周围媒体无数，这一桌除了我以外所有的人都是该酒店的代言人，他们经常离席发言，时常落我一人独坐。直到宴会高潮过后宇宙才回到我的身边，虽不和我说话，但是他在我至少是安心的。只是没多久，他就被外宾邀请去谈事情，Kevin也一同去了，一桌上的人渐渐又少了起来，最后又只剩我、于含雅和她边上的另外两个女孩子。

她们有说有笑，有意无意望向我，看得我浑身不自在。

“你们先聊。”说罢，于含雅走向了宇宙的所在地，就在不远处的偏厅里。

没多久，对面两个女孩子就直言相问：“你和宇宙不是真的吧？”

我被问住了，没回答。

“我们和阿雅是一起进公司的，他们的事情我们很清楚。”

“是啊，他们才是情侣，你到底从哪里冒出来的？”另外一个人也补充道。

“……”

“你也看到了，宇宙对阿雅的感情根本藏不住。”

“识相的就离开宇宙吧。”

从来不是我不想离开，而是他要求我留下。

她们带着笑脸，却句句质问，空气变得很沉重。

此时，宇宙已经回来，于含雅在他身后，洋溢着不一样的气息，我们外人好像根本插不进去。

“你变了。”宴会厅的人渐渐散去，于含雅泪眼迷蒙，丢下这句话就转身离去。

“阿雅！”她的好友紧随其后，追了过去。

宇宙本是背对她，听到这句话后，马上一个回头，却只见一个离去的背影。他的表情瞬间悲伤了起来。

我可以感觉到周围有许多的眼睛看着这里，即使他们知道我和宇宙在一起，却也怀疑他和于含雅的关系，所以，一切又开始扑朔迷离。

宇宙前倾，那是想追上去的意思，却被我制止。

鬼使神差，我竟然伸手抓住了他的胳膊，那句“不要走”说得无力而又真诚。他却没有正眼看我，只是轻轻拨开了我的手，就像打碎了我最后的一点自尊心。

即使是一场戏，至少也要给我一点肯定的地位。

可是他走了，就像我是个无关的人一样，他追随于含雅走了，就像我从来不存在一样。

要我以女朋友身份出席的人是他，拆穿我身份的人也是他。

我再也没有待在这里的勇气，想回房却没有房卡，就算回房也要面对那种虚伪而自私的脸。内心无法压抑的落寞和大家质疑的目光化作泪水马上就要满溢，我几乎是疾步走出了大厅，并且直直走出了酒店。

就算是晚上，三亚也是潮湿而闷热的，和我的心情正是反差，那是零下的体温，感觉再硬撑都能被冻伤的心境。

空旷的沙滩，只有我一个人。

也好，那就走走吧。

我脱下碍事的高跟鞋，踏上了松软的沙滩，潮湿的海风拂过脸颊——黏黏的。

我对海并不陌生，自己就出生在沿海城市，只是是个工业城市，很少能望见这么漂亮的海，不知道和我来自同一个城市的尹叶勒是否也会迷恋于同样的景色。

一想到尹叶勒，内心就会涌上一股暖流，像一股力量一般贯彻全身，他白净的脸庞，他细长的眼睛，他温柔的语气，接着是，那天对我说的话。

“我等你。”

究竟在等我什么呢？我干净的感情世界竟然无法读出他的含义，是啊，除了暗恋的心情其余我都一无所知。

都怪宇宙，竟然因为约我去海边，我就把尹叶勒的事情完全放在一边了。可是为什么事情一扯到宇宙，我就会忘记尹叶勒呢？

一想到宇宙就会忍不住地沮丧，莫明的伤感就像明月一样不可隐藏。

时间一分一秒地过去，我足足在海边走了一个小时了，回头望，几乎已经看不到酒店了，我只能往回走，然而手机却很安静，我本以为发现我不见了，宇宙总会来找我，可是他没有。

其实这也是意料之中，我又不是他的谁，为什么要找我。

熟悉的铃声响起，我惊喜地接，而对方的声音平和而深情。

“星辰，是我，叶勒。”

我当然知道是你。一下子就能分辨的声音，只是这一刻心却有点儿空，说不上理由的空荡荡。

我们的聊天很安静，简单的问候就是询问我的位置，我告知了目前的状况之后，他却表现得很开心。

“我明天三亚过夜，住得离你不远。晚上来找你如何？”

对于这样的邀请，我能说不吗？何况对象还是我喜欢已久的那个他。

挂了电话之后心情也缓和了很多，走了很多路多少有些疲惫，满脚的沙子怕弄脏了鞋子，索性就光着脚一路走回了酒店，庆幸一路上光滑的地板没有弄伤我的脚，但是被海风吹了那么久，形象多少有点儿凌乱。

此时酒店内的人已经不多，我径直走向电梯，也不知道宇宙回去了没有。

如果没有，还要叫前台来开门，怎么想怎么奇怪。

试探性地按了两下门铃，短暂的等待之后，门竟然开了。

“进来吧。”

开门的人正是宇宙，而他对我的回来不带任何感情色彩，只是打开门，让我进去。

察觉到空气中异样的气氛，待我望向客厅，于含雅正坐在沙发上带着微笑看我，像是女主人般的优雅和从容。

“你……你好……”艰难地憋出这几个字。

“我先睡了。”不知道为什么内心喷涌出的委屈，似乎要把眼眶弄湿。面对她，我本身就有自卑感，何况是这样的自己，光脚，邋遢。

我夺路疾走，“砰”地关上了门。鬼知道这样脏兮兮的自己怎么去睡。只是关门的一刹那隐忍很久的泪水就这样掉了下来。

我……我没有哭。

只是，只是眼泪掉了下来。

小声啜泣着，怕是一点点声响都会把自己的自尊出卖。隔着门的外面，似乎更加安静了，几句道别后，彻底回归于无声。

我收起自己的失态，狠狠擦了擦眼睛。

门外传来脚步声，最后停在我的门口。

“去洗澡吧。”说完，脚步声又远去。

使劲儿拍了拍自己的脸庞，希望能把这种负能量给拍去。

同时又担心宇宙会看到这样的自己，于是索性把头发弄乱，披在两侧。

轻轻地打开门后，我低着头用余光打量着周围，除了电视机里的声音，其余一无所获，像是如释重负一样，我深深吐了口气。

“怎么没穿鞋？”我循着声音望去，最后只捕捉到了一个脑袋，宇宙的整个人埋在沙发里，我只能看到那一头惹眼的黄发。

本以为他不在，谁知……

一时间答不上话，手上捧的睡衣也差点儿掉了下来。

怕他回头，我加快步子，直接走进了他房间的浴室。宇宙也没有追问，或许他也只是象征性地慰问一下我这个要和他同处一室的女人。

匆忙间都没拿卸妆油，只能用洗面奶一遍遍用力地擦着脸，都觉得有些干涩地疼了。镜子里一个好笑的形象，明明是工薪阶层，硬是穿着礼服，忍不住吐槽自己两句，实在太不相配了。

留恋地脱掉真丝礼服，质地的确是好到没话说，可是终究不属于我，就像宇宙一样，怎么可能和我扯上关系呢？

从头到脚淋了个痛快，又担心一会儿也要洗澡的宇宙觉得脏乱，于是又把浴室整理了一下，才整理到一半就听到我手机的铃声在不安分地响着。

想出去接可是自己还没穿上衣服，慌忙套了上衣，电话铃声就断了。只是一切背离我的猜测，竟然是宇宙接了起来。

隔着门我听不清他说的，但是也只是简单的几句之后就挂了电话。

我用毛巾把地板稍微擦拭之后，穿上裤子抓着我的用品就开门出来。宇宙就站在我的房门口，确切地说是影音室的门口，一副等得不耐烦的样子。

还没等我开口，他就说道：“是你姐姐，我说一会儿让你回电。”说完，他就向我走来，不带停顿地进了自己房间。

“谢谢。”待他回房后，我才冷不丁冒出来这一句，也不知道他听到没有。

唉，该死的倾城，大半夜的打什么电话。

我估摸着没什么事就没回电，宇宙把门关了，应该是要洗澡休息了。反正无聊，我就拿着毛巾走到阳台上。我没有用吹风机的习惯，所以踱步出来后边打量海景房周围的风景边擦着头发。

手机传来好几条短信的声音，都是简倾城发来的。实在受不了她这烦人的异样表现，只能拿起来看。

——在不在！速回！！

——简星辰！！！

——你男人是不是在K大搞物理的？？？！！

——速回啊！！！

——我的答辩老师，名字写着宇宙！！！

黑线三分钟……

原来世界真的那么小。

我琢磨了很久，都可以想象电话那一头倾城抓狂的表情，或者说是窃喜……酝酿了很久，我只能回一个“哦”字……

果然，不一会儿电话就炸了过来。劈头盖脸讨好我了一番，说是让我给通通关系。这让我怎么说？？？

虽然楼层很高，但还是有蚊子袭击，不一会儿我就关门回了屋内。宇宙还是在里面……

也罢。

顺手去冰箱拿了罐可乐，然后就漫无目的地看着电视。旅游节目，和我好像没什么关系，放着蜈支洲岛，很美的样子，很想去。

竟然就这样看了下去，直到宇宙的房门被打开。

他半干的头发耷拉着，特别的慵懒和——性感。

险些被呛住，我只能假装不经意，然后继续盯着电视。这副好皮囊，真是让人垂怜，再加上浴袍的作用……咳，不想想歪也难。

他倒是很无所谓，一屁股就坐在我的边上。

我和他独处也不是一次两次了，但是这种情况是第一次……大家都是衣衫不整的样子，又是在酒店，我脑子里还浮现着一个匪夷所思的问题，他穿内裤了吗？

太！邪！恶！

我扭捏地往边上挪了一下，用眼角去瞟他，巧了，他正不屑地看着我，嘴里还念叨着："你还怕我吃了你不成？"

戏谑和调侃在里面，在我听来还有诋毁我的意思。

我想了无数种回复的词，最后只说了个"切……"

我承认，面对宇宙，我总是有败不完的气势。但是一想到今天不愉快的晚餐时间，我就冷哼一声，再没理他。事实上，他也没理我，两个人只是在看电视而已。

这种僵持状态没过多久，他就先撤了。我条件反射地问道："干吗去？"

我为什么要问！

"工作。"

什么工作？

只见他在后面的书桌旁坐下，桌上不知什么时候已经多了几个文件夹。我想到倾城的话，是在忙大学里的事？

为了倾城，只能硬着头皮上了。

佯装好奇走到了他的身边，他不解地抬头望着我，"怎么，还懂物理？"

"……我就看看。"求人，态度硬不起来。

他没再回我，低头开始看东西，不一会儿桌上的东西铺得到处都是。

我仔细搜索着一切和答辩有关的东西，可是他妈的物理的东西我怎么看得懂，又不能明目张胆地拍照吧？谁告诉我物理答辩是干吗的！

眼睛都看酸了，都没找到任何线索，只有一张名单，我不由自主地伸手去拿，29个人名，第一个就是简倾城。

唉，果然是他负责。到底该怎么开口。

盯着这张纸发难，都没发现我的举动已经打扰到他的工作。

“你想看什么？”

这家伙会读心术？

“没……没……没什么……”我心虚得连忙把名单放下。而他似乎看出了端倪，顺手拿了起来，打量了一番。

然后像是找到了关联。

“简倾城？”他一字一顿地说道，“是你姐姐？”

他怎么会那么聪明！

此刻一切语言都是苍白的，我只能点了点头。

谁知他又笑了起来：“怎么，想贿赂我？”

我承认这是我的真实想法，但是为什么他说出来就那么龌龊？为什么？

“你！”一时间想不到任何词来反驳，只能卡在这里。

“她是西南科技大学成绩最好的，你放心吧。”

他没有被我的情绪影响到，直白地说道，让我有点儿反应不过来。他应该不是那么好说话的人才对。

一脸迷茫地望着他，而他那种自信的眼神又要闪瞎我了，我只能大喊一声“晚安”然后回了房间。

为什么我会不敢看他！

带着无数疑问和疲惫，很快就睡着了。好像做了个很辛苦的梦，第二天起来浑身酸痛。

一觉醒来，才8点，换作平时休息至少要睡个昏天暗地，只是最近一直在休息，都不缺觉了。

打开房门，对面的门虚掩着，也不知道宇宙起来了没有。我蹑手蹑脚地走进他的地盘，窗帘被拉得严严实实，估计还没醒吧。于是我更加小心了，怕吵醒了他要被他骂一顿，想想也觉得他辛苦，白天忙演艺圈的工作，晚上忙学校的事情，也不知他昨晚到底几点睡的。

洗漱完毕之后，再轻轻掩上了门，里面的人好像翻了个身，但没有下一个动作，应该没被我吵醒吧。

去楼下吃了个早饭，再去前台要了张房卡，两人共用一张实在不方便。等我再回屋的时候，宇宙还是没起来。我下意识地走到书桌前，桌上还是摊着那一堆我看不懂的东西，但是始终没忘记老姐的交代，拿着手机把每张都拍了个遍，然后给她发了过去。

“我只能帮你到这里了。”

也不知道这些资料有没有用，反正我是尽力了。

由于有的人还在睡觉，我又不能制造什么大动静，也不能看电视，只好窝在沙发上玩手机，然后打算和宇宙说一声，如果这几天没我事情的话我想出去走走，其实，我就是一个用来迷惑众人的双弹瓦斯。

没过多久，宇宙终于起床了，第一步不是洗脸刷牙，而是打开房门，看到我在之后好像有种踏实的感觉，这才回去洗漱。

和平的一晚过后，对宇宙好像也不那么陌生了。等他一出来我就扯着嗓子喊，“我下午想出去溜达溜达。”

“不行。”

“为什么！”

他没理我，竟然没有理我。

我问他今天有什么安排，他说没安排。没安排为什么不让我出去玩！难得旅游啊！是旅游啊！

对方还是选择无视我的咆哮，自顾自吃着客房送来的水果。

我整个人在沙发上呈抓狂状，甚至手舞足蹈。谁知他已经来到我的身边，一把拽我坐下。

我们之间，似乎已经亲密到随意的肢体接触也不觉得意外了。

疑惑地望着他，而他没打算看我，一手揽住我，一手捏住手机。

“干吗？”我侧着脸，皱着眉头。

“看镜头。”他边说边把我的脑袋扭正。

“咔嚓”就是一张抓拍!

什么情况!

没等我反应过来他已经把手机收了起来，我伸手就要去抢。

“走开。”他语气里带有顽皮，一手推开我。

靠!

只见他把照片发上了微博……再一次，想死的心。就算是做戏，也不要做得这么充足吧。

他将手机塞进口袋，再也不让我看的意思。

至少要让我知道被拍成什么样了啊！无奈抢不到他的手机，我只能去微博上看，这是我第一次看他的微博，粉丝多达一千万，太可怕了!

但是重点不是这个，我要看的是照片。

最近更新一分钟前，他发了一条“难得的假期”附图——惨不忍睹。

我一脸夸张的表情，他倒是笑得意气风发格外抢眼，我就像个陪衬一样，大黄鸭的睡衣别提有多幼稚了，再看看我的脸，天然未修饰，怎么可以出来见人呢。

还没完全进入对照片的绝望里，下面的回复每条都是亮点。短短的一分钟竟然已有上百人回复，我耐着性子看下去。无非是两拨人，一拨是美好祝福（姐姐对不住你们了，姐姐只是个替身），还有一拨就是人身攻击……说我丑的，配不上的，反正各种说法都有。

唉。

无奈地把手机丢在一边，他倒顺手去拿，然后也是看着微博，放声大笑起来！太过分了好吗!

我恶狠狠地瞪了他一眼，他却撒手一副和他没关系的样子，丢下我就回房了。我往他那个方向丢了个靠枕过去，结果正好被他关的门给挡了回来，我只能再去捡回来，别提多受挫了。

这一天过得很无聊，都是在房间度过的，他都没有出过这个屋子，午餐晚餐都是叫了服务员送上来的，不知是他娇贵还是不喜欢抛头露面。反正我是过得很无聊。

晚餐过后他出来喊我，叫我穿上衣服去唱歌。反正是去唱歌，我就穿着自己的T恤衫，哪知这酒店的KTV包厢内，竟是星光璀璨，明星阵容堪比一场演唱会了。

昨天碍于场合，隐住了对他们的爱慕之情，今天表示无需再忍。拿出随身备着的笔记本，一个个求签名。他们似乎对我的热情和主动很惊讶，但是都很爽快地帮我签名和合照，我心里美得不得了。

而此时的宇宙眉毛已经挤到一块了，难看得很，眼神里充斥着“还不快给我滚回来”的意思。我回他一个“我就不”的表情，继续求合照。这也算是报复他抛下我的事情，再说了，我早晚要和你分手的，当然要抓着机会认识点儿人了。

对方终于放弃我了，找了个空处就一屁股坐下，其实我也是想缓和一下气氛。一进来就能感觉到我和宇宙进门的时候，大家把目光都投向了已经在座的于含雅，我当然不能再一次被先发制人了。与其再次被冷落，不如我自己退出他们的纠葛。

这间宽敞的包厢大约坐了十来个人，每个都不简单，至少每个我都认识，全部打过招呼之后，我就在宇宙边上坐下，他显然是准备和我杠到底了，用沉默回应我。

其实这种沉默还来自另一边的于含雅，她的眼神没有任何回避，直接落在宇宙的身上，连我这个局外人都觉得各种不自在，别说他们俩了。

很快大家都唱了起来，而我逐渐落单，话题基本是我参与不进来的，大家喝着喝着位置都已经重新排过，于含雅不知不觉间坐到了我的边上，也就是说，他和她之间，隔着一个碍事的我。

找了个借口去厕所，等我再次入座的时候，于含雅已经占据了我的位置，我当然没有资格去抢了，大家虽然谈笑风生，但是眼神里的怀疑我还是看得到的。

我找了个边上的位置坐下，其中有人提议要唱情歌王的接龙，接不上就喝酒……我是一喝就上脸的人，别说喝多了，通常才喝一点儿，人家就跟我说你别喝了。

一人提议，众人叫好。我无疑只能参加了。

两圈下来，一到我不是走音就是唱不上，毕竟去唱歌的机会太少，不像他们歌手出身。所以结结实实挨了两杯纯的XO，别提有多呛人了。掩着杯子一口喝完，他们倒是拍手叫好，我心里那个火辣辣的呀。

只能提前离开游戏，看着他们唱得你侬我侬。

游戏结束，他们还意犹未尽，把排行榜上的歌点了遍，唱得完全忘乎所以，要么聊要么唱，几乎都快忘记我的存在。

跳跃的灯光，我总觉得捕捉到了某人关切的眼神，但是时间太短，再加上距离的限制，没能看清。

恍惚间看见了于含雅邀请宇宙唱歌，宇宙半推半就，两个人就这样唱上了。对于我这个名义女友而言，莫名不爽起来。

于是把自己的酒杯满上，难道还要我欣赏不成？？

他们一唱就是连着三首，而我为了不去变成话柄，就拼命喝呀喝……

“星辰，你还……行不行啊？”边上的某A拍了拍我。

“你喝了很多了。”众人闻言望向我来。

不知不觉半瓶已经被消灭了去。

而我竟然没有醉的意思，难道我是酒神？

也不知道是被他们盯得脸红，还是酒上头了，我觉得脸上和身上都是滚烫的。

望向我的还有宇宙，只是这一次我有盯着他，但是却看不清。

手机在这时响了，我将音量调到最大，起身去一侧接电话。

“你在哪儿？我到你们酒店了。”

糟了，我忘了还有尹叶勒！

“我在KTV，就在酒店，这样吧，你在这层的休息厅等我吧。”说完我就挂了电话，有一点头晕，但是好像不碍事。

我朝着宇宙的大约方向喊了一声：“我还有事，先走了。”

然后眯着眼跟大家挥手告别，大家的脸我几乎都看不清了，好奇怪，好奇怪。

和昏暗的包厢不同，走廊明亮，晃眼，不知为何看什么都有叠影，难道是视力变差了？

脑袋也是越来越晕，走几步就要扶一下墙，可是意识清楚，所以我坚决不相信自己是醉了。

好不容易来到电梯口处的休息厅，就着沙发就坐下，头靠在一侧，除了晕，就是疼痛。

而胃里，似乎要卷起海浪一般，难受得很。

第四章 怦然心「痛」

也许是酒精作祟，总有一种昏昏欲睡的错觉，只是面部不断上升的温度始终提醒我："不能睡，不能睡。"

是啊，睡着就又会被丢下了。

想到包厢里他们一番惬意就不免伤感来，本是别人的世界，自己却硬是要闯进去。

"叮"的一声，电梯打开了。

尹叶勒清爽的脸庞就像凉风拂过，他低着头挽着袖子，直到走出电梯才发现我的存在。

我借着沙发的力站了起来，

"嗨。"几日不见，如隔三秋。

"怎么喝酒了？"他的表情转喜为忧，关心的语气完全藏不住。

嘿嘿傻笑，便就着他坐下。

"手受伤了还喝酒，你……唉！"他苦笑着说，"真是被你打败了。”

说完他就伸手摸了摸我的脸颊，或者说只是试探性地碰了一下。

“看来还喝了不少，这么烫。”话语间洋溢着少见的光泽，能在这里见到你，也算是痛苦时光里最美好的事情。

“这地方，简直一天都不想多待。”

语毕，我就仰头，想把近日的委屈全部咽下去。只是眼角滑落的液体瞒不过眼前的人。

“不要哭。”他低低的声音。

低沉地回荡在本不狭隘的空间里，脸上涌起的是他焦躁的面容，甚至有点儿失控。

墙上挂钟的指向正是夜间10点，不安的前奏。

“我说不要哭。”突然转了语风，他的好脾气不见了，竟然带一点愤怒。

说话的同时他竟然猛地用手覆住了我的眼睛，遮住我上半张脸，手指稳稳地掐住我的脑门。动作粗暴，和他以往的形象完全不同。他的手很大，拇指和小手指贯穿了我两侧的太阳穴，面对他这样的突然来袭，我张大了嘴巴。没过多久，受力部位的压迫消失了，他将手抽离，目光落在地板上不再看我。

“在我面前，不要因为他再哭了。”态度软了下来，透露着失落。

一时间语塞，我竟然站起身来：“啊哈哈，你看，我喝多了。”

不着边际地找着话题，但他却似乎打不起精神，没想到本应伤心的人是我，可却让他如此落魄。

尹叶勒垂着头，我看不到表情。他的头发柔软服帖，和宇宙的前卫造型完全不同。他双手手指交叉，也不知为什么出神，干净的制服虽卸去了肩章但还是能透出这份职业所带来的魅力。

“叶勒？”

我轻声叫他，不愿意难得的相处落得如此失败。

“他呢？”他扬起脑袋，目光游离。

“……”该怎么回答？

“简星辰。”他的语气再一次强硬起来。

“不要勉强自己。”说完他起身，面对着我，双手扶住我的肩，认真地看着我。

“我知道。”歪过脑袋，深怕眼前的人看透自己的心思。整个空间安静到只能听到彼此的呼吸声。

“可你还是在勉强自己。”

唉，答不上话，再次陷入沉默。也不知僵持了多久，只是酒的后劲儿太足，实在连稳住脚步都是不易。

“星辰？”

“嗯？”

“答应我，承受不了的时候就做回自己，你没有欠任何人的。”我始终感谢他永远站在我的立场帮我说话，但是发展成这种境遇不是我可以撒手不管的时候。

你说的这一切我都知道，但是，我没办法……没办法啊……

不知道用何种表情去回应他的关心，真的不想辜负这份最原始的好意。

可是偏偏……

“你是谁？”

宇宙鬼魅的嗓音在背后响起，打破了静谧。

我回过头看他，而他的眼神直接落在尹叶勒的脸上，带着不友善的目光。

“我的师兄。”

出于本能地解释，然后又马上转过来看着眼前的尹叶勒，那是我从未见过的表情，同样的富有敌意。

怎么会变成这样。

我本想摆手做更多的沟通工作，哪知这洋酒渐渐地已把我摧残到力不从心，重心不稳向前倒去，尹叶勒的手和肩膀如期而至。我不敢想象身后人的表情，也无法想象。

宇宙就像他的名字一样，未知而神秘，就算我知道他近在眼前，可仍是不可触摸的遥远，像是百科里对光年的描述一样，太遥不可及了。相比较而言尹叶勒就像迷茫里的恒星，散发着永恒的光和热。

“希望有一天你能把星辰还给我。”他平静地开口，但是这话一点儿也不像开玩笑。

我艰难地从他的臂弯里抬头，对上的正是他直视对方坚定的眼神。我从未想过尹叶勒会为了我而站出来。

“哦？”身后的人冷笑。反常得很。

“你不能太自私，星辰……星辰她很累！”说到最后，尹叶勒的语气迫切地激动起来。

这是我曾心心念念的怀抱，而此刻我却满脑子幻想着宇宙的表情。如果命运没有让这两个人与我交锋，我又怎么会如此忐忑呢。

“你怎么知道？”还是同样的不屑，但明显多了几分不悦。

“我……”他才说了一个字，就没了下文。

简单的一个动作，将我从天堂打到了地狱，我看着这张离我而去的面孔，久久不能释怀。

尹叶勒突然将我剥离，并一把推开了我，眼中带有不舍，却又坚定地推开了我，而我只能借着惯性跌进宇宙的胸膛，后脑勺重重地砸了过去——好疼。宇宙却似乎有所准备，接过我之后双手将我揽起，就像什么都没发生一样。

我悲愤地看着尹叶勒，发现他的目光盯着我的斜后方，勉强用余光看到几个人的身影，他是怕我和宇宙的身份曝光？

天哪，是要有多大的心胸和胆识才能做到这样的决断力。

“那你慢走。”宇宙顺理成章地编造着剧情。

“好。”尹叶勒回应着。

在外人眼里，只是他们的短暂叙旧，绝不会将矛头指向我。

真是……真是荒唐……

看着尹叶勒离去的背影，内疚感再一次爬上心头。

宇宙扶着我，回头说了几句，都是道别的话，然后将我带回了房间。

我的心情从来没有这么苦涩过，尹叶勒是为了我才来，而我却这样对待他，他分明是在帮我，而我却不能对他说一句谢谢。

把喜欢的人推向别人的怀里，他一定比我想象的还要难受吧。

而我什么都不能做，反而在荧幕里扮演着宇宙的甜蜜爱人，自私的人不是宇宙，是我啊！我明明喜欢你那么久，可是我什么都做不了。

宇宙把神情恍惚的我扶回了房，甚至让我睡了他的床。当夜我却泪流满面，自从见到宇宙之后，我心里就有无数的委屈，却没有人可以诉说。

星星摇晃着夜空的唯美，月亮羞涩地不知去向，夜幕在黎明的带领下去了另一个世界，而我却想起一句很薄凉的话——谁假寐惆怅，谁低吟浅唱。

我多想一觉醒来一切回归原样，尹叶勒温暖地站在我的面前，告诉我他其实也喜欢我。

可是这一切啊，已经乱了章法，怎么都回不去了。

这一夜，几乎睡不着。

迷糊地睁开眼，想去叫宇宙，却始终找不到他的踪影。

整个房间昏暗到不行，思路混乱忘记去找开关，而是把客厅的窗帘拉开，虽说是夜晚，但是繁星点点倒是能把这里的景象依稀呈现。艰难地分辨出杯子和水的所在，咕咚咕咚就大口喝了起来，然后就又像一摊泥一样蜷缩在沙发上。

空旷的屋子里，只能听到我发出的细微声音，略显单薄。

瞌睡再次来袭之前，我勉强分辨出了一丝不属于这里的光束。

谁没关门？

显然不是我。

我走近了入口，本想把门关上，后来又想到宇宙不在，是否是他故意留了门？竟然那么放心我一个人待在这里？

唉。

手指接近玄关又缓缓放下，还是睡觉吧。只是这一次我分明听到了宇宙的声音，不是很远，但是隔着门，很轻。

我小心翼翼地将门打开了更多，好让自己可以看清楚外面的一切。

虽然可以看到他在说话，但是却不能听清。我承认偷窥无耻，但是对于他的事好像总是没方法不好奇，这就是明星效应？

只见他背对我，正站在于含雅的门口，也不知在说些什么，面色凝重。

除了他以外，于含雅的身影一直在门内，似乎两人之间隔着距离，并非有多亲近。

我使劲儿贴近门，希望能听到些什么，宇宙突然转身，正是面对我的方向。我被惊到了，一时间忘了要躲起来。

未等到他往我的方向望来，门内的于含雅伸出了一只手拽住了他。

这一次，我看清了宇宙的表情，带着些许的不耐烦和无奈，很难想象他会对于含雅露出这样的神色。两人之间果然有着什么不愉快吧，还是说这样偷偷摸摸已经疲惫了？

宇宙回过身，轻轻拨开她的手，就像昨日拨开我一样。可是我知道，这完全不一样。

于含雅终于走出了门外，和他僵持着，眼里噙着泪水，楚楚动人。也不知发生了什么，她在那儿说了很多话，情绪亢奋，声音也是抑制不住的颤抖。我只能勉强猜到几个字，“为什么”“不一样”“公开”。

实在没能拼出一段话。

而宇宙给予的回应实在是令人费解，沉默地看着她，不说一句。

最后于含雅终于崩溃，趴在他的肩头痛哭起来。宇宙叹了口气，抚摸着她的脑袋，而我就像在看一部最传统的偶像剧一样，心里被搅得不是滋味。

这样和谐的场面仅仅维持了几秒钟，于含雅突然抬头，深情地望着宇宙，紧接着就往宇宙的嘴唇上印上一吻。

顿时脑中一片空白。

宇宙像是暴走一般，扣住她的手腕，将她从自己身上扯了下来，而于含雅的眼中满满的都是不解，甚至，还有愤怒。

可是相比而言，宇宙的愤怒就更加明显了。

“你闹够了没！”这一次，宇宙说得很大声，大声到我都可以听见。

只见他惊恐地打量了四周，发现没有人才松了口气，但是严肃的神色未变。

他让于含雅往房间里靠了靠，也不知叮嘱了什么，然后就关上了她的门。他径直走向我这边。

这一切发生得太快，等我起脚准备逃的时候，他几乎已经站在了我的门外。

猛地打开——

“你怎么！”

捉到我一个疾步快走的背影，他方才克制的怒火一下子在我身上爆发了。

“你为什么要偷看！”

虽说我的行径实属小人，但是他这种无名火撒向我也让我很难过。

“你说你为什么要偷看？”

他不依不饶，追上来擒住我的手腕，力气大得直接把我拉了个转身，此刻并不是天旋地转，而是苦不堪言。

“呃！”

我发出了撕心裂肺的沉闷叫声，但是他完全无视，只是瞪着我，像是我害他了一样。

“对不起！”见他这番态度，我硬着脾气回应他。

“放手！”

见我没有认错的架势，他的手越发用力，眼里充斥着愤怒，燃烧了所有的理智，这一切只是在泄愤?

“我说放手！”

伴随着我的厉声呵斥，他本想说什么，却发现我好不容易忍住的泪水正颗颗坠落。

他张口，却没说出半个字。

“我说，放手。”

带着哭腔和委屈，“它已经断了……”

在疼痛面前一切都已经不重要了，我只能扬起另外一只手用胳膊擦拭着眼睛。

宇宙像是恍然大悟一样，手抖了一下，便连忙松开。

这一次，换我怒目相视。

“你TM真是浑蛋！”

丢下这句话，我就奔回了自己的房间。

你TM真是浑蛋!

混蛋!

终于下定决心，我和这个男人真的没必要再有一点瓜葛了!

回房我就开始收拾行李，准备连夜离开。

订了一张回去的机票，明天早上9点的航班，但是我已经和这个人连一分钟都不能再相处了。

于是趁他洗澡的时候，我拖着箱子就离开了。

这个点儿，酒店去机场的专车本是没有，我求了酒店很久才勉强破了例，把我送去机场。

此时正是凌晨3点，沿街都是黑漆漆的一片，另一边则是海域，月光下波光粼粼，而我却无暇欣赏。

还没到机场，电话就响了起来。我看都不用看就知道是谁，想必是发现我房间门没关，而人和行李都不在。

去死吧!

我心里这么想着，就把手机关机了。还有几个小时就能回去了，再也不用和这个难缠的人扯上关系了!

想到这里，心里的千金石终于放下了，舒坦得很。

来到机场，虽说还是灯火通明，但是迎面而来的却是凉飕飕的空调风。候机楼的柜台大部分都关闭了，只有几个国际的值机柜台。

而和我想象中的凄冷不同，虽说已经是凌晨这个点儿，但是候机楼竟然还是有几十个人，他们大概都是和我一样无家可归吧，还是为了省去酒店的住宿费?

有这么多人陪着，就不会觉得太孤单了。

只是有点儿冷，我从箱子里翻出一件长袖披上之后，就坐在长椅上睡去了。

这一夜睡得别提有多难受了，椅子很硬而且很直，我几乎每隔20分钟就要醒一次，这样原本哭肿的眼睛更加难看了。

好不容易到了8点多，我的腰已经被摧残得不行了。机场里也已经人满为患，我急忙去办理登机就进到了里面。

还是同样的椅子……算了吧……站着吧……

我站在登机口，由于时间太早，就捂着腰做些伸展运动。

发现周围旅客都向不远处望去，我也顺势围观，只见是航空公司的机组成员进场，虽说自己也是其中一员早就习以为常，但是这种远观的时候总会觉得是条风景线。

等一下……

这不是我们公司的制服吗?

对啊，昨晚匆忙订了机票，选了最早一班，没想到是自己公司的……

不对……再等一下……

尹叶勒昨晚在这里过夜，这趟航班，不是吧？

待他们走得稍微近一些，我定睛一看，果然啊！！

回过神才想起我这肿起的眼睛，实在太丑，又怕会被喜欢的人看到。我立刻一个转身，去包里翻墨镜！

结果只翻到了宇宙的那副，不管了，先戴着吧。

我背对着他们，用余光去看，走近了，又近了，又近了。几乎是快要走过的时候，我刻意地背过身去，岂料身后的人还是认了出来。

“星辰？”尹叶勒的声音似乎带着不确定。

不是我。

我默不作声，不打算回头。

没过多久，身后的脚步渐渐散去，再瞥向远处的梁桥口，一行人已经进去了。

“吓死我了……”

我低低地咒了两声，握紧行李箱把手的手这才放松。

“谁吓到你了？呵呵。”

这爽朗的笑声，不会错的……是尹叶勒。

这回再怎么假装都没用了：“这……这么巧。”

我支支吾吾地回过头，顶着墨镜，尹叶勒的脸果然黑了好多。但是还是好帅……

“今天就回去了？”

他笑意盈盈地看着我，仿佛周围一切都是透明的。

接着，他脱下帽子，夹在腋下。他自己一定没有意识到这些动作在别人看起来是有多帅气。

“嗯。回去了。”再待下去会死！

“哦。”他轻声回应我，然后四处望去，像是在寻找什么。

“他没在。”

我当然知道他在找什么了。

“欸？”不可置信。

“我自己先回去了。”

他脸上写着为什么的表情，但是终究没问，可我却不想隐瞒。

“我想摆脱这种现状。”见他没有表态，我继续说道，“我想离开他。”

可能是措辞没有选好，这话让其他人听起来一定是恋人分手时的态度，但是相信尹叶勒他一定懂我的意思。

“傻瓜。”

岂料他清脆地笑了起来，然后弯下腰，顺手牵过了我手中的箱子，手指轻轻碰触，却有一股电流涌现出来。对上的还是他清澈的眼眸，一瞬间会心动。

实在让我忍不住怀疑，他说他在等我，这个人，这个多少人心中的梦中情人说他在等我，真的是指想和我在一起吗？

莫名其妙的，脑海中突然闪现了宇宙傲视群雄的脸，这个时候为什么会想到这个晦气的家伙。

我满脸嫌弃地摇了摇头，忘了自己是在尹叶勒面前。

“怎么了？”他关切地问。

“哦……哦……感觉头疼……”我随便编了个借口。

“以后没事就不要喝酒了。”他竟然信了。然后又是埋怨的语气。

“嗯。”我会心一笑，希望他能感受到我的这份心情。

他双手拖着两个箱子，却丝毫没有不妥的感觉，“走吧。”

我跟上他的脚步，递给工作人员登机牌后就准备步入廊桥。身后响起的窃窃私语让人不在意都很难。

“这是不是电视里那个宇宙的女朋友吗？”

“不像吧，照片哪有这个人好看？”

这是在损我还是在夸我呢？

“也是，这怎么看都是这个飞行员的女朋友。”

没错没错，我也希望你们说的是真的。尹叶勒的女朋友，多么带有光环的称谓，光是想想都能满足呢。

今天头等舱有空座，尹叶勒和乘务长知会声后后者就同意我坐在前面了。最近还是真容易遇到贵人啊。

虽然没有和尹叶勒在航班上有任何交集，但是一想到我和他在一架飞机上就会洋溢出幸福的感觉，可悲的是，时间也总是过得这样快。

他们还有后续航班要执行，落地之后他只能将我送下飞机就挥手道别了。

“自己路上当心，到家后给我发个短信。”

不知道什么时候，面对他的关心已经变成理所当然的接受。

从未想过，我和尹叶勒的关系已经近到可以随时随地见面了。想到这里，心脏就会跳快许多，这就是恋爱感吧。

满心欢喜地回到家中，虽说才离开几天而已，却是久违的错觉，我洗了个澡后把自己丢在床上，这次我一定要睡个好觉。

等醒来的时候已经下午了，我这才想起来没有给尹叶勒发短信。

着急起身就去翻手机，原来我都没开机！

开机之后，果然是尹叶勒的未读短信——到家了吗？

我连忙发了个——睡过了，对不起，我两点就到家了。

顺带再加个笑脸，这样的卖萌，他不会不喜欢吧？

与此同时，联通秘书的短信也随之而来，显示的是宇宙给我打的20个未接电话，从凌晨4点到下午这个点儿，隔一会儿就是一通，从没间断过。

该死的，这家伙不是没睡吧。

虽心有不安，但是一想到他就会燃起无名火。于是果断无视了这一切。

第五章 视而不见的地方

已经快接近六月的天，黄昏显得有些燥热，但和岛国那般潮湿相比还是好很多。

我放下手机之后，充了会儿电，然后就打给了乐乐。

意外地通了。

“晚上一起吃饭吗？”

现在已是个自由人，可以随时出现。

“今晚吗？”乐乐犹豫了一会儿，然后答非所问，

“新闻上不是说你和宇宙去了海南吗？”

自从认识宇宙之后，我已经控制住不去看任何娱乐新闻了，对于既定的事实，我也表示不再挣扎，“不喜欢，所以先回来了。”

对方没有察觉我语气里的不悦，“也是，那种圈子听说很难相处的。”

扯着一些有的没的，她说她晚上7点来找我，她妈妈这几天来H市给

带了点儿特产，所以最后约定在我家下厨。

反正闲着也没事，我揣上包就出门了，准备去买点儿熟食凑合。

只是才到路口，手机就响了起来。我本以为是乐乐，没多想就接了起来。结果对方是长时间的沉默。

“喂？”涌过一丝不好的预感。

我胆怯地去打量来电显示——宇宙。

也不知对方是什么心情，继续沉默着，但是电话那头传来汹涌的呼吸声，像是在克制爆发的冲动。

啪嗒。

在他开口之前，我把电话挂了。

呼——

怎么好死不死接了他的电话？我都发誓再也不要和他有关系了。

就这么想的，打开通讯录就把这人删掉了，在点击“确认”的时候却突然犹豫了，但是转念一想最近受到的不公正待遇，一咬牙，删掉了。

然后，心里也空了。

是错觉吧。

可的确也是奇怪，删掉之后竟然再没接到他的一通电话，一直到晚上送走乐乐还是安静得很，或许，这就是这个短暂故事的最好结局吧。

将滔滔不绝的乐乐撵走后，我洗了个澡就早早上床了。迷迷糊糊间手机震了一下，第一反应是尹叶勒。

伸手拿过之后，果然是他。

——睡了吗？

短短三个字，却让我想象无限。

明明困得要死，偏偏回复“还没”。

对方回得很快，是不是捧在手里一直在等？

“我饿了，要不一起宵夜？”

我看了看钟，快10点了。可自己明明刚吃了晚饭，还撑得慌。但是面对尹叶勒的邀请，我却没办法拒绝。

“好。”

就算不吃，喝点儿东西也好。

简单地换了衣服，眼皮子却在打架，我是真困了。

没过多久，尹叶勒就出现在了楼下，他已经换了便装，别有一番风味。

我上了车，还是熟悉的音乐，他似乎很是专情，每次都是同一张碟子，等一下，专情？

一想到这个词，不自觉就联想到了自己，偷偷看他一眼。

这么优秀的男人，真的喜欢我吗？还是我会错了意？

这时候就真的好恨自己为什么没有恋爱经验，连这些最基本的感情都无法分辨。

尹叶勒似乎发现我的偷窥，缓缓转过头来，没有露出惊讶的表情，反而莞尔一笑，然后继续开车。

目的地还是我比较熟悉的，当地比较出名的夜市，这个点儿才开始热闹起来，而尹叶勒很应景地点了小龙虾，预示着夏天已经到来。

这边离公司比较近，所以很多航空公司的员工也会选择来这边吃东西，虽说现在已经小有名气，但是对于某些炙热疑惑的眼神我还是很不自在，何况我的对面还是公司红人尹叶勒，除了青年才俊之外，说是今年年底就快要升机长了，传说是公司最年轻的机长，并且每次公司拍摄宣传片或者海报，总是少不了他的身影。是啊，他是这样优秀，优秀到我只能变成一旁的围观者。

食不知味。

一来是不饿，二来是总觉得被尹叶勒喜欢似乎是种错误的猜测。

“怎么了？”见我满面阴沉，他问道。

“欸？”

一时间没想到好的说辞，抬头错愕的目光对上他细腻的眼神。

然而他纤细的手指，将一只剥好的虾放进了我的碗里。

“怎么，没胃口？”

悬到嗓子口的心一下子平静了，我还以为他看出了我的不安。

“晚饭吃多了！”我笑嘻嘻地答道，同时拿着筷子把这单薄的虾肉往嘴里送。

“那就陪我吃！”说完，又将一只剥好的虾放进了我的碗里。

他说着最近公司的现状，说是新进的飞机就快到了，他九月份可能就要机长检查了，还说这之后可能要出国一段时间去改新机型。他的形象一下子高大了，是众人敬重的一名机长，对我而言却如此遥不可及。

喝着解暑气的大麦茶，店内微微的凉风穿过袖口，却也带着对面那人令人窒息的体香——很好闻，淡淡的可能连他自己都没有察觉。

“星辰好像要比高中时胖一点儿呢。”

“没……没有吧。”我下意识地去摸自己的脸，有胖吗？

“哈哈，骗你的。”

尹叶勒从没开过我玩笑，但我竟然不讨厌，甚至还很喜欢。

“坏蛋！”我笑着说，气氛已经很自然，仿佛是认识了多年的老友一般，事实上也是如此，人生哪有那么多的8年。8年啊，久到我都以为自己不知道喜欢是什么感觉了。

尹叶勒的目光下移，落到了我的左手，接着他手臂向前，端起我的手掌放在手心：“还疼吗？”

和宇宙两次抓伤我完全不一样。

“疼。”

这是实话，恍惚间竟然说出了实话，该说不疼才对。

“后天要去医院复诊，你别忘记。”

“欸？”我赶紧翻手机去查日期，果然，后天是周二。多亏他的提醒，不然我真忘记了。

“傻瓜。”他将我的手放下，手指略弯曲，叩了一下我的脑门，不疼，但是很暧昧，“后天我晚班飞长春，你去完医院告诉我一声。”

“嗯。”

他抬手看了下表：“不早了，送你回去吧。”

其实我还想再坐一会儿，但是对方的关心不可能去拒绝，我跟上他就走了出去，月亮高高地挂着，其实夜晚也没有很黯淡。

到了我家楼下，跟尹叶勒简单告别，他微笑着说晚安，真的好希望一觉醒来这些都是真的，多希望每天都有他的晚安陪伴。

我站在楼梯口挥着手，直到他的车尾灯不见才转身准备上去，几乎是在我转身的同时，手机响了，未知号码，但是很熟悉。

——竟然，是宇宙。

好不容易恢复的好心情突然就不见了。这种伤害自己的事情，到昨天就为止了。

我还是挂掉了电话：“唉。”看着手机由亮变暗，周围安静到只能听见风摩挲树枝的声音，出神地望着，如果你从未出现，该多好。

半分钟左右，我呆呆地望着手机，显然对方没有再打过来的意思。缓缓将手机放进兜里，只是身后响起的脚步声，让我挪不开步子。

一股透着压迫感的气息在我身后越来越浓。

我站在那里，身后的脚步从依稀到清晰，楼道里已经暗掉的灯，再一次亮起。

就是有这样一种直觉，没办法用语言去形容。

身体突然颤抖，却还是回过了身，高大帅气，并且不悦的宇宙，已经站在我的面前，我们之间的距离只差分毫，我明显感觉到自己的额头擦过他的嘴唇，如此冰凉。

出于紧张和逃避，再加上距离之近，我下意识地后退两步，但是他似乎看出了我的意图，伸手就揽住我的腰，让我没办法挪动一步。

“简星辰，你闹够了。”

为什么有种自己是于含雅的感觉。

“我说，你闹够了。”他弯下腰，然后俯身，每一句话都直直落在我的脸上，我睫毛扑哧扑哧眨着，以回避如此不安的距离。

他的语气虽压制住了怒火，但是仍透出各种不容拒绝的态度。

“我不想再夹在你和于含雅之间了，如果我的出现是个错误，那么我会退出就像从来没出现过一样，你可以随便在媒体面前说我的不是。”我挣脱开来，给自己灌输无尽的勇气之后，抬头迎上他凌厉的目光，回应他的是无比强硬的口吻。

“我说让你相信我，等事情该结束的时候，我会给你和大众一个说法，你就这么不信我？”他重新恢复冷峻的表情。

“在我相信你之前，我就遍体鳞伤了！”虽然情绪激动，但是鉴于是晚上，又不能制造太大的动静，只能压低了声音。

“那么，”他幽幽地望着我，手臂抬起，手指指向尹叶勒车子驶出的方向，我顺着望去才发现宇宙的车也在那里，之前却一直没能发现，他轻蔑地笑，“那么，你相信他？”

毫无疑问，我不愿意作答。

“你有你的感情，我也有我的，这和你没关系。”我扭过头，不愿意再看他。

“所以你喜欢他？”他逼问。

“这和你有什么关系？”

“如果你不想伤害他，就不要把他卷到娱乐圈的世界来。”

对于他看似完美的回答，我找不到反驳的话，的确，如果外界把我和尹叶勒的暧昧关系曝光，身为宇宙女友却和尹叶勒频繁约会，势必也会影响到他。

“所以在这之前，麻烦你再忍耐一段时间了。”他的语气突然软了下来，“我知道你很讨厌我。”

“我……”

希望这是我看错，他这分明是沮丧的表情。

“我的电话一定要接，如果你不想我每次都找到你家的话。”

说完，他低着头走了。

可是，他为什么在这里？

如果我没记错的话，他的行程单上写的是今晚有庆功宴，该明天回来才是。

此刻我却没有意识到，自己能记住宇宙的事宜，却没能记住复诊日期。

带着复杂的心情上了楼，一直在问自己，他为什么突然跑回来，是担心我还是怕我不见了？

唉，他到底想怎么样！

翻来覆去几乎一宿没睡，直到天亮才觉得困，只是才闭了眼几个小时就接到了公司打来的电话。

“你好，是简星辰吗？”

“唔，哪位？”带着起床气话语含糊不清。

“你好，我是客舱部的丁玲，下午方便来次公司吗？”

“怎么了？”第一反应是我惹了事。

“因为你目前停飞，公司考虑到一些原因给你安排了地面的岗位，希望下午可以和你商量一下。”

美曰商量，其实根本没有余地。

挂了电话之后，定了个闹钟就浑浑噩噩地睡去，等闹钟响了之后随便穿了衣服连午饭都没吃就出门了，好久没赖床了，感觉还不错。

最近渐渐习惯左手的伤，也慢慢学会用右手做事情，但多少还是有点儿不方便。

打了个车就去了公司，今天正逢中队例会日，公司倒是有不少人，等了第三拨才挤上了电梯，由于乘务部旧楼在翻新，培训的教师大多都搬到新楼这里了，和我一起等电梯的还有很多培训的新人，干净的白衬衫黑裙子，梳得一丝不苟的盘发，精致的妆容，不禁感叹——年轻真好。

进了电梯之后，我小心地护着自己的手，周围有几名长相出众的新学员正在讨论着什么。

“你见过我们公司那个空姐吗？”

“你是说宇宙的女朋友吗？”

“是啊是啊，好想看看到底长什么样子。”

“就是啊，到底得多优秀才会和他在一起啊！”

“命真好呢。”

“我学姐和她一批的呢，据说很一般。”

很，一，般。

虽被人讨论起来很不爽，但是被定义成很一般更不爽，这时候多想大喊出来：“喂喂，当事人在这里好不好。”

当然我还没闲到这个程度，自然是沉默到底。

但其中一个女孩子我可以认出来，当时就传得沸沸扬扬，说是亚洲选美的第三名，家里条件也是不错。再加上是网络红人，所以在微博上早已看过无数照片，今天一见，的确是很漂亮。

“那又怎样，最多是炒作。”

这位漂亮的姑娘终于开口，性感的双唇，却是不屑的语气。接着她将目光定在我的身上，“麻烦让一下。”

虽说她用了“麻烦”二字，但是骨子里透出来的高傲分明是一点都不客气，果然如传闻中的一样，傲娇的千金小姐，真不知她能否胜任这份服务性的工作。

只是听她这么一说我才注意到，电梯的门已经打开了，同时也是我到达的楼层，竟然和他们一样，这时我才意识到，给我安排的工作，竟然是这里？

我没吱声，早一步走了出去，脚步有点儿快，怕是又听到她们对我不齿的评价，我应该早就习惯了才是。

快步走进了短信告知我的办公室，找到了负责人丁玲，她简单地告诉我接下来的一段时间里需要担任培训中心的勤务教员，其实也就是个查迟到早退出勤率的多余人，说得更难听一点，是个拉仇恨的人。

虽说我也希望有一天飞到一定年纪了就转作培训岗位，但是这个职位一定是我最最最不愿意去碰的，太招人讨厌了。果然，所谓和我商量的差事实在是令人没有周旋的余地，不过既然已经安排下来，也只能硬着头皮上了。

再怎么说，也是个教员。

我这么安慰着自己……

领了教员的制服，我就准备回家，在楼道又遇到了那个对我出言不逊的女孩，这时我想起了她的名字：言雨佳。

这次她只是匆匆扫了我一眼，周围围着一群献殷勤的男女生，果然人气很高呢，看来公司又要出现一个风云人物了。

我一向对后辈没什么要求，只是不知为何对她就是喜欢不起来。

早早地到家，楼下不知什么时候多了只流浪猫，我想着昨晚的剩菜就去拿了下来，此时的天有点儿灰蒙蒙的，千万别下雨啊，只是逗了很久，猫咪都没有愿意接近我的意思，我只能留下吃的独自回房了。

勤务教员属于流动职位，不用每天定点定时去查，通常以抽查为主，而正是这样，命中率更高，惹得学员骂声一片，至少在当时我也是很恨这种教员的，时不时还会在教室外观望有没有人在偷玩手机或是睡觉。

哦！就相当于高中时期那种训导主任一样，很令人讨厌呢。

话虽这么说，既然已经被任命了，就没办法了。

翌日早晨我一早就先请假去医院复诊，到公司就换上制服了，比自己原先的制服看着更有压迫感呢，特别是铭牌别着——勤务教员。

如果把“勤务”两个字去掉，该多好。

好久没穿制服了，突然有种怀念的感觉，也不知最近航班正不正常，有没有大面积流控。

怀着忐忑，人生总要跨出一步的吧。

现在是10点45分，正好是上午最后一节课，去随便抽查一个教室，完成指标吧，毕竟我也不想和太多人结仇。

扫荡了一层之后，最后选择了1205-c，最近才开的班，应该都是规规矩矩的，检查应该没什么问题。

敲门进去之后，对方正准备上课，而上课的正是也曾经给我授课的礼仪老师。

“曾老师打扰了，占用五分钟，我要检查一下仪容仪表和出勤率。”

曾老师是出了名的和蔼，做了个手势之后就请我进去了，里面唏嘘声一片，很不耐烦，似乎是群不老实的学员。

我回头看看曾老师的表情，也是一脸的无奈，想必是对他们很为难吧。

“每位学员将手伸开在桌子上，我需要检查指甲。”我底气不足地说着，眼睛扫过整个班，真是个个都很耀眼。

其实都略微有点儿指甲，但是不过分我就睁只眼闭只眼了，毕竟我只是暂任的，只是走到第三组的时候，有位女学员不仅留指甲，还做了彩色的美甲，这就实在有点儿过分了，就算我想放水，但是这样的行为还是会扰乱整个班的氛围。

“你叫什么名字？”

我拿过手上的名册，准备记上一笔。

对方并没有回答我。

出于本能，我抬头去看，竟然是言雨佳。

她一脸不悦地看着我，没有说话的意思，似乎是对我很不满意。我承认，我被她的气势压倒了，支支吾吾地说道：“我不……我不扣分，你今天去弄好，明天我再来检查。”

接着就仓皇地完成任务了，匆匆扫了其他人几眼就离开了教室，从她身边经过时，我听到她发出的鼻音，冷哼。

我为什么要怕？

等离开了教室我才想起来，我为什么要怕？

一想到我日后要经常见到这个女孩子，我竟然忍不住烦恼起来，我为什么要怕她，不就是个名人吗？

我回到办公室之后在座位上坐下，大部分教员都去上课了，只有少数几人在案几前忙着做事情，无一例外，她们都是我曾经的老师，机缘巧合下在一起工作了，对我的态度也是非常的好，几乎每个人都会来慰问一下我的伤势。

我这才想起来早上的复检报告，让我饮食方面注意了，修复得没有想象中的好，其实不是和饮食有关，都是宇宙那家伙啦！

欸，宇宙？

我突然想起来，自从前天晚上他受挫离开后，已经两天没有联系过我了，也不知他现在在干吗，再回想一下，每周五都是他例行去大学授课的时间，仔细想想他还真是辛苦，忙碌得完全不能想象。

可是，我干吗要去想这些？他忙与不忙与我又有什么关系呢？想必这次我们之间矛盾升级后，他一定也正在想着法子去和媒体澄清吧，毕竟是他自己公开的事情，也只能由他自己解决了，但是一想到一旦公开势必风云再起，我就更加头疼了。

翻开我的日程表，看来养生已经早早结束了，迎接我的是富有挑战的地面工作，只是想起言雨佳，莫名心生恐惧，总觉得我和她之间会有什么渊源。唉，希望是自己想多了。

临近饭点儿的时候，陌生来电，犹豫了一会儿就接了起来。

对方很客气地打招呼，后来自报门户，原来是Kevin。

“星辰啊，今天可能要打扰你了，有个纪录片想采访下你做个片段，很快的，占用你一个小时就行，聊一聊你和宇宙的故事。”

“什么？”一听到最后一句，我马上拒绝，“不行不行，我在上班。”

“上班吗？那就太好了，顺便连你同事一起做采访了。”

“不行不行！”

我怎么编？我怎么编？？？

可是对方不由分说就把电话挂了，还把这件事情定了下来。看着时钟一分分走，捏着裙子的手早已全是汗。

这可怎么办？

但是Kevin只字未提我擅自从三亚回来的事情，想必宇宙一定好好地解释过了，只是一想到这个人的名字，心又被揪起来了，这日渐炎热的天气，突然让胸口好闷。

“简老师？”

见我一直在发呆，另外一个负责医务的教员出声叫我：“怎么一直在发呆呢？”

“小颜老师……”

我两眼泪汪汪，无辜地望着她。

“怎么了呢，这是？”

见我这副样子，她倒是急了：“是手又疼了吗？”

“不是啦，有点儿烦心事。”

瘪着嘴，又不能把为难的事说出来。

“吓我一跳，我还以为手怎么了呢。”她舒了口气，“不过我要是你，有个明星男朋友，我也得烦心。”

虽说她考虑的点和我不一样，但是方向还是一致的。

“可是啊，你要知道，能被宇宙喜欢，是多幸福的事情。”

说完她就像娇羞的女子，露出陶醉状。

“也是啊，能被他喜欢，是会幸福。”

可是，他喜欢的人又不是我。

“唉……”

有苦说不出。

咬着笔杆看着窗外出神，偶有几只鸟飞过，接着是时远时近的飞机轰鸣声，而心里，是乱糟糟的。

茶歇饭后，学生和教员都陆陆续续回来，原本清廖的办公室也渐渐满座，眼见着下午上课时间接近，很多老师都拿着教案往各自的班级走，而我也勉强拿着花名册，做迟到的抽查。

公司的规模已经大到一定程度，同时在上课的班级有12个，每个班30个人，可见现在乘务员的缺口有多大，据说上一批又招募了500名乘务员，还没安排到培训中来，看来培训部也是忙到停不下来啊。

随意抽取了三个班级，而刻意避开了上午的班级，想到言雨佳的嚣张跋扈，还是回避比较好，毕竟大家以后也是同事。

回去之后和小颜老师聊了一会儿，最后办公室是坐不住了，越坐越烦躁，于是我就下楼在公司里溜达。不经意间走到了准备室门口，想也没想就走了进去。

这个点儿也是签到高峰，正是下午班大集合的时候，正巧遇到了我们一批的同学，虽不是很熟，但至少也能唠上两句。

谁知道对方开口就问宇宙，搞得我一下子就不想聊了。可是她的大嗓门招来了其他人的侧目，我以为我都习惯这种状态了，却还是很不舒服。

“呵呵，呵呵。”除了干笑实在不知道怎么为自己解围。

“混得倒挺好，都到培训部去啦！”

“这不是受伤停飞了嘛。”我扬起左手，显示自己没那么好命。

“哟，这是怎么了？”

“摔得骨折了。”

总算是把宇宙的话题岔开，心里也踏实很多。

“我该走咯！”说完她就摆手，拖上箱子麻利地走了。

此时的准备室大厅，空调温度打得有些低，五月份的尾巴，夏天要来了。

我也站了起来，扶了下腰，坐了一天，腰有些酸，稍微做了几个伸展的动作，我就迈开步子走向门口。

有人进来有人出去，有些飞过却不熟悉的人，大家都是点头打个照面，甚至连名字也叫不上，忙碌的飞行就是这样，永远与陌生人为伍，送完一拨拨旅客到达目的地，而自己却拖着疲惫的身躯倒头就睡，没时间照顾家人，没时间联络朋友，对工作所做的牺牲，想来真是不少。

低头沉思着，和迎面走来的人擦身而过，碰到了一点肩膀，我略略晃动了一下，然后就低喃了一声："不好意思。"

接着就准备离开这里，岂料在我语毕之后，与我擦肩而过的人停下了脚步，熟悉而试探的口吻，"星辰？"

"叶勒？"

我回头张望，果不其然。

这才想起来，他说今天飞晚班长春。差不多也是这个点签到，还真是巧了。

"来上地面班了？"他上下打量了我一番，仍是笑意盈盈。

"是啊。"

被他看得不好意思，禁不住扭捏起来。穿着和自己资历格格不入的教员服，总觉得有点儿HOLD不住。

"挺精神呢。"

"是……是吗？"不敢看他的眼睛，在众目睽睽之下脸红的话，就该丢人了。

"你忘记一件事了。"

听他这么说，我才抬起头来，一脸的狐疑。

"复诊完给我发消息，你忘记了。"

"呀。"

果然，我忘记得一干二净。

不自觉地拍了下脑袋："瞧我这记性。"

然后就只会嘿嘿傻笑。

“医生怎么说？”他收起笑脸，认真问道。

“恢复挺好的，叫我注意饮食。”

一半真话一半假话，可我总不能又让他担心吧。总觉得自己欠他好多，已经不能再让他担心了。

“那就好。”

说完他看了看表：“时间差不多了，那我先走了。”

“好。”原本只想回答这一个字，哪知突然脑残，握起拳头摇了下，“加油哦。”要多做作就有多做作。

为什么就不能自然点儿呢。

内心抽了自己无数下耳光也于事无补，而眼前的尹叶勒似乎并不上心，眼神定位在我的脸上，然后突然走近。

心跳，又漏了半拍。

他纤细的手指掠过我的脸庞，然后停留在耳际，轻轻撩拨了一下：“外面风大，头发乱了。”

乱的，岂止只有头发。

说完，他就消失在远处的拐角，留下怔怔的我，和早已在旁边窃窃私语的人群。

该死的，又忍不住，脸红了。

我逃也似的离开这里，满脑子都是尹叶勒的模样，温柔的，令人心动的，完全没办法不去喜欢他。

因为不高兴等电梯，我索性爬起了楼梯，回到办公室之后心跳还是很快，不知道是因为爬楼梯还是因为尹叶勒的举动。

我和他什么时候已经发展到这么亲密了？

长舒了一口气，拍了拍脸颊，还是有点儿温热，按捺不住的躁动。

趴在桌上，享受起下午的美好时光，一时间就忘记了Kevin昨天说的事。

时间一成不变地走着，才眯了一会儿就被人叫醒，枕着的手已经麻了，办公室突然很吵，挤满了人。

睡眼惺忪分辨不出什么状况，缓过来之后就看到了几台摄像机。

——糟糕。

而此时，为时已晚。

Kevin的工作能力实在不能令人小看，在没有和我取得联系的情况下就知道了我现在所属的部门和方位，甚至还游说了公司领导，同意进行拍摄。

我慌张地站起来，哪里给我逃跑的机会。眼尖的Kevin在为数不多的制服女中找到了我。

“星辰，你在这儿啊。”

他洋溢着热情，令人只能挥手示意。

“快来化妆吧！”

他和边上几名领导点头知会后就走向我这边，几乎是半拖着我把我拽到了一旁的休息室，而里面的化妆师已经就位，这些人我都见过，并不陌生。

“嗨。”我怯生生地打了招呼。

他们很友好地对我微笑，然后就唤我坐下，接着就是一顿劳作。

脑海里一片空白，说是要拍我的日常，会怎么拍，会问我问题吗？我好紧张。

不知什么时候，客舱部总经理杨经理已经走到了我的身边：“星辰啊，挺好，挺好。”

说着，她又拍了拍我的肩。

浑身打了个激灵，这个人平时我们都得绕道走，深怕被逮住就是一顿批评扣分，想不到如此雷厉风行的总经理此刻却笑容满面地与我和善说话。虽然不明她的意思，但是我回应一个微笑总不会错的。

“那……拍摄现在就开始吧？”

Kevin见我已经从椅子上站了起来，而化妆师都已经开始收拾工具，就对边上的摄影组说。

“欸？现在吗？”

我尴尬得不知道该看向哪边。

边上出现一个妆容精致的女子，仔细辨别，也是一名当红的主持人。

“别紧张，别紧张，就像平时工作就好。”

她这么一说，我反而更加紧张了，真怕自己待会走路会同手同脚。

即使再不愿意面对，但是已经发生了，也没有办法。导演一声令下，拉开了我的荧幕初秀。

“观众朋友们大家好，欢迎大家准时收看《娱乐小叮当》。”

此时的镜头正对着主持人，她神态自若地说着开场白：“那么今天我们有幸来到这个神秘的工作领域，也是很多女孩子神往的地方，X航培训基地。同时，今天请到的嘉宾也是日前才被媒体公开的简星辰小姐，没错，她也是宇宙的女朋友。”

摄像机一下子转向了我，顿时僵住，都忘记要说话，也忘记了要笑。

要不是Kevin站在摄像机后面不停给我手势，我怕我半晌都不会开腔了。

“大家好，我是简星辰。”

怕什么!

怕什么!

给自己打了两剂强心剂之后，总算稳定了不少，我面对过延误7小时对我劈头盖脸一顿骂的旅客，区区几台摄像机算什么!

“我原本是一名在职空乘，现在被调任到培训中心。”我勉强挤出了这句话。

主持人很应景地出现：“简小姐你好。”

“你好，欢迎你来到X航。”

客套之后，一切好了很多。

其实更多还要感谢一直在我身边的总经理，虽然平时对她很是害怕，但是在今天，她一直站在我边上，在很多时候闯进荧幕做补充。

“这位是我们客舱部的杨经理。”

我很识相地把她介绍进来。

“杨经理是中国民航第一批空姐之一，已经飞行33年。她是我们公司一块活的里程碑。”

顿时佩服自己，怎么这么会拍马屁。

见我这么说，杨经理自然是很高兴，谦虚地笑道，然后接替了我的工作，带领这个摄影组参观我们的培训基地。

“这边是我们动态模拟舱，可以真实模拟火警、释压（客舱失去压力）、颠簸等一系列的环境，是我们应急课程里很重要的组件。”

“边上的是我们静态舱，一些常规的服务客舱都是在这里进行实操。”杨经理自豪地介绍着我们先进的设施。

“边上的教室是我们医疗训练用的，诸如心肺复苏、包扎这些课都是在这里上的。”面对主持人递过来的话筒，我只能补充道。

看完了一些大项目，我们走到了楼上，正是常规教室。

“现在我们大概有300多名的学员在上课，之后陆陆续续会有更多。”

杨经理说着领着我们进了一间教室：“现在在上礼仪课，你们可以看一下。”

我抬头看了一眼班级，05-c。

心里咒骂。

但是门已经开了，能怎么办？

班级内的人还不明状况，对着莫名而来的一行人投来狐疑的眼光。

我只能解释道：“打扰各位上课了，今天有电视台拍摄我们培训中心的一些课程。”

希望你们可以配合，当然，这句话只能咽到肚子里了。

“他们现在是在练习蹲姿，一只脚屈膝，臀部正好抵在脚后跟，背都是要挺直的。”

“哇，看着好累啊。”

主持人说着就走向这些学生：“让我们来采访一下新学员吧。”

“这位是？”

她非常巧地挑到了言雨佳。

“言雨佳？”

主持人露出了惊讶的神色：“没想到还能在这里遇到亚洲选美小姐季军的言雨佳，实在是太巧了。”

我就知道，言雨佳名声太大了，来我们公司真的有些浪费了。

“哪里哪里。”

难得一见的谦虚状，和之前对我完全不同。

“X航真是人才辈出啊。”主持人很合时地美言了我们公司几句，把总经理给乐的。

简单的采访之后，她和言雨佳道谢，然后准备离开教室。

此时她又将话筒递给了我：“那么其实今天我们来这边呢，还有一件事情，就是揭秘宇宙的独家爆料啦。”

我就知道！噱头最后一定又会丢给我。

杨经理见已经没她什么事，便也离场了，此时我们已经坐在了临时搭建的演播室，我和主持人并排坐着，气氛再一次紧张了起来。

“半个月前大家都很惊讶，一直在行业内没有任何恋爱爆料的宇宙竟然首次公开自己的女友身份，你觉得公开会比较好吗？”

一针见血。

“其实对于我的话，影响并不大，只要是他希望的，我都会支持他。”我运用了以前网上看来的那些娱乐八卦，没想到还能拼凑成一段话。

“之前一直有传闻，说他近段时间可能要退出演艺圈，专心发展自己的研究项目，那你对此有什么看法吗？”

是吗？是吗？我不知道啊……

“我觉得他做明星挺好，但是做老师，从事科研的话，也一定可以取得一定成就的。”

为什么？因为他是天才啊，全世界都知道啊，15岁名校毕业，20岁双学位博士拿到。连我姐都那么崇拜的人，学识肯定不一般。

“那简小姐你是怎么和宇宙认识的呢？”

据我所知，大众对我的存在还是一个问号，宇宙对我只字未提。

“我姐姐也是学物理的，我也有幸去听过他的课。”

扯犊子吧！我真是觉得自己太聪明了！这样都编得出来！

“是这样，我们还以为是在航班上认识的呢。”

“的确这之前有在航班上见过，当时问他要签名还被拒绝了。”

一时嘴快，和盘托出。

“是这样吗？”

“呵呵。”我干笑着，“他是属于坐飞机很安静的那种，上来就睡觉，所以要和他在航班上接触是不太可能的。”

这可是实话，我和他也算是有点儿渊源了呢。

没想到这些画面在播出来后，连我自己都不禁怀疑真伪，镜头里的一切就像是再自然不过的家常对话，像是掌握了宇宙的一切一样，就好像我真的是他女朋友一样。

“宇宙最近就要过生日了，他有什么喜欢的东西吗？这个问题是替粉丝们特别问的哦。”

是吗？要生日了？

“他是个很重视心意的人。”

没有经过大脑思考就说出了这些，他在我心里是这样的定位吗？

“比如说呢？”主持人追问。

“给他放一天假吧。”

对方愣了几秒，然后回过神来：“简小姐果然就像传说中的那样有意思呢。”

其实她是在怪我答非所问吧，可我说的是实话，他什么都不缺。

“那宇宙有送过你什么重要的礼物吗？”

没有。

他干吗要送我？

“一本相册，他小时候的照片和读书的照片都在里面。”

继续编吧，反正我编什么大家就信什么。

“这么用心啊？”

“是啊，所以说如果是他生日的话，也一定是希望用心的礼物。”

主持人会心一笑：“他对你做过最浪漫的事是什么呢？或者说让你印象特别深的？”

“他在电视机前面说我是他女朋友的时候。”

我没撒谎，这是他做过对我影响最大的事情。

“可以理解，你当时一定也很惊讶吧。”

岂止惊讶。

“是啊，很难想象他会对此直言不讳。”

你们不会想到他只是难得小心眼才撒的这种弥天大谎，偏偏你们还都信了。就跟现在一样。

“这之前外界对他和师妹于含雅的事情一直都有众多猜测，很多媒体到现在还是认为你是用来消除这种猜测的手段，对这种评价，你有什么看法。”

他们说的都是事实……

“我们关系都很好。”

也不知哪里来的勇气说出这么大度的一句话，按照宇宙后来的说法，他白担心了，没想到我每个问题都回答得滴水不漏。

可能是觉得在我这里问不出什么，随便扯了几句之后他们就宣布了结束。而我也不知道从什么时候开始对此已经表现得毫无波澜了，宇宙就像是稳定的靠山一样，一想到他，再软弱的说辞也会变得硬朗起来，这就是他在大众心目中的形象吧。

艳阳开始呈现出一轮轮光晕，那是快要西沉的架势，送别Kevin和栏目组后，我就回到了办公室，大家都在关心自己方才被摄影机掠过时的容颜会不会不俊俏，而我不以为然，反正丑照早就流出了。

小颜老师洗了葡萄放在我的桌上，一颗颗青翠诱人："张老师前两天飞乌鲁木齐买的。"

我寻思着，望向张老师的办公桌，她也正在看着我。办公室内，一片融洽。

"张老师，谢谢啦。"我举起葡萄，笑了起来。

像是解决了一桩大事，我吃得格外开心。

周围几个教员满心欢喜地分着吃葡萄，一点儿都没注意到桌上的手机震个不停。

"星辰，是你的手机。"

几回接触之后和她们的关系也近了不少，都开始直呼我姓名，但我毕竟是后辈，所以还是会加上老师两个后缀。

"是吗？"我拍了拍手上的水滴，然后就伸手去拿。

接着，面露难色。

这个时候，宇宙怎么会给我打电话？

"我接个电话。"

说着，我就退出了办公室。

"喂？"

"是我。"

我知道……

“怎么了？”

每次他打我电话，好像都没有好事。

“采访做得不错。”虽说是轻描淡写的一句话，但总感觉这是赞许。

“……应该的。”

“几点下班？”

几点？

我伸头望向办公室上的钟：“5点，怎么了？”

现在已经4点多了。

“那5点我在你们3号楼楼下等你。”

接我下班？他怎么知道我在3号楼？Kevin说的？可是为什么要接我下班？

“……好。”

郁闷很久，却只能回一个好字。

说完他就挂了电话。

所以这通电话的目的是告诉我他来接我？

他这又是发什么神经……

但这举动总觉得是要跟我示好一样，难道是想冰释前嫌？

时间一分一秒过去，4点45分是正常下课时间，很多教员都在办公室整理东西，以等待5点的到来。

除了我，东西早就整理好了，就等着5点一到就冲下楼。

真怕他一出现，又堵得水泄不通引起过分的骚动！我可不想再次被围观了。

一路小跑到了3号楼门口，张望了一番，勉强才找到他的车。好在他白色的跑车在这里并不算太显眼，众所周知，很多乘务员都嫁了富豪，或者有些家境本身就优越，就像言雨佳一样，所以开好车的也不是没有，并且大多都是很惹眼的颜色和款式，像宇宙这样白色的跑车，在这里，的确是很低调了。

他的车就停在台阶边上，十来米的样子。我拍了拍胸脯，镇定一下，然后准备抬腿迈开。

此时言雨佳和几位同学道别，然后站在了我的身边，而从她的方向来看，似乎和我的走向是一致的。

“言雨佳？”也不知哪根筋搭错，竟然叫了她的名字。

对方显然很不悦被叫住，收起已经迈出去的脚步，回头看我。

上下打量了一番，然后蹙起眉头：“你谁啊？”

换了便装就不认识我了吗……

“我是白天检查的勤务，教员。”原本想把“教员”两个字吃掉，但是又觉得这样就不像一句完整的话了。

“干吗？”

就是啊……我叫她干吗。

“指甲，指甲记得去弄。”

我找了个像是理由的理由，然后拔腿就跑，一下子越过她的身子，几步来到车前。

心想着，会不会让她觉得我是在找她麻烦？

可谁知就在这时，她一手抓住我的肩。

“你要干吗？”

我准备去开车门的手僵在半空，而她却先问我要干吗。

明明是我问她想干吗才是。

“欸？”

我转过身来面对她，她拉住我，作何？

“这车是接我的。”

什么？

她满脸的自信和不可一世，站在高我一个台阶的地方俯视我，这感觉，很不好。

不是吧？宇宙的车我怎么会认错，而且牌照号也的确是他的啊。

脑子里飘过几个问号，我表示不解。

“老师你不会认为这车是来接你的吧？”带有嘲笑的意味。

“……”

“你大概不知道，追我的都是有钱人。”她刻意说着，一口咬定，这辆车一定是来接她的。

真的是我搞错了吗？

我记性应该没那么差啊。

此时我和她彼此对峙，我占下风，气焰更是不足她一毫一厘。只是周围陆陆续续经过的人侧目，让我觉得有些丢人。

我再望向这辆车，真的是来接她的吗？

看她无比肯定的样子，应该是早知道有人要来接了吧，那我真的是在她面前出尽洋相了。

表示无力抗争，我咬咬牙，扭过头，往另一个方向去走，总不能看着她上车然后再挖个地洞钻下去吧。

“老师再见。”

她见我侧身经过她身边，竟然扬起笑脸，还冲我挥手。

第一次觉得形容一个女孩子，也可以用“可恨”这个词。

都怪宇宙，说什么来接我！害我丢死人了！

我重新回到楼宇正门口，言雨佳这才决定放我一马，不再咄咄逼人，打开车门，坐了上去。

我这才长舒一口气，脸上的窘态缓了下去。

不禁用手去扶脑袋，今天这事要是被说出去该被描述成多么不自量力！

“唉。”

我不安地拽紧了包包的肩带，很想冲动地一走了之。可是不行，宇宙说来接我，总不能这样。

有些突兀地站在原地，至少在我眼里是这样。没想到，还有被学员羞辱的一天，这简直就是耻辱。

只是，久久的，车子都没有发动。

有那么一瞬间，我好希望这时候有个人可以替我解除这种尴尬的境地，哪怕是宇宙也好，只要能帮我解围，只要，只要……

驾驶座的门突然被打开了。

一头金发。

我再熟悉不过。

只见他绕过车身，走到副驾驶一侧，打开车门："下车。"

那种冷冰冰的语气，却让我觉得整个人都舒坦起来。

"宇宙……"

我低低地出声，而他也望向了我，和已经下车的言雨佳一起，望向我这边。各自怀揣着心事，不一样的目光，不一样的对象。

"你这个……笨蛋。"

宇宙走到我面前，咒骂了一句，却充盈着笑意。

仿佛整个世界再无第三人。

当我为你挺身而出的时候，就已经注定，你也会为我挺身而出。不避讳众人的猜忌，有时候，勇气什么的，真的就一直都在。

和风拂煦，第一次觉得眼前这个男人和我想象中的有了出入，不知是这画面太美还是方才的事态，突然就想扑进他的怀里。

但到底，还是忍住了。

第六章 鲜为人知的一面

他叫我，笨蛋?

还是这种表情?

在老套的电影环节里，恐怕男主角会伸出手指，勾一下女主的鼻子……幸亏，这只是Long long ago。

嘴里还来不及说出一句从大脑里过滤出的话，宇宙就绕过我身后，压住我双肩往前推。

脚下难免有些踽跚，好在他力道也不是太大，基本是配合着我的步伐，他个头很大，扶着我就像揪着小鸡一样（脑补场景……有点儿雷人……），于是我扭捏了一下，不自在地翻起手掌去握住他的手：“我自己走吧。”配上几百年不会变的干笑。

他扁了下嘴，有些无奈，然后双手抬起，靠向耳际，像是个无所谓的投降状。

我是不是做错了什么?

心里念叨着，但是脚步却停不下来，依旧向前，多想快一步上车，身后早已聚集了不少人。

“喂。”

我回头，看向不礼貌的发言者。

“你就是简星辰？”

言雨佳问的是我，但是眼睛却一直盯着我身后的宇宙，我下意识地眯起双眼凝重地望着他，而他第一次默契地收到了我的信号，然后乖乖上车。

“无论我是谁，只要你现在还是一个学员，那所有人都是你的前辈。”

我是不是一不小心又说出了什么很威风的话？

只是还来不及沾沾自喜，越来越多的围观者让我脚底抹油一般倏地钻进车里。

一回到车上，宇宙就又摆出那副生人莫近的脸，好像我欠了他钱一样，刚才笑起来不是很好看吗，多笑笑会死啊。

笑？

的确。他对我笑了，至少刚才是对我笑了。

算了吧，我大人不记小人过。

“今天有空？”

车内太压抑，找话题中。

“嗯。”

第一个话题结束。

“天气越来越热了呢。”

无耻继续搭讪。（其实是对那天晚上他那种沮丧有点儿在意啦，只是在意，总觉得自己好像确实也有点儿过分，但是哪里过分又说不出来，似乎于情于理又不合理。）

“嗯。”

交涉决裂……

我强撑最后一点自然的神色，扭头向着窗外。表示再也不要拿热脸贴他冷屁股了。拽什么呀!

我和简倾城都有个比较奇葩的坏毛病，一旦心情不好或是心里偷偷骂人就会产生阅读障碍，所以必定会龇牙咧嘴碎碎低吟。

当然，我是对着窗外，他哪里知道。

一顿腹黑数落后，也就不太在意这个身旁的人了，我也当他空气好了。

只是路边的商铺楼宇渐渐多了起来，貌似不再是机场周边了，欸?这不是我回家的路啊?

“你要带我去哪儿？”

首先我要澄清，这个是没办法才主动开口的。

他缓缓转过头，只是看了我一眼，没有作答。

“不是要送我回家吗？”

继续追问。

“喂！”

鬼叫数次后他终于出声了：“跟个麻雀似的叽叽喳喳。”

他说我是麻雀？我怎么就像麻雀了？这人还真是奇怪，怎么每次见到我都没有好话呢，这么尖酸刻薄粉丝们知道吗?

“我……”话还没说出来，他就扬起自己的右手，把我狰狞的脸掰了过去——真疼!

“你公司到家就几公里，我用得着来接你吗？”

人家情侣们住边上宿舍的，几百米都愿意送来送去呢，这有什么好计较的!

不过，也是哦。实际上他和我，又不真的是那种关系。

我把方才想好的那句反驳话咽了回去，当然先白了他一眼。

“总得吃晚餐吧。”

似乎看出我不悦，他幽幽地说了起来。

多简单的事，叫我吃饭。

多简单的一句话，让这家伙说出这么简单一句话怎么就那么难呢!

我彻底不吱声，算是服了这个人了。

已经和宇宙不知道独处多少次了，早已没有了原先的那些顾忌，对他不客气的话我也会反击，像是这样大家不说话的气氛慢慢也就习惯了。

额头上的碎发贴着皮肤，有些痒痒的，我努力活动脸上的肌肉让头发和肌肤分离（在一旁的人看来，她又在发什么神经，做着各种奇怪表情），哪怕是抽动眉毛也是无果，好顽强的头发。

接着，我收紧上唇，将下唇噘出去，留出一个口，用力向上吹气。（她又在干吗！）

我始终在努力和不安分的头发作斗争，却没发现边上的宇宙一直在看我。

切!

最后我从齿间发出了一个不屑的音，然后抬起手，挠了一下脑门，再把碍事的头发往上拨。

其实一开始用手不就好了，但是这样很没挑战啊，况且这样也可以打发时间啊。反正，我是这么想的。

专注着做这些事情，身边的人微微摇了摇头然后继续开车，当然，这些我同样没看到。

一会儿挠头，一会儿撸袖子，一会儿玩手指。然后就更无聊了……

我已经完完全全无视边上的人了，而他也没和我说话的打算，于是我掏出手机，开始自拍。

这个角度眼睛好像太小，这样的话脸又会很大，哎呀，可是这样的话鼻子就塌了。摆了无数造型，忘我境界，根本就不管宇宙的脸已经开始变形抽筋。

拍完之后又对自己的照片删删减减，还会自言自语：“这个不好。”“这个也不行。”“难看死了。”“脸怎么这么大。”

“你就不能安静坐一会儿嘛！”抑扬顿挫的声音，还是个男人的声音。

用脚趾头想都知道是宇宙，我歪头看了他一眼。

“刚才还不如把你扔在那儿让言雨佳坐算了。”他这是在埋怨？

“你认识她？”

“之前本来签约我们公司的，后来不知怎么就没下文了。”

“怪不得跑来当空乘了，我说呢，她这长相不当演员太浪费。”这我也是实话实说，她那张脸真是没说，的确是很漂亮。

“她？”宇宙嘴角抽动冷哼一下，“就是进了娱乐圈也待不了多久。”

“为什么啊？”

“如果没有一技之长，就要谨言慎行。”宇宙顿了顿，“就刚刚那么一会儿，就能知道她脾气还不小。”

这倒是实话，她脾气是真的不小。

“心高气傲是好事，但得有那实力。”

总而言之，宇宙不喜欢她。

虽然他的喜好如何，我并不关心，但是这一次打心眼儿里和他保持一致。

“自我感觉很好，而且非常自信，刚才说这车铁定是来接她的。”一旦认定对方和我观点相同之后，我连忙补充。

“那是你傻。”

矛头又指向我，我顿时石化。

“怎么又说我？”

“我说错了吗？她说是就是了？假如不认识我也就算了，可你都知道我的车，怎么还能被她糊弄过去？”话虽如此……

“可是……”

“可是什么可是，飞机上也是，别人只要比你大声你就没立场了。”飞机上？我使劲儿回想、回想、回想。

他是说上次去海南粉丝强要签名的事情，所以他是听到了才去解围的？

“我就没见过你像对我一样对别人蛮横。”

语速太快，我花了点儿时间去理解。最后只捕捉到了一个词——蛮横。

他说我对他蛮横，意思就是无礼呗。

我什么时候这样了。

即使不愿意承认，但我们之间的确没什么和睦的交流，基本上每次说不了几句就会针锋相对起来，而且大家心里都是在埋怨对方，这怎么和平相处。

本想扬言反驳，但这样就正如他所说的我对他态度很差了。

“说得你好像对我很客气一样。”

我内心虽有争议，但最后也只能小声嘀咕以示抗议。

“还怪起我来了？”

“不是……”我能说是吗？

语气再次柔弱，彻底没了脾气……

好在这样的对峙没能持续下去，他转弯就进了一条熟悉的街道。

是上次吃饭的地方，这里留给了我一些不快乐的回忆，不悦感很快写在了脸上。

但是心里倒为宇宙伤感起来，虚伪的朋友，见不得光的恋情。其实，做明星也真的没我原本想象中的开心，宇宙大部分的笑脸都是做给别人看的，以掩盖自己而取悦别人的工作性质，似乎和我有了一点共鸣。免不了再一次替他惋惜，生了一副好皮囊，却只是表象，若是没涉足娱乐圈，也许他在学术界已经混得风生水起，但是，这些都是也许。

对于已经发生的事情，我们除了遗憾，并不能做什么。

他在老地方停下车，这时他的电话响起，他说了句稍等后，让我先进去，到吧台会有人带我。

就算你不说，我也会进去的！

昏暗的灯光，一如其他酒吧的装修风格，而我关注的是为什么每次人都那么少？

虽说这里不是商圈，但客人也不至于这么冷清吧，虽然安静是他们的优点，只是难免让人怀疑他们怎么盈利。

犹豫了一会儿之后，我走向吧台。

一个面容姣好、神态清闲的男人倚在一侧，目光正和里面的服务员接触，嘴里念叨着，似乎在交代些什么。

只是一个侧面，他的胡楂隐约可见，却没有沧桑感。

随着脚步的靠近，他的轮廓也清晰起来，睫毛不长，但是很密。眼睛不是很大，这个角度看过去不能分辨是不是双眼皮，但是眼角很长，像是传说中的狐狸吊梢眼。

嘴唇微微动着，还在和服务员说话。

——我该如何打断呢？

宇宙也没说清楚让我找谁，应该就是这个服务员吧？

只是，突然打断实在不礼貌，于是我就在一旁安静地等着。距离近了之后可以听到男人的声音，比较浑厚，特别是在这种环境下，显得格外低沉。

等待间打量着这里，起初乍看下觉得这类地方大同小异，暖色灯光暗暗的，可以使得氛围更柔和一点，细细观摩一番后觉得风格还是有些许不同的，应该说是特色。

它没有采用大量的木材和布艺，相反是干涩的青灰色石板做餐椅的主材，接着才是木料的修饰，椅面上铺着厚厚的坐垫，怪不得之前不觉得凉，靠背则是不规则的编织，只是上次匆匆一顿饭关注的点是人，全然没有心思来欣赏这些细节。

这里并不像是地中海田园风格般的小清新，相对要简明很多。这里也找不到文艺复兴那般优雅的味道，没有任何复古的痕迹，反而都是那些看不出形状来的摆设和陈列。

石砌的酒架、碎石拼接的台面、高低错落垂吊的简易瓦特灯，天然不加修饰。我竟然想不到一个词去形容这种风格。

总之，好像很有品位的样子。

正当我给这里的装修打上一个高分的时候，宇宙从正门走了进来，直接走向我这边。

只见他扬手："哥。"

什么?

这个时候哪里来得及收起自己惊讶的表情，而我刚才一直盯着的男人听见声音后回过了头，也是抬手，轻轻摆动后露出一个很淡的笑容作为回应。

两个男人的心灵沟通!

直接无视我……

缓和下来之后，我故作从容，却还是很突兀地站在那里。

"不是早让你进来找他了吗?"

你哪里告诉过我找谁了!

宇宙看到我站在边上，像条件反射一样就来数落我。

他走到我一旁停下，然后将我调整了一下朝向："这是星辰，你见过的。"

宇宙还是一副不温不热的态度，拍了拍我，算是介绍过了。

我毫不犹豫拿胳膊狠狠捅了宇宙一下，本来以为会撞到他的胳膊，精确度不够，直接捅到了腰上际。

幸亏力道不到，不然撞到肾就不太好了。

"你!"他五官扭曲到了一起，怒视着我，却只能吃痛地说了一个字。

“呵呵呵呵。”

对面的人仿佛察觉不到我和宇宙之间的火药味，反而爽朗地笑了起来，我俩暂时休战，怄气地看向同一人。

“一点儿都不像假的。”他收起笑声，然后看着我们，轻轻说了这么一句。

不给人回应的空当，他就揽过宇宙的肩向远处走去。而我呆立了几秒后，也马上跟了上去，难道要扭头走人？不过好像犯不着。

和上次见的那些人不同，他们俩关系明显好很多，这声“哥”到底是指血缘关系还是仅仅因为关系好呢？我也有去了解过他，专访上写的他是独子啊，表哥？堂哥？还是只是关系好才叫他哥？种种猜测飘过。

两个人有说有笑地上了二楼，不过我很快排除了亲兄弟的可能性，他们长得可真不像。

二楼似乎是私人空间，未见其他人，装潢是随意了很多，倒更像是住人的地方。

“楼下开店，我就住在楼上。”见我不断地张望，宇宙口中的哥开门见山地说道。

随后他推开了一扇门，领我们进了餐厅。比较宽敞，三个人显得有点儿单薄，桌面上已经放了一些小菜，早已准备好等着我们。

刚入座，服务员就敲门进来，虽说是自家吃饭，也是和下面共用厨房的。

“星辰没见过我吗？”

见我满脸疑惑，无论是对人还是对这里，都是满面疑容，一点儿头绪都没有。

“应该没有。”说这句话的时候，我下意识望向宇宙，因为方才他说我见过这个人的。

宇宙对我的回答果然表现出失望，又摇了摇头：“她很笨的。”

私下骂我也就算了，在餐桌上也不给我留情面吗？

只是碍于面子又不好怒目相对，我只能将目光收回来，而这一幕偏偏又被宇宙的哥全看在眼里。

我表示不解，而他则是若有所思地一笑。

“我是这家店的老板。”这个我能猜到，接着他继续说，“上次宇宙带你来的时候有和我打招呼，你大概没印象了。”

的确没印象。

“是这样啊。”

这位大哥虽然留着胡子，但看着一点儿都不颓废，反而有种洒脱的味道。正如我想的那样，他掏出烟盒，在我面前晃了晃：“星辰你不介意吧？”

“哦，没事，你抽你抽。”

他娴熟地点上烟，食指和中指随意地夹着，吞云吐雾中他又开口：“我叫宇泳，是宇宙的哥哥，关于你们的事，我也知道。”

此时我的疑惑就更大了？

他有哥哥我已经很惊讶了，而且是亲的，一个姓呢！

而我更难以相信的是，他竟然把这个事情告诉了他！

“没事的，他是我哥。”宇宙为了稳定我的情绪，补充了一句。

一想到事情还有其他人知道，就浑身不自在，总觉得脑袋上飘着“于含雅”三个字。现在可以理解他在吧台说的那句不像假的是怎么回事了。

可是仔细回忆起来，他说的不像，反过来就是像真的。这又怎么理解？

“但不是亲的。”宇泳吐了口烟，又继续说。

真是爆点一个接着一个，完全停不下来。

“哥，你……”这次我看到宇宙表情有些不安。

“如果你不相信她，就不会带她来见我了。”宇泳俨然一副大哥的模样，淡淡地回复他。

节奏太快，我承认我反应比较慢，接受的过程会比较长。

宇宙轻轻叹了口气，然后无奈开口："我是领养的。关于我的报道，除了名字以外都是假的。"

怪不得任何与家人有关的综艺节目他都不参加，关于家庭方面的隐私他也避而不答。可是就这样告诉我，真的好吗？我毕竟是外人，何况，还是这样的惊天大秘密。

然而耳边始终回响起刚才宇泳说的那些，换而言之宇宙是相信我才来这里的。为什么相信我？

他相信我，而我，相信他吗？

脑海中掠过那晚他无力松开我的手，失落地说道："就这么不相信我吗？"

原来我在不经意间真的伤害到他了，一丝内疚夹杂着心疼，我望向宇宙，而他眼神空荡荡的，像是在讲一些和他无关的事情。

不知为何，看到他这样魂不守舍，我竟然轻声唤道："宇宙……"

只是一出声，我就后悔了。这多余的关心为何偏偏在这个时候跑出来？

虽然表面上看起来，我有些尴尬，但是却让宇宙回过了神，看着我，然后又看着他哥。

每个人的表情此刻都是不能用言语来形容的，我从未想过宇宙光鲜的背后竟然藏着这么令人伤感的身世。但是看得出来，他们兄弟关系很好。这也是对这样复杂的身世唯一的慰藉了。

"饿了吧，来，吃饭吧。"

还是做哥哥的更会观察气氛，一句把这些都给结束掉。

宇泳跟我说了很多宇宙小时候的事情，说他聪明得不像话，害他这个做哥哥的都没有优势。随着宇宙渐渐长大，模样也是越发俊俏："这小子，聪明就算了，长得还好，这让我做哥哥的一点儿面子也没有。"

宇泳毫不避讳地说着，还做出了那种不甘心的表情，倒是宇宙，小时候的事情被一件件扒了出来，脸上青一阵紫一阵的。

“对啊，他就仗着自己聪明，天天说我笨。”和宇泳的关系熟络之后，我也忍不住埋怨起来，“要是我知道他的性格，当时我才不会把报纸上这个天才当作偶像呢。”

当时宇宙拿到博士学位后在娱乐圈出道，占了很多报纸和杂志的头条，这是其他新人完全无法想象的影响力。

没想到听我说着这些，宇泳竟然叹了口气，“好好的前途，这都怪我。”

怎么了？我说错了什么？

“他其实一点儿都不想去什么娱乐圈。”只见宇泳的眼神黯淡了，一改之前的豪放不羁。

“这不怪你，我说了，我自愿的。”

宇宙也放下筷子，努力解释着。

后来宇泳把事情始末道来，首先他们的父母在宇宙15岁之后一直生活在国外，宇宙都是由宇泳照顾着的。事发时宇宙20岁，已经靠着天才的身份，声名在外了，很多媒体都想来采访，而他现在签约的经纪公司也是这样，借着采访的名义想把宇宙纳为艺人，宇宙自然是拒绝了。经纪公司哪里肯放弃，几番纠缠，甚至到家门口蹲点。

宇泳正如我形容的那样，年轻时更是血气方刚横冲直撞，看着自己弟弟被逼得出不了门一怒之下就把对方打伤了，断了几根肋骨。而此事并没有结束，经纪公司咬着此事不放，并威胁若是宇宙不答应便一定将他哥哥告到监狱里。宇宙从小就和宇泳一家生活在一起，早就不分彼此，看到自己的哥哥因为他而卷进纠纷，他哪里舍得眼睁睁看着？于是，经纪公司得逞了。

不过后来那位阴损的策划人，在几年后因为手段实在龌龊，提早回去养老了。

“其实也没什么，这些年攒的钱我也用在了实验室那边。不算是报废了前途。”宇宙这话听起来是安慰，却也属实。

这番兄弟的情谊，并不容我质疑，甚至让我觉得好生感动。

看到了别人所看不到的宇宙，带一点悲伤的色彩，却真实得让人心疼，人和人之间的距离从来都是没有的，关键看那些隔阂是否会被消除，甚至找到一些神奇的纽带，连接出不一样的结果。

茶歇饭后宇泳送我和宇宙，车子才驶出不远，宇宙问道："要去我家坐坐吗？"

如此反常的他，带我来见自己的哥哥，又将我领回家，肯定是发生了什么令他很难过的事，而我第一反应是于含雅，偏偏又不能问。

"好啊。"

车子驶进了主道，车水马龙般的场景使得宇宙棱角分明的脸更加令人心醉。

世间还有如此完美的人，集美貌和智慧于一身，可惜拥有的却是让人心疼的过去，他原本可以按照自己的方式去生活，只是一切事与愿违。就像我一样，原本可以像个路人一样行走，如今揽上一切异样的光芒，那些不愿见光的影子却始终埋在我们彼此心间。

CD里的女声沙哑低沉，和窗外浮夸的夜景形成惊人的反差，宇宙也是一样，和我们任何人想象中都不一样，这或许是为什么他迫切去保护于含雅而不顾自己吧，看似宽厚的肩膀，早已将一切扛起。

下了高架，车子过了几个路口后转弯便进了一条静谧的道路，两边错落着的都是花园别墅，他熟练地打了下方向盘之后驶进了一个名为南山雨果（Victor Hugo）的地方。

在这里看不到金碧辉煌的建筑，也看不到古罗马的雕塑，没有气势磅礴的大门，不算茂密的树林和一栋栋雅致的别墅互相重叠着，我本以为他会住在豪宅里，然而没想到却是这么——普通。

心里忍不住叹气：他也只想做一个普通人。

没容我在稀疏的路灯下多看点儿风景，他已经在一栋别墅前停下，院子的门是遥控的，他轻轻按了一下之后就驶了进去。

他将车停泊好，边上是一辆本田的CRV，还没有上牌照，院子不大，没有泳池没有花园，只有一个小小的苗圃，他在里面种了番茄。

这是我第一次走进一个明星的生活，摘下光环以后，他平凡得不像话。

宇宙拿出钥匙开门，厚实的木门发出“吱呀”的声音，打开了通往他最私密的地方。

他打开大厅的灯，整个大厅蒙上了一股淡淡的柠檬色，他的房子不算大，客厅亦是如此，只是挑高的吊顶让客厅看起来比较通透宽敞。

第一眼，就彻底颠覆了我原本对这里的种种想象。装修很简单，很难想象一个可以只手遮天的人会对自己的家如此不修边幅，这里找不到他音乐里摇滚的痕迹，没有任何和潮流有关的东西，一切这么单调统一，换成别人一定不会相信这里竟是宇宙的家。

屋子里的东西很多，但是不乱。他应该一直在整理，都是整齐有序地摆放着，整个客厅最吸引人的也只有书架了，那是用整面墙改造的书架，我再联想到他教授的身份，实在和他这张脸很难对上号。

一番打量之后，宇宙打断我：“随便坐吧。”接着他就径直上楼。

我嗅觉比较灵敏，嗅出了这里始终有股悠远淡泊的香气，有点儿像檀香。这是很能让人平静下来的味道。

短暂的等待之后，他便姗姗下楼，我循声望去，只见他已经换上了宽松的上衣，原来他还有换居家服的习惯。

回到自家中他随意不少，边走还边伸了个懒腰，真不把我当外人。

（都在酒店住过了，还分什么。）

虽然把我请来的是他，但瞧这阵势也不觉得是想邀我回来聊天，估摸着也是一时兴起，我则是顺藤而爬。

厨房是半开放的，他看了我一眼后，转身去了厨房，我所看见的是一个慵懒的背影。

宇宙打开冰箱，暖橙的光打在他的身上，显得更加亲近了。

“你喝什么？”

他的声音不大，却清晰地传递到我耳边。

“我随便。”

相信世界上大部分人都最讨厌“随便”这两个字，然而很多时候却只能这么回答。

他应该是猜到我会这么回答，没有其他多余的动作，抓了两瓶看似矿泉水的东西就走了过来。

——苏打水。

他将其中一瓶先放下，接着拧开了另一瓶的瓶盖，拧松之后，放在我面前。

就算是这么一个小动作，也会让人浮生好感，即使不是对我，但还是会觉得他其实是个细腻的人。

第一次萌生了很想被呵护的错觉，只是他的小动作却不禁让我联想到尹叶勒，原本大相径庭的两人此刻却让我觉得变成一类人。

如果非要去比喻的话，那尹叶勒就是一颗小太阳，只要我需要他就能照亮我心中一切阴霾驱逐黑暗，这是很能让人上瘾的感觉。

而宇宙，初看之时变化多端阴晴不定，你从不指望从他那里得到任何温暖作为回应，可是接触久了就能发现他刻意隐藏的那些关怀，的确，他不能照亮一切，但是却成为了黑暗中唯一的月光，时而露出满月时的丰泽，时而化为月牙藏于夜幕，捕风捉影一般，就算再迷离也是一道光。

我们都没找到合适的话题开口，窗外有风拂过，将厅内安静的气息吹得更加朦胧，若不是他的手机在这时振动和沙发摩擦发出了“嗡嗡”的声音，恐怕我们谁也没办法打破这诡异的沉默。

原本以为他会接起来，可他只是拿起来看了一眼屏幕，然后挂断。

“怎么不接？”

“哦，没事。”他嘴上虽是那么说，但目光还是留在手机上，似乎还在等对方打来，但是没有。

“谁打来的？”其实我并不关心，只是下意识去问。

“……”他并没有马上回答，犹豫之后，眼神收了回来，双手扶着膝盖而手指不自觉交叉，一副无精打采的样子，“于含雅。”

从他的表情不难猜出是谁，只是我很诧异他竟然会不接。而且从最近的种种迹象可以得出结论，他们之间似乎产生了一些不愉快，无论再怎么迟钝的女人都会拥有直觉，而直觉告诉我，他们的不愉快似乎和我有关。

“那……怎么不接？”

“大家冷静一下也好。”

这是他们之间的事，若再追问，就是我多管闲事了。

我每天都想象，如果那一天我没有出现，是不是就会不一样？也许这对现在我们所有人的状况而言，未必是件坏事。应该没有什么会比现在更糟了。

“其实今天我本来是约她的。”正当我独自黯然神伤的时候，宇宙却缓缓开口。

“下午本来约好要去见她，可是Kevin告诉我有个节目要采访你，我就放下手边的事情过来了。”说到这里，他不禁苦笑了下，“是我担心过头了，你对媒体说的那些，真的很好。”

“是……是吗……”

“但是于含雅对你，似乎很紧张。我也不知道她怎么了，反常得让我根本没办法去应付。”

就像我刚才说的那样，女人就是拥有天生的直觉。我相信于含雅一定是误会我和宇宙了，但事情发展成这样，也不能说毫无根据，毕竟我和宇宙之间的交流一天天增多，她不在乎也不可能。

“那该怎么办？”

“……不知道啊……”

能让宇宙说出这三个字的人，是让他有多无奈啊。

“我们还是少公开亮相吧。”

其实我说这个提议不仅仅是为了稳住于含雅和宇宙，更多的还是为了自己，趁早遏制这假恋情，尽量营造出彼此平淡分手的剧情，这才是我们曾商定好的策略。

“我知道。”

我们都知道，总有这么一天的。

话题进行到这里，我和他之间又陷入了长时间的沉默。他或许自己也不知道为什么要带我回家，也许是为难怎么开口说这件事情吧。那为什么又要带我见他哥哥？我没办法将一切串联起来，思绪混乱。

在回去的车上我们都没有说话，其间他都有意无意地看着手机，而我则有意无意地看着他。

到家简单收拾后，我就上床睡觉了。我的脑子不擅长去处理这些复杂的事情，所以还是走一步算一步，但是宇宙的行为还是让我有点儿寒心，因为他的行为就是毫无行为，像是在为彼此的分手做铺垫。

虽然私底下他还是会偶尔问候我，但更多的也就是关于我的手伤。

我对宇宙从来没有过什么非分之想，但是也谈不上无动于衷，再加上他对我做的那些轰轰烈烈的事情，而现在又突然消失于我的生活，难免有些落差。

整整一个月，他都没有再出现在我的视线里。而我每晚睡前都养成了一个想问题的习惯：“他明天会不会来见我？”

宇宙虽然淡出了我的现实生活，但是荧幕中还是十分活跃，无论是发布会还是做节目，他表现得毫无异常，仿佛真的已经把我忘记。媒体总会问他关于恋情的发展，他也只是笑笑，避而不谈。

时间一久，猜测和新的绯闻也就慢慢浮现。我和他传出了冷战濒临分手的消息，和计划中如出一辙。

好在培训部的诸位老师并没有太八卦，不会来问我这些事情，但是公司上下同仁看我的眼神再一次炙热起来。

尹叶勒总是会来安慰我，告诉我这一切很快就会过去。

令人浮躁的夏天在蝉鸣中愈演愈烈，在同一天，乐乐和简倾城同时杀到我家。倾城本来是打算毕业答辩的时候就来看我的，但日程太赶所以之前也没来我这儿坐坐，而这次似乎是看到新闻，逮到机会说一定要来。

有一个简倾城这样的大妈级姐姐就够烦了，骂完我手骨折惹出绯闻后，偏偏才过了几分钟乐乐也毫无预兆地出现，一时间冷清的小屋人气爆棚。

两人的目的也是惊人一致，都是质问我是不是和宇宙分手了。我早说过我和宇宙是逢场作戏，但是她们俩从来不信。眼见着这么短时间我就和宇宙恋爱告急，她们似乎也看出了端倪，于是都迫不及待来见我。

这一次我耐着性子把所有事情一件件讲了出来，她们虽然半信半疑，但最后还是选择了站在我这边，并且得出了我是受害者的结论。

而乐乐更是发扬了一名娱乐记者的资质，指着我喊道："这事有猫腻！"

倾城是我姐姐，我和她之间自然没有秘密。而乐乐虽然平时大大咧咧，但是在信任这方面，我对她还是放足了心。

两人闹腾了我一下午之后总算满意，但都是一副不能让我吃亏的阵势。

"事情已经这样了，我又有什么办法。"

何况，这是我和宇宙早就约好的。

几番口水战下来，肚子饿了，我们寻思着去哪里填饱肚子，然而这时我的电话响了起来，我看到屏幕上的"宇"字瞬间紧张起来，再定睛一看，是宇泳。

虽然松了口气，但是好像有那么点儿失落。

她们见我对着电话恍惚，伸手要抢，幸好我反应比较快，立刻回避，她们在我身后起哄，我恶狠狠瞪了她俩一眼并"嘘"了一声。

她们这才安静下来，但都是一副看好戏的表情。我无奈地接了电话。

“嘿，星辰。”

“泳哥有事吗？”

她俩听我叫的是泳哥，同时“切”了出来。

我和宇泳寒暄了两句，他便直奔主题，问我和宇宙怎么了。其实我也想知道，这个情况算是怎么了。

可能是察觉到从我这儿打探不到什么，对方也就作罢。

“有空来我店里坐坐，我也挺无聊的。”

虽说是客套话，但我正愁晚饭没地方去呢。

“今天正好有人来我家做客，你看你那儿方便吗？”

“欸？”宇泳显然有点儿意外，但马上回道，“当然方便！”

其实带她们去宇泳店里有点儿唐突，但一时间我也想不到其他地方，倾城问我这个人是谁，我也只是含糊答道，说是宇宙一个好朋友开的店，私下我们叫他泳哥。

她们一听和宇宙有关，立刻两眼放光：“要去要去！”头点得跟捣蒜似的。

幸好她们关注的点不在我的考虑范围内，只要没对宇泳的身份起疑就好。

我将倾城的行李稍作收拾，换了件衣服就和她们出门了，那地方我只去过两次，而且都是宇宙带我去的，我只知道大致方位，连个路名都不知道。

乐乐开着车，我胡乱指路，始终找不到。

“我都能把H市绕上一圈了！”乐乐开始吐槽。

最后我只能向宇泳求救，电话通了之后就把手机给了乐乐，对方简单说了几句之后，乐乐就心领神会，然后把手机丢给我，顺便还翻了个白眼。

“油费可得算你的啊！”

“行行行，我的小姑奶奶。”

在乐乐的骂骂咧咧中，可算到了这饶有风情的地方。

我一眼就瞅见站在店门口的宇泳，应该一直在等我们才是，正一口一口抽着烟。

等乐乐将车停好后，我就领着她们走了过去。

“泳哥。”

宇泳也看到了我们，拧掉了烟头，冲我们笑。

倾城又回到大家闺秀的模样，只是微笑，而乐乐似乎愣了一下，但什么都没说。

宇泳对我很是亲切，直接带我们进了一楼的包厢。

“这是倾城，我姐姐，这个是乐乐，我好朋友。今天来打扰了。”一席人入座后，我作为中间人多少要介绍一下。

“这位是宇泳，我和宇宙的朋友，平日里我们都叫他泳哥。”

“我还以为大叔是黑社会呢……”

此话一出，众人黑线。

没想到乐乐会冷不防冒出这么一句话，我还琢磨着她初见宇泳时的那些怪异神色，原来这叫偏见……

按乐乐后来的描述，她第一眼就觉得这个宇泳不是好人。

宇泳也是没想到初次见面的陌生人竟然一上来就泼了一盆冷水，还带刺，脸上的笑容自然留不住，倒也不是生气，可能是惊讶吧。

“这小丫头挺有意思啊。”

宇泳算是自救，虽然勉强地呵呵，但是我总觉着她俩这梁子，算是结定了。

乐乐倒是不以为然，在饕餮美食之前一点儿都不介意主人家异样的眼光，吃得毫不客气，甚至是，放肆。

但是这次宇宙不在，这顿饭大家吃得还是比较自然的，时不时还聊着最近的趣闻。

“大叔你怎么认识的宇宙？”乐乐对这位大叔充满敌意。

“乐乐！”虽然乐乐生性豪放，但毕竟对方是宇宙的哥哥，我也不能让她太过分。

“没事，没事。”宇泳摆手，一副大度的样子，倒让我替这位损友不好意思起来了。

“他经常来我餐厅，来多了，就熟了。”

宇泳神态自若，毫无破绽可寻。

“嗬，”谁知道乐乐发出夸张的声音，“就这种生意，还能把他给招来啊？”

其实乐乐说得没错，这里的确有点儿冷清……但是……这也说得太直接了。

我实在是没脸见宇泳了，一只手无奈掩面，偷偷望着宇泳，他也已经石化了，呆呆坐在原地，表情僵硬……

“乐乐……”我再一次呼唤她，并且拽了拽她的衣角。

“我说的是真的，这……”

倾城不愧是亲姐妹，看到我眼中的欲哭无泪，上去就堵住乐乐的嘴。

场面有些混乱，而宇泳的电话则适时解围。

受挫的宇泳眨巴了几下眼睛才回过神来，将手伸进兜里去掏手机。

见他开始打电话，乐乐也总算安静下来了，只是他的表情实在有些令人费解，有种尴尬，而眼神竟然瞟了我几眼，像是在观察我的一举一动。

他简单地“嗯嗯”了几声，将电话的通话口压住，“星辰你先带她们去楼上吧。”

我为什么要带她们去楼上？

我虽不解，但是乐乐和倾城却把这理解为好客，反而拉起我，走向楼梯，其间乐乐还嘀咕着这个大叔好古怪。

我并没把这些抱怨放在心上，而在意的是宇泳接电话时的表情，甚至还刻意看了我几眼，这很难让我不去介意。

上次来过，也简单参观过宇泳二楼的布局，所以我也算是半个熟人，领她们进了边上的休息厅，平时他都用这里来招待朋友。

“装修倒蛮前卫。”

倾城打量着四周的装修，算是赞许。

“嗯，看来大叔品位还可以。”

乐乐虽对大叔，不是，是宇泳有偏见，但对于装修这方面还是持客观态度。

“人家又不大，你老喊大叔做什么。”

现在就剩我们三个人，我逮着机会就批评她。

“可他留的胡子，一看就是老男人。”显然乐乐是对他的胡楂很不满意。

在这一点上，倾城似乎有相反意见：“不会啊，我觉得很man啊。而且，很像艺术家。”

“扑哧，”乐乐笑得眼睛都眯了起来，“你说那大叔是艺术家？”她越说，自己笑得越夸张，搞得我和倾城一脸莫名。

“别逗我了，艺术家能长那样啊？”

……

其实我第一眼看到宇泳的时候就忍不住多关注了两眼，他和宇宙不是同一类型的美男形象，相反的，刚毅的五官和不羁的外表在他身上完美融合，就像倾城说的那样，很man。但是没想到，乐乐能笑成这样……

可能是被我们无奈的眼神盯得清醒了，过了很久，她这才收声不笑，

“好了好了，我不说他坏话了。”

乐乐是个很调皮的人，但是很多时候，她也很靠得住。只是现

在，看到笑疯了的乐乐，我和倾城只能不约而同地向边上叹了口气：“唉……”

“哎哟，你们讨厌！”说罢，乐乐就作娇羞状，还用手掌给自己扇风，“好热啊！”

虽然开了空调，但是屋子不通风，之前的闷热感不能很快散去，懂事的倾城走到门口，将拉门扯出一条10公分的间隙，好让空气流通。

这才彻底让我们的乐乐乖乖就坐，只是我和倾城还没缓过神来，乐乐就做了个“嘘”的口型让我们安静。

疑惑了一会儿后，我和倾城似乎有点儿明白了，隐隐约约传来了楼梯上的脚步声，大概是开了门，所以才听得到外面的声音。

可就算是有人上来，也是正常，为什么要偷听呢？我想制止乐乐这样没道德的偷听，刚准备开口，却传来了人声。

大概是由于还在楼梯上的缘故，声音离我们还比较远，但足够清楚了。

“我说你们还没吃饭吧，那就先下去吃饭吧。我楼上刚招待好客人，没整理干净呢！”说话的是宇泳。

我第一时间所能反应过来的就是，宇泳来了朋友，我们在可能不方便。

“楼下人多眼杂。”

轻描淡写的6个字，却把我才抚平的内心惊起数层浪。

这个声音，我绝对不会听错。

怎么会是宇宙？

可就算是他，为什么，不让他见到我？

我的疑问还找不到答案，另一个声音却又响起：

“泳哥你下去忙吧，我和宇宙想单独待会儿。”

这个声音虽然不熟悉，但是不用猜我都知道是谁。

只是在这样的地方，再加上这样的人物设定，一切都太突然了，我慌张地看了看乐乐和倾城，她们也是一脸惊讶，比我更加迷茫。

“可是楼上真的不行！”

宇泳的声音很近了，似乎已经快到门口了。

“哥！”

宇宙似乎也有些不耐烦了，有点儿厉声地喊他。

脚步声逐渐靠近，他们交错的步伐虽然凌乱，却实实在在地踩在这一层的地板上。

我的心再一次被揪了起来，脑海中拼命喊着——千万不能见面!

就像是抱着最后一丝希望，这么多房间，不一定来我们这间的。越是侥幸，越是不幸，至少每一个抱着侥幸心理的人，最后面对的都是最不愿意遇见的。

“哗啦——！”

宇宙大臂一挥，拉开了这扇本不厚重的门，只是眼前的景象让他始料未及，脸上的惊讶更是一览无遗，他的身体挡住了于含雅大部分轮廓，我们依稀辨别出的只有她白皙的脸庞，而宇泳为难地将头扭向一侧。

“你们？”

“你们？”

两股势力，不约而同。

“这不是捉奸在床吗？”

在这种匪夷所思的场面上，也只有乐乐可以瓦解这种尴尬了，口无遮拦本来就是她的缺点，而此刻，更是让人想挖个坑跳下去。

捉奸？

到底是谁捉谁的奸？

第七章 不忘初心

混乱的场面可见一斑，画面被喜感定格，所有人在瞬间拥有不一样的心境。

捉奸在床…捉奸……奸……奸……

我相信脑子暂时短路的肯定不止我一个，可是下意识却把裹着纱布的左手掩在身后，嘴里还是喃着“捉奸……”

也不知是早有预感还是条件反射，我潜意识支配的动作被证实是正确的。

未等所有人反应过来，宇宙已经一个箭步走到我的面前，大掌一挥就牢牢抓住了我。

——幸好，左手藏得快。

我内心最真实的想法不是对人物关系的惊疑，却是对骨折最深的关切……

原谅我迟缓的神经，直到被宇宙拽了起来才恍过神来，由于一直跪在地上，下肢多少有些麻木，虽然意识上已经清醒，但脚步却跟不上他的牵引。

没有时间去看清他的表情，他早已用背影替代，只是手腕被握紧的力道提醒我这不是好的征兆。

几乎是跌跌撞撞地被他拉了出去，本能地向身后的乐乐和倾城投去求救的信号，然而她们事后对于这样无辜的眼神所描述的是“惊鸿一瞥”，说是把她们看得惊呆了。

没有人试着阻止宇宙的一意孤行，我再心有不甘可是几次交锋却从未从他手里挣脱过，他像一阵疾风呼啸，吹得让所有人措手不及。

宇泳可能是我们中最为理智的一人，但是面对宇宙的蛮横，只是向后退了一步，让出路来。

本是不宽敞的门口，此刻的宇宙又拉着不明所以的我，更显拥挤，一番牵扯下我的肩膀结实地撞到了于含雅的肩头，我虽不是存心，但在惯性和拉力的作用下竟将于含雅撞了个踉跄，而宇宙只顾往前走哪里看得到身后。

“咳！”于含雅低低呛了一声，倒也不是因为疼。

我对她本就有愧意，而这样偶然间的碰擦更是让我心生内疚，她的男朋友突然就变成我的了，她很难平复这种情绪吧！

那精致的五官在她稳过身子后布满愁容，但是仍不影响她的美丽，只是略带空洞的目光望着地板，让人心疼。

即使手被宇宙拉得发疼，但我的眼睛里却只能看到于含雅。

原本属于她的一切，此刻却只能患得患失，虽然我不是她，但是我好像可以感知她的心情。

接近走廊尽头，宇宙才转弯进了一间房，他猛地转身，接着突然松手，我如同被精确计算好了一样正好被甩到床上，虽然想骂他是不是太粗暴了，但是惊魂稍定，还好有张床……不然是想摔死我吗？

几乎是我跌坐的同时，宇宙毫不客气地将门甩上，不知道这撼动整个空间的一声“砰”会不会也让另外一些当事人听着有些不安，很显然，整个状况告诉我他心情真的不是很好……

我想知道他在生什么气。是，我知道，肯定和我有关……

可我实在是想不通，我是做错了什么吗？

还是像乐乐说的，被我们捉奸在床，于是恼羞成怒？

不对啊……他和于含雅怎么是奸呢……

我沉浸在自已充满传奇色彩的想象里，始终没发觉眼前笼罩着一片阴影。

一道与炎夏格格不入的厉声质问压着我的脑袋，直直砸了下来：

“你来这里干什么！”

亲，夏日降温还在吹空调吗？

你以为喝雪碧就晶晶亮透心凉吗？

真是弱爆了！

夏日降温新技能，和宇宙说话吧，和宇宙说话吧。

只要几秒钟，让你回到冰河世纪！

脑补几段广告做嘲讽后，反而没了开始的心虚感。

“吃晚饭！”

世界上应该没有人比我在说这三个字的时候更理直气壮了，像是拉屎要冲水一样天经地义的事情。

“那么多地方偏偏来这里做什么！”

见我一脸的想当然，他的语气又重了一分。但至少和从前相比，要顺耳多了。

“正好宇泳打我电话，那就来了。”

说完我又真挚地点了下头，我说的都是实话！

“这里是你能随便带别人来的吗？”

现在算是听出来重点了，果然还是担心走漏风声。

“一个是我姐姐，一个是我最好的朋友。除了你我的关系，其他我只字未提！”

认真的表情加上我严肃的眼神，让他落在我脸上的目光恍惚了一瞬间。

但是很快，他又是一贯的指责：“就算她们和你关系再好，对我们的事情可以做到不知情！但毕竟是公共场合，你带着其他人进进出出就不怕被人注意吗！”

注意怎么了？不注意又怎么了？我是带人来烛光晚餐了还是把人屋子烧了，我有什么好注意的！还怕她们被别人调查吗！真是好笑！

“我再怎么做也没有你和于含雅站在一起更引人注目！”

想不到隔了数日的重逢，非但没有电影里那般什么梦幻啊光晕啊气泡啊各种罗曼蒂克，见面的剧情狗血也就算了，才讲了几句话就怒目相斥，哪里是关系有过缓和的痕迹。

“简星辰！”

他压低声音，却禁不住歇斯底里：“不用你教我怎么做！”

“如果你做得够好就不用我整天提心吊胆的！”

“如果你的朋友没有自作聪明在媒体前提到那晚你的着装，我们之间根本就不会变得这么复杂！”

“如果你不是大放厥词就不会让我处在进退两难的地步！”

“如果不是我说在和你交往，你知道在报道里诋毁我的话会给你招来多少麻烦吗？”

“如果你和那个叫尹叶勒的没有单独会面，我就不会明知勒索也把那些新闻压了下来！”

“如果我是你，至少我会知道风口浪尖人言可畏！至少我知道，既然和别人达成协议，就绝对不会凡事只想着自己！”

“你知不知道，为了将这件事情对你的影响降到最低，我做了多少事情！你又知不知道，对于你唯一的愧疚就是手伤，这件事的确是我意料之外，但是你要知道，如果不是我用交往来搪塞不理智的粉丝，你就不仅仅是手腕受伤那么简单了！简星辰，我承认我对你的态度是不好，但所有事情我都看在眼里记在心里，我说过，我谢谢你！我也说过，有对不住你的地方！但是我很清楚我做的一切！所以能不能麻烦请你，多相信我一点！能不能真正的，交给我去处理！”

人类语言极限之所以强大，是一口气之间能说这么多却能让我一个字都没听进去……当然了，今天他说的这些我没能听进去，以后就更没机会听他说这些了。以至于在日后的生活中无论发生什么争执，他都说我不懂他的良苦用心，当然了，这些都是后话了。

虽说正值盛夏，夜晚降临得比较迟，但是一顿晚餐的时光以及方才的一幕闹剧，也倒把酷热的白昼染上红霞，却依旧——热。

想必宇泳也没有想到自己原本开着窗通风的房间，此时会被两个不速之客占领。

方才用皮筋随意拨弄将头发盘在脑后，早在之前的拉扯中披散下来，虽不是乌黑亮丽，但长是无法否认的，现在正杂乱地盘踞在后背，偶有几簇落至胸前，脖间也缠着屡屡发丝，在这样炎热的时节里，与汗液交织在一起，让人无法不莫名地躁动。

宇宙的语速不快，吐字也足够清晰，但是就是没办法让我平静地听进去。

凭着进门一刹那的记忆，白色的窗帘被落地窗外拂过的微风卷起妙曼的波浪，夏风从来不是凉爽的，更谈不上解暑，充其量就是种心里安慰罢了。窗外似乎还能看见高耸的大树，茂密的树叶把阳光打成斑驳的影子洒在地板上。

偶有凉风也仅仅是错觉，勉强唤醒了毛孔却也只是愈加燥热，动静不大却正好可以撩拨那一串还没来得及看清形状的风铃，发出“叮叮”的清脆声响，如果我没猜错，应该是瓷器做的。

我宁愿去关心这些细微的场景，却不愿意将他所说认真聆听。并不是反应真的慢，而是抗拒，总觉得他对我说的永远都只会是刻薄，距离就是这样产生的。

我们从来没有心平气和地交谈过，我们从来没有站在对方的立场去看待过这件事，我们之间的隔阂，其实也就这么浅，只是没人试着抬起脚逾越。

即使同样被染红的房间，却没能让我们变得热情开怀，若不是把自尊看得太重，也不会把对方想得如此顽固。

他说的话好比一个久违的懒觉在清晨时被楼上装修的钻机枪剧烈地敲打心脏，被吓醒的人，永远不可能拥有好脾气。

“你就是……”咆哮体仅仅开了个头。

即使没听清他说的所有话，我却自动归并到了对我的物理攻击，按照回合制的说法，现在该我还击了。

只是情绪还未酝酿好，连语言都只是临时组织，猛然刮来一阵大风，吹乱了我的“精心策划”。

按理说在房门关闭的情况下，空气是无法形成正常的循环，更别提是现在这股大风，难道，是妖风？

跳跃的思维还没合理地做出解释，原本就有些杂乱的头发，肆无忌惮地飞扬起来，只能被迫抬手去镇压。想说的话也只是憋出了几个字，便消了声……

虽然只持续了很短的时间，房间却像是被洗礼了一番，乒乒乓乓各种声响。我们都以为是暴风雨来了，扭头望去窗外却还是黄昏原本的模样。

就像倾城说的那样，宇泳果然是艺术家，桌上铺着的彩色铅笔和画纸几乎全部掉到地上，有些甚至吹到了房间的另外一边，原本摆着的几本书也是如此，虽然没跌落，但是快速翻动的书页发出沙沙声响，足以证明这阵风的威力。

原本有序的风铃此刻已经随风摇曳发出音调高低的脆鸣，甚至让人担心会不会碎，而原本就薄纱般的窗帘，早就被吹得飘扬在半空。

我和宇宙对于这场来得措手不及的骚动，只是望着平静的窗外，绝想不到这里已是狼藉一片。

各种声响刺耳杂乱，无数纸张被吹得在房间内放肆冲撞，我想这是我们都没见过的景象，以至于只会傻傻呆在原地。

须臾之后，妖风散去，一切回归和平，宁静重回这里。浮在半空的窗帘和飞舞的纸张也收敛了方才的任性，老老实实回到地面上，而在我头顶上方同样是有一张缓缓曳落的纸片，乍看，不像是宇泳的画纸。

出于对美好事物的呵护，我护住头发的双手不自觉地靠拢，而它则如预期一般，落在我的手心，大小竟然正好。

宇宙也和我一样，注意力全放到了它上面。

只是没想到……

打量一番后，我拿起来翻转一遍，然后得出结论——这是一张书签。

只是年代久远，纸张早已泛黄，上面的图案也不是这个年代该有的，竟然是占了半张纸身的荷花，虽然已经陈旧，但是水墨画该有的韵味这里面都有，深进浅出的用色，蜻蜓点水的勾勒，即使岁月已经把它变得暗沉，却让人心旷神怡。特别是左上侧娟秀的字迹，同样的墨迹如流水行云一般落着8个字——

不忘初心　方得始终

……

我一味感叹画者的好书法和画功，没想到宇宙已经脸色瞬变，瞪圆了眼睛。

“这个是？”

只是出于礼貌，对于这房间除了我以外的另外一人，我总要征询一下对方的意见。

岂料我的抬头，竟让我看到了宇宙接近崩溃的神情。

“……我……我爷爷……我爷爷……的……”

爷爷？

宇宙的爷爷？是指宇泳的爷爷？

可是他毫无血色的脸色，让人看着很担心，虽然我知道他绝不是身体不适，但无疑是这张书签给他带来的打击过大。

为什么会表现出这样的，失魂落魄？

难道是去世了？

应该是去世了吧……

应该是很爱他爷爷吧……

任凭我各种猜想，在他开口之前，这些都不是真相。

宇宙的身体不自觉地颤抖着，连弯腰都是艰难，伸出的手更是颤颤巍巍，这一切在我看来，实在是匪夷所思，到底他爷爷怎么了？以至于他会失态成这样？

……

宇宙从我手中接过书签之后，放在胸口捂了很久，这才不舍地放开，然后小心地放进自己口袋里，像是失去很久的珍宝被找到了一般。

至于吗？

他的神情也略有缓和，但是取而代之的是失落的目光刻满了他的眼睛。本是极好看的双眸，此时蒙上了悲伤的元素之后更显落寞，让人生怜。

“那是我最后一次见他时带着的东西……”

宇宙虽然镇定，但是走路时发晃的脚步出卖了他内心深处的脆弱。

他缓缓移步到了窗边，一只手弯曲抵着边框，而脑袋却深深地埋进了自己的臂弯。

这是个孤单的背影，藏着没有人可以想象的悲伤往事。

“我说过我是个孤儿。”

我从未想过这时候他竟会和我谈及他的身世，换作常人恐怕连正视自己的身世都是一种困难，而他却坚强面对并且活得让世人仰羡。可是现在，他却低下了自己骄傲的脑袋，一头扎进了充满泪水的回忆里。

“在遇到宇家之前，我先遇到了他，我的爷爷。要不是他，现在你根本也不会见到我……”

等一下，什么叫遇到了爷爷？不是宇泳的爷爷也不是自己的亲爷爷吗？

“我爷爷捡到我的时候我只有两三个月大，被丢在街口的井边。谁都不愿意带我回去，说是带回去了也养不活。”

原来，宇宙是真正的孤儿……在遇到他爷爷之前，就已经是孤儿了。

“可他就是这么傻，把我带回去了。明明……明明连自己都快养不活了，还要把我带回去……呵呵……怎么那么傻……”宇宙边说边笑，只是笑得太牵强，笑得太让人心疼。

最痛不过笑着流泪，是要有多痛，才会让宇宙连说话都变得哽咽。

“他笨，小时候被人骗走卖去地主家做了书童，打骂是常事而温饱也是勉强，想逃跑但是每次都被抓回来打得半死，有次从树上掉下来之后，脚就摔断了，这辈子都瘸着腿，后来改革开放了，地主被抓走了，他也一并被带走了，还吃了文革的批斗，没少被人看不起，虽然艰苦但到底还是在原来的村里留了下来，他腿瘸，文革折磨得他脸上留了几处疤，村里人就喊他拐老丑。一叫就是一辈子……”

话语中透着宇宙对爷爷深深的同情，放在如此和谐的社会，谁又能想象当时爷爷受的那番苦呢？

“我爷爷一辈子没有亲人，也许，连我都没有资格……”说完又是自嘲般地呵呵一声，“谁让他那么傻，为什么要带我回去呢？真是……真是笨啊……”

宇宙用词听似不雅，实则是对爷爷真切的爱意，最淳朴的爱意，不含任何杂质。

“当时我还那么小，要喝奶，他就厚着脸皮一家一户问别人讨点儿奶水，当别人告诉我这些的时候，我都快恨死我自己了。因为我，他竟然轻易向别人下跪，只为给我讨几口奶水……”

“后来实在不行了，只能混着稀饭兑着奶水喂我，爷爷说他几次都以为我快活不下去了，瘦得跟猴子一样……”

“但是他却坐在我边上，对我说，‘谢天谢地，你活下来了’。”

说到谢天谢地时，我心里一堵，很是难受，而眼前仿佛真实所见，一位沧桑的老者，捧着小男孩红扑扑的脸蛋：“谢天谢地，你活下来了。”生命之所以可贵，只因活着本是不易。

宇宙学着爷爷的声音，我却并没有觉得好笑，只是说不出的酸涩，连眼睛都开始肿胀。

“我很争气，学什么都快，也从不生病，他上街卖字画我就搬着凳子坐在一边，一坐就是一天，不吵不闹，那时候的我已经知道了穷困是什么，所以我从不要求爷爷为我做什么，我只要有他在，什么样的日子都愿意过。那时字画根本不值钱，没多少人买，有时几天都卖不出去一张，可是我从没饿过一顿。同样，爷爷也从没在我吃饱之前吃东西，他永远只吃我吃剩下的……你知道吗，这种日子……是真的穷……”

宇宙说着说着，快要说不下去了。

“那时候……那时候，我根本……根本……不知道……他有肝病……为了我！他……他……几年没吃过药……我爷爷……他……他……”

即使再坚强的人，也总有崩溃的时候。

我只能看到他的后背一起一伏，也许是在啜泣，也许是在呼吸，也许是在哽咽……而我能做的，却只是看着。

“是我不好……真的都是我不好……”

宇宙情绪失控，反复低喃，让人没办法不介意。心跟着隐隐作痛，连我一个听故事的人都已经泪流满面，更何况他是亲身经历的呢？

就像当初选择冲进他们的包厢一样，这一次我同样未经大脑思考，毅然起身走到了他的身后。

不忘初心，在此刻像是得到了诠释。

对于那些刻意伪装成坚强的人，成为一个倾听者就是对他们最大的慰藉了。

宇宙已经再无法去叙述这些曾经了，没有一个人可以泰然地去将结痂的伤口剥露给他人看，更何况是血淋淋的回忆！

在往后的日子里，宇宙再一次下了决心将一切告诉我，但不是今天。可我选择现在把这悲伤的故事做一个完结，这不是一个美好的回忆，我不愿他夜夜被良心谴责，更不愿他身陷沼泽无法自拔。

在平常的某一天，出游的宇家逛到爷爷的摊位前，很是欣赏。而聪明的宇宙一眼就看出了宇家殷实的购买力，极为殷切地帮爷爷宣传这些作品。只是没想到宇宙的乖巧，引来宇家连连称赞，在和爷爷深谈间，得知宇宙的身世后也表现得极为惋惜，说是希望可以帮助他。

接着，宇宙的世界就再也不一样了。

爷爷告诉他和宇家，说是家里还有好画作，让他们稍作等待，他这就回去取，还拜托宇家先暂时照顾宇宙一会儿，谁知……这一等，等来的竟是阴阳陌路。

宇宙从小就善于察言观色，虽然年少无知，但是爷爷时常因为疼痛捂着肚子半天不说话，冷汗也是直冒。宇宙知道爷爷生病了，而爷爷永远说没关系，睡一觉就好了。

那年宇宙四岁，却已历经磨难。

爷爷骗了他，再也没有回来过。

宇家在漫长的等待后起了疑心，让宇宙带着去家里找找，根本没有踪影，把可能去的地方都翻了遍，就是找不到。

宇宙第一次像个孩子一样哭得撕心裂肺，而宇家也大概能猜到老人的用心，决心带走宇宙，宇宙哪里肯，拼命逃，最后回到摊位前赖着，根本拖不走。他随身带的小包里放着一个馒头、一支笔、一张纸，这是他惯例的东西，而今天出门前爷爷还画了张书签，说是将来有机会等自己念书了可以拿来用。明明早上还那么亲切的爷爷，怎么就突然躲起来了？

他不知道为什么爷爷突然不要自己了，是不是自己哪里做错了，是不是嫌日子太苦了，还是嫌自己太麻烦了？

"只要爷爷愿意回来，爷爷打我骂我都好……"当时宇宙说到爷爷的时候，泣不成声，趴在我的腿上，泪水打湿了我的裤子，温热的泪水里含着多少疼痛我根本无法感知。

最后哭晕过去的宇宙被宇家带走，而爷爷其实就在小巷里看着这一切，生离死别，不过如此了。一位八旬老人的眼泪，流尽的岂止是感情，更是一生挚爱。

老人家唯一的牵挂了断了，他也就放心了，只是病痛耗尽了他残存的光阴。在生命的最后他都庆幸能看着宇宙去过新的生活。

宇宙到了新家，大闹一场之后便病倒了，之后像换了个人，一下子沉默了。宇家很担心，而宇宙像是一夜长大了，温顺得不像话。

那时他的心已是凉透，对于爷爷的无情，已经变成了单纯的恨意。

随身的小包里翻出那些陈旧的东西，宇宙一狠心全部丢了出去，然后一个人哭得昏天暗地。

四岁的孩子，只是一个四岁的孩子啊……

两年后，宇家故地重游，竟然发现了熟悉的画作，一番追问对方才承认的确是拐老丑的作品，并用了"遗作"两个字。

原本面无表情的宇宙发疯般地跑向他熟悉不过的地方，可惜的是，里面剩的唯有破旧的家具和尘埃而已。

宇宙面对此景，无法控制情绪，在众人搀扶下才没有瘫倒在地。

一番骚动引来周围的邻居，他们都没认出宇宙，直到宇家人介绍身份后才仔细打量起宇宙，无一不唉声叹气。

“拐老丑这辈子最放不下的就是你啊，孩子！”

“老丑孤苦伶仃，走之前也是我们几个张罗的。”

“他最后已经瘦得只剩下骨头，躺在床上，实在是让人不敢看。”

“可不是嘛！”

“他咽气之前还是盯着那把小凳子，对对对，就是你小时候坐的那把！”

“盯着盯着就笑了……眼睛一闭……”

众人你一言我一语，压得宇宙喘不过气。他已经不单单是责怪自己没有陪伴爷爷，更是懊悔自己怎么会对爷爷起了恨意！

就算已经过了两年，毕竟还是个孩子，哪里受得了这样的刺激。昏厥过去……

再次醒来后，宇爸爸给了他一封信，说是在老屋的抽屉里翻到的，上面写着，孙儿亲启。

这封信的字不多，但是字字锥心。

孩子，

生命有所不能承受之重，你亦是我一生最贵重。

虽未能抚养你成人，也不盼你功成名就。

一生远离病痛，便是爷爷最大的心愿。

若是有天祖孙还能相逢，你可否忘记别离时的无奈。

若是此世只能生死相隔，你要记得，记得你有一位爷爷。

不忘初心，方能始终。

生命之所以漫长，是要你在苦痛中寻找出路。

你要知道，苦痛也是一种经历，提醒那些存在。

我从不后悔收养了你，更不后悔送走了你。

只要你活在世界上某个地方，即便是记恨我，也是欣慰。

好好成长吧，孩子！

好好生活吧，孩子！

好好珍惜一切，我的孩子。

而爷爷，

只能陪你到这里了……

至此，宇宙差不多已从悲伤的梦中渐渐醒来。

而故事，却不仅仅只到这里。

落日总是壮观而短暂，晚霞也已经变成浑浊的暗橙，整个房间，昏暗而消沉。

我虽有心安慰，却不忍打断他的回忆，只能借着黄昏看着他起伏的背影逐渐平息。

宇宙的呼吸声也变得平缓有规律，但是我看到的这一幕幕却怎么也没办法忘记。

“不会有人再离开你了。”永远不会……

面对他在朦胧中凄凉的背影，不禁道出心声。不忘初心，不忘……初心。是的，我对他的初心，就是不愿他难过。

他的肩膀微微一颤，像是愣住了。

但是久久都没有转身。

我不知道他在想什么，更不知道他是否还在伤心，我只知道，现在只有我能最直接地给他安慰。

“宇宙？”

见他始终僵立，我忍不住伸手去拍，没想到手还没碰到他的衣服，他便猛然转身。

睫毛上还挂着未干透的晶莹泪滴，眼睛泛红但显然已经恢复了。

只是动作之突然让我始料未及，我连忙向后退，已有过这类的肌肤之亲，切不可再落得如此尴尬场面了。

无法兼顾眼前和脚下，免不了出些状况，岂料一脚下去踩到的正是宇泳爱惜的彩铅。

“咯吱”一声……铅笔与地板摩擦的尖细声响，与此同时我整个人向后跌去，完全的，毫无防备。

“当心！”

宇宙反应极快，几乎是在我向后的同时，伸手便来拉我，我心中一惊——糟了，我的手！

可惜事与愿违，宇宙非但没能拉住我，反而被我一起拽倒，好在身后的是床，否则后果不堪设想。

只是眼前的彼此确实有些十八禁。

宇宙虽已经有所措施，单手撑着床以支撑自己。但还是压在了我身上，加上天气之热，两人身上的衣服多少有些汗渍，着实浮想联翩。

但很快我意识到自己的手，惊恐地去望，没想到他竟然刻意往肘部偏了过去，避开了骨折的地方。

这么短时间要反应过来拉我，还要避开伤口，他是怎么做到的？难道仅仅是巧合？

彼此都没从这种错愕中恢复过来，而门外却传来了熟悉的声音。

“都这么久了！”乐乐说。

“他们俩的事情你掺和什么！”宇泳道。

“哎呀，让他们好好谈谈吧！”倾城语。

“你都不担心星辰出事吗！”乐乐继续说。

“宇宙能吃了他不成？”宇泳反驳道。

“哎呀，别拦我！”只是这一句，乐乐的声音伴随着门的打开，格外响亮……

幸好月色渐浓，几乎看不到他们的表情，但是他们却能看到我们的动作……只是，任何解释在此刻都是苍白无力的。

“我就说要出事啊！”

说话者，又是乐乐。

只是，1、2、3、4，望去的是4人。

心中一沉，糟了。于含雅，你别误会……

第八章 First Love

前脚刚进门，屋外就下起了瓢泼大雨。

不知宇宙和于含雅怎么样了……

倾城今天风尘仆仆赶来，又折腾了一下午，抄上衣服就洗澡去了。嘴里还不停念叨着：“累死了，累死了”。

打开空调后，连贯动作般地打开了电视，频道不知从什么时候开始定格在娱乐台上了。不过我本来看电视的时间就不多，有时候也只是开着让它发出点儿声音而已。

夏天的雨来势汹汹，硕大的雨滴“吧嗒吧嗒”地敲击着玻璃窗，此时的天色早已浑黑，阵阵狂风也为这场大雨助阵，撕破了一整夜的平静。

本是无心看电视的，但是窝进沙发后就会不自觉将注意力集中。

XX生了女儿。

XX和XX离婚了。

XX的电影票房突破多少亿。

而宇宙……

这两个字总能让周围再嘈杂的声音都变成消音模式，女主持人不算洪亮的嗓门也只是像播报其他内容一样，只是对于特定的人来说，总是挪不开视线。

仅仅是听到了“宇宙”两个字，手里的遥控器就只会猛按音量加大。

“联合娱乐旗下女艺人于含雅今晨通过经纪人证实的确是单方面解除了新戏《无可厚非》的拍摄合同，包括原定她所扮演的女二号一角目前片方也在寻找新的合作对象。”

“艺人于含雅在圈内评价从未与任性、耍大牌等大多数女星的通病有所关联，这也是她出道至今唯一一场合同纠纷，包括与之合作的艺人都表示其脾气、性格都非常好，从未与经纪公司或者其他人起过冲突。那么对于这几年并没有受到演艺界过多好评和包装的于含雅来说，这部新戏无疑是打破她演艺僵局的大转折。而她却做此决定，外界众说纷纭，而最后锁定的大致理由再一次指向了——宇宙。”

“接下来通过一组简讯，让我们来看看两人之间到底存在着哪些联系。”

“这是于含雅出道时照片，曾经两人都隶属于文广传媒，而宇宙已经逐渐成为超级巨星，经其介绍出道的于含雅才第一次出现在媒体面前。之前这场出道风波就已经被炒得沸沸扬扬，毕竟其公司新人无数，而宇宙却只单单介绍一人，并不符合常理，但由于两个人没有任何私下的交集，第一次绯闻的真实性暂时搁浅。

“接着是翌年的星光大道颁奖，宇宙同样是拒绝了与其地位相当的影后XX作为女伴，相反携于含雅这位在前一年除了绯闻以外没有任何关注度的新人走红地毯，又引来一片哗然。但宇宙对此的解释只是称出于公司的安排，其后同样因为记者在现场无法捕捉到两人亲密举动而无法定性两人的关系。

“诸如此类的事件，就像接下来的这些照片，多是大型场合，宇宙左右相依都只是于含雅一人，虽掌握不到两人生活中在一起的照片，但是频繁的公众亮相可见两人关系非同一般。而于含雅因为宇宙而经常登娱乐八卦周刊首页，对于他们不明了的关系更多媒体曾偏激用词，指责于含雅因事业平平，故借宇宙炒作。

“这篇报道似乎把于含雅的演艺之路逼到尽头，加上宇宙庞大的粉丝团都相信她借宇宙炒作，极端排挤于含雅出言诽谤人身攻击，甚至多次围堵其片场和保姆车，为此宇宙才不得不对外界坦言，‘因为是公司后辈，加上其父是自己高中恩师，所以才特加照顾。’事情到了这里才被缓和，宇宙也呼吁自己的粉丝要理智追星。

“不久之后，宇宙便转会，与于含雅的事情看似告一段落。但通过接下来的几张照片，我们可以来看一下，都是于含雅近几年的剧照。

“出道已有两年多却始终处于半红不紫的状态，接拍的角色也全是配角。据可靠消息来源，这些角色还是宇宙凭其关系要下来的。至于真相，我们目前还没办法得知。但许多媒体坚持着两人是秘密情侣的关系，虽得不到证据证实，但是同样相信的人占到了一半。

“于含雅倒是对此并不介意，对于记者的直接提问也只是摆手澄清两人只是朋友。再加上她的性格相对温和，即使能力并未被认可，但依旧受到媒体人和制片人的好评，但是这次她拒绝了名导巨制的女二号一角，实在令人不解。关于两人的暧昧猜测，再次被搬上了荧幕。

“前段时间刚曝出的宇宙女友并得到宇宙本人证实之后，于含雅在片场的表现也多反常，而其经纪人对此的解释是她那段时间身体不太好。

“很多偶然叠加在一起之后就相对刻意了。近日又传出某些关于宇宙恋情告急的消息，于含雅又公然毁约，像是抗议，再接着是今天记者拍摄到的照片，图中长发女子正是于含雅本人，而照片中的车子也正是由X汽车所赞助给宇宙的。”

……

看吧，事情又变成了初次见面那样，早知如此，我还不如不要多此一举。反正早晚都会被曝光。

“各位观众如果有任何观点都可以发送1022+文字到屏幕下方的电话，也希望各位可以加入到讨论中来，或者进入我们的微博，打开话题#宇宙的恋情#参与。”

毫无任何悬念，插播的是黄金时段广告。

对于一个看客而言，通过这场报道算是把他们的事情大致有了了解。其实别说我作为知情者，以前在无意间看到这些时也是明显觉得他们是有奸情的……

大脑还是能理智地去阐述他们的事，而手却脱离大脑管制，抓过手机进入微博热门话题，搜索宇宙的恋情……

早已炸锅……

——妈的，怎么又出来捣乱！

——于含雅是想怎么样，利用完宇宙出名还要坏人家幸福！（竟然有支持我和宇宙的脑残粉？）

——当初就该封杀她了！

——还是于含雅比较配吧，之前那个太路人。（什么叫之前那个？在你们心目中我已经被分手了吗？还有，什么叫路人？？？）

……

没想到，里面竟然谩骂声一片，怪不得他不敢公开于含雅。

和于含雅一比，我的那些评论无非就是说我配不上宇宙之类的，和楼上种种谩骂完全不是一个层次的。

用词狠辣，不忍直视。退出微博之后再次同情起于含雅，她和宇宙从来没被大家认可过，而这两年也是背负着各种负面头衔，就算这样她还是忍了下来，这绝对是我做不到的。

窗外的雨彻底浇灭了每个人心中就要燃起的坏心情，及时雨，及时入夜。

就在一个平凡的夜晚，我从一个像这样坐在电视机前的看客进入了荧幕中的世界，摇身一变，是主角是配角都不重要，哭过笑过也好，这些都是其他人无法复制的体验。命运本是神秘，等我们去揭开那层面纱。

短暂的广告之后，女主持的声音又传了回来，而我则表示没有听下去的必要，我们都擅自把观点强加于对方身上，如果没有亲身经历过那就没有发言权。每个人的生活都不是这么简单，每个人都有自己的无奈，我们从出生开始就注定了不一样，或许也是因为宇宙，我才会改变这种看法。

在他们四个人破门而入的同时，原本只是微微摆动的窗帘再次被扬起，朦胧的夜色渐渐浓郁，夕阳隐去了光和热，换上了一袭深蓝的装扮。

不用想就知道，这个突然转身离去的背影是她。

与此同时，身上的压迫减轻了。宇宙努力将身体撑直，即使这样也不能消除任何一点误会，他只是望着门口处的人影消失不见。

“去追啊！”

也许不是我的大声呵斥，他会就此作罢。可以感觉到他身子略有震颤，但是多亏了我，惊醒之后的他一跃而起一并消失在视线里。留给我的只是一种空空的感觉……就像暴风雨前的窒息感，闷到喘不上来气。

我们都无法辨别对方的表情，能看清的只是轮廓。只是这一刻开始，宇宙和于含雅之间的故事已经只剩下了误会。

宇宙没有错，于含雅没有错，我也没有错。我们大家都没有错，错的是时间，让错的相逢让对的误解。我们大家都没有错，错的是命运，让平行线交错让曲线复杂。

爱情，本是如此。你不去找它，它却会来找你。前提是在你品其中芬芳之前先要越过一片荆棘。

雨势完全没有小下来的意思，而浴室里的动静小了，想必是倾城洗好了。我正准备起身去取睡衣，而手机的振动在沙发的摩擦下发出嗡嗡的细响。

不是宇宙不是尹叶勒，却是Kevin。

“星辰吗？我联系不到宇宙就只能找你了。”语速略急，不像他随意的风格。

“怎么了？”不由紧张起来，宇宙出什么事了？

“最近可能又会有记者找你，能回避的话尽量回避。”Kevin敦促道，“事情有点儿复杂，电话里可能一时说不清，总之如果你联系到宇宙的话让他马上找我。”

最后他又叮嘱我千万不要回答记者任何问题之后便收了线，我猜想着应该是像娱乐新闻里说的三角恋风波吧。事情正在向白热化的方向发展。

倾城可能是真的累了，洗完就钻进我的房间，毫不客气地把自己往我的床上一丢。

哦，对了。我都没问她失恋的事情！

我也趁着空当赶紧洗漱一番就进房了，在暴雨的肆虐之下彼此都没有睡意。聊她聊我，聊未来。

只是一时间，彼此都迷茫了。

她说爱一个人，轻易开始却做不到轻易结束，陷得太深就再也爬不出来了。

简倾城本不是这样，在恋爱之前只是个传统的乖乖女，没有聚会没有姐妹趴。安静是她最大的优点，一直是邻里赞许的好姑娘。

读研的时候遇到了大她稍许的男生，我虽见过但印象不深，除了面容英俊身材高大似乎没有别的记忆了。但是对于名校出身的他们来说，还是比较登对的。

他们在一起之后经常会和朋友出去玩，而倾城对此很为难，或者说是陌生。总是说自己不合群，为了摆脱这种情况，这两年没少折磨我。

虽说她已经尽量去改变自己来迎合这个大社会了，但讨好的永远不会被重视，远观的才是念想的。那家伙在实习之后就和别人在一起了，据说女的样样条件都好，还是他们学校医学院的校花，爸爸还是某医院的院长。

“从来没有人说过只要努力就一定能得到回报……”带着一点儿不屑的口吻，噙着泪水的双眸终于闭紧。

可能对于倾城来说，重新来过并不是吃饭睡觉这么简单而已。当她变成对方心中希望的那样时，对方却有了更耀眼的选择。

贪婪也好，现实也好，这都是人性。

倾城到最后也没有怪他的意思，仅仅是失望了。

这个长我两岁却矮我几公分的人，正是我的姐姐。在今天以前的每一天都扮演大家所期盼的角色，而结果又是什么呢？

她的身材像妈妈，娇小偏瘦，而作为家中的姐姐，她从小时候开始就揽过所有人的目光，希望她做的事她就去做，不能做的事她绝对不会碰。相反，在她的庇护下，我的童年虽经常被比较，但是自由而快乐。

可是倾城从来不在乎，偏偏在大家认为该是她收获一切的时候，留下的只是一颗被砸碎的自尊心。

……

我们本是不一样的个体，走着不一样的路，谁都没办法代替，谁都没办法去评价。正因如此，生命的价值才具有争议。

翌日醒来，窗外依旧是灰蒙蒙的。

没想到这场雨竟持续了一宿。

倾城早早地准备好了早饭，留了字条说是买日用品去了。

真是哭笑不得，难得来一次还要替我收拾这间小屋。

这场雨让高温暂时离去，只是夏天的黏热感依旧。吃过早饭打着伞就出了门，其间都未看过手机。

直到到了办公室，才发现手机显示了未接电话一个，未读消息两条。

均是宇宙，而时间在昨晚11点左右。

短信的内容23点05分，“睡了吗？”

23点07分，“昨天对你说的和做的，你不要放在心上。至于我们之间，恐怕我要再次道歉了，约定好会尽快还给你的生活可能短时间内没办法做到。”

苦思冥想之后，我编辑了三个字，仅仅是“没关系”三个字。

对方没有再回，应该正在处理棘手的新闻吧。又要发表什么声明呢？又要掀起怎样的轩然大波呢？

不管他怎么做，我都已经做好了最坏的打算。非议也好，指责也好，如果开始时就想得这么复杂，那么勇气只是摆设而已。计较太多失去才会更多，不忘初心，不忘初心。

不忘初心。

就好。

公司这几日正在忙着新宣传片等一系列内容的拍摄，而今天培训中心由于要喷杀虫剂所以停课一天，而我也就晃到了现场去凑热闹。

由于公司将从下月1号统一换新装，所以很多海报和广告都需要重新做过。虽然新制服要前卫很多，但总觉得少了原先那份素雅。

航空公司就是个小娱乐圈，俊男靓女人才辈出，而其中不乏散发明显光泽的代表。就像眼前的这几位，都是我们公司的活招牌。长相身姿甚至是气场，绝不亚于电视里那些红人。

其中有一个女孩子可以称得上是我们公司最漂亮的了——胡文。毫无特色的名字，偏偏长了一张艳压群芳的脸蛋，几乎是每个男同事心目中的女神。

也有些人说我和她有点儿像，这并不是自夸，而是的确每个人都会有几个角度与别人神似，可这不代表两者属于同一条水平线。至少这种自知之明我还是有的。

看着大幕前正摆着造型的胡美人，真是羡煞旁人。

而她也是公司中为数不多的没有任何传闻的特例，众所周知有许多女孩都在这里被物质诱惑吞噬，拜金虚荣衰败不堪。

这也是为什么说航空公司是另一个小娱乐圈，这里也更为接近一些欲望和金钱的陷阱，都是能把人性阴暗面无限放大的地方，也更是如此，她会面对比其他女孩更多的利益诱惑，但是，她出淤泥而不染。

可能是和她的出身有关吧，这早已不是秘密，她生于青海省的穷困山区，来到这里是一个奇迹。或许也是因此她才会更呵护比别人微薄的骄傲吧。后来经过深谈我才了解，有种距离感，叫作自卑。

和许多人一样，打心眼儿里喜欢这样的女孩。清高也好，固执也好，只要是自己的原则，怎么坚持都是可贵的。

胡文只要往那边一站，就可以盖过所有人的光芒。直到我把目光挪开，我才看到同样站在幕前的尹叶勒。

只是，这场景让我意外。

像尹叶勒这样的外形条件拍摄这些东西本是习以为常，让我意外的是他的目光。

并非童话故事里那样，目光穿越百余人后竟然落在了我的身上。正好相反，与大部分人的目光相同，他的眼神是望着胡文的。

这不仅是单纯的欣赏，更不是情不自禁地被吸引，那种爱怜深藏眼底。若不是我曾见过，此刻也不会表现得如此意外。

尹叶勒……他……

我不知道该怎么去猜怎么去假设，但是一切看起来却是那么……和谐……

就像宇宙和于含雅一样，尹叶勒和胡文也是如此。似乎只有我才是他们世界之外的人。

“你看你看，我就说尹少当年在学校的初恋是胡文吧。你看那种眼神！”越是思绪混乱，耳朵越是灵敏。

就在我右前侧几米的地方，两名乘务员正交谈着。

“对啊，只是保密工作太好呀。”另一人接着说，“也不知怎么就传出尹少也喜欢宇宙那小三了。”

虽然对方说话不是很好听，但是我的注意力完全不在此。

也就是说，尹叶勒喜欢胡文？

远处大幕前的几人，虽说旁若无人忙着拍摄，但身侧某种炙热的目光多少会被察觉，更何况对方正是自己在乎的人呢。

胡文察觉到异样，微微转了下脸，正好迎上尹叶勒关切的眼神。胡文的脸上闪过一丝不自在，便匆忙转过身子收回仓皇，这一切同样也看在了我的眼底。

他们不经意上演的短短几秒钟，却已经擦去了尹叶勒在我生命里扎根了整整8年的感情。

我没有愤怒，只是有点儿难过。

本来也没有恋爱，又怎么可能在这一瞬间失恋呢。

中场休息，围观者也散去不少。一行光鲜亮丽者也和自己的朋友往我这边的休息室走来，而我却站在这里，分毫不动，也不是心痛到移不动脚步，只是有点儿沉重。

“星辰？”

尹叶勒先看到了我，接着是身后的胡文。

两人一模一样的惊讶。

一模一样！

或许我该质问尹叶勒，可是凭什么，我是他什么人？

或许我该继续装不知情，可是真相已经写在了我的脸上。

胡文略带尴尬但是友好地冲我点头，便低着脑袋从我身边快速走过。从她的表情可以知道，她知道我，当然不像其他人是因为宇宙才关注我。我更坚定地相信她是因为尹叶勒才会知道我这个人的存在。

我不知道该打招呼还是走开，只是当我想抬头去看尹叶勒的时候却发现有种感情叫情到深处不能自已。

他的目光越过了我，落在胡文远去的背影上。

雨已经停了一会儿了，可地上的水渍深浅不一，映出截然不同的场景。

我的初恋是你，你的初恋不是我。

我们之所以念念不忘却又耿耿于怀，那些该放下的都没被放下，更别提是放不下的。

也许就是在那天，雨后湿漉漉的青草香，泥土泛着甜腥的味道提醒着我，我最讨厌的是雨天。

原来恋爱和失恋真的可以同时发生。

“我喜欢你。”

真的吗？我喜欢尹叶勤吗？

“……欸？”对方惊疑地回神。

“那天你问我的答案。”我扬起倔强的眼角，“喜欢你。”

人们往往会在感情的旋涡里迷失了方向，分不清真心和外界所影响……宇宙是这样，尹叶勤是这样。

甚至，连我都是这样。

我们总希望可以找回被自己遗失的美好，彼此隐瞒互相伤害，而被蒙蔽的内心却依旧为爱跳动着。

为了被爱而爱，这不是爱。

我们所有人都在这样容易冲动的季节里被一场暴风雨冲走了真实的感情甚至让阴霾笼罩在自私之上。

关于初恋，它有一个同义词叫作——容易错误。

也许放到8年前，这句喜欢得到一个拥抱作为回应会是一生最美的回忆。

只是在今天，激动欣喜什么的都未如预期中那样刻满心海。

尹叶勤的眼神不自觉跟随胡文远去的脚步而变得遥远，我喜欢你，这四个字能起到的作用就是唤回他对我渐渐远离的关注。

告白本是浪漫，如今却是为了安心，实则违心，但未能察觉。

他收起远眺的目光，如初识时那般和风拂煦轻轻缓缓地洒落在我洋溢着忐忑的双眸里，你的笑或不笑都不再重要。对于我而言，是不是真的喜欢没有关系，只要那个人是你，只要那个人还是你。心底空出来的缺口只要被填补，哪怕是错觉也可以……

越是不甘寂寞的人，越是容易在暧昧之间萌生爱意，只是初心所忘，就算圆满收场也不会觉得多快乐。

就算是彼此对视所带来的悸动也已隐去了心动最原本的模样。

微妙的身高差，微妙的距离感，带来的是一场如骤雨般汹涌的洗礼，这既是开始，也暗喻着结束。

尹叶勒修长的手臂仅仅是从我肩后轻轻揽住，隔着衣服的轻柔触感激活了麻木的神经，只是顿挫地被他的力量向前带了一小步，下巴抵在他生硬的肩胛骨上，与想象中那和风落樱下所心心念念的拥抱——竟然是不同的。

心中“咯噔”一声闷响，并非暗恋终修成正果的搏动，相反所涌起的是涩……

他的动作之轻柔以至于我都忘了考虑真实性，冲动的人是我，没想到他也以此作为回应，忘记场合忘记身份，至少在这一刻，在有些人眼里，仅仅是恋人间依偎的表现。

他真的喜欢我吗？

而我，真的还是那样喜欢他吗？

心里带着问号，便永远不能深留彼此心底。

本是处在风口浪尖的我，加上尹叶勒在公司的受关注度，四周除了众多瞪大的双眼外有些甚至捂住嘴惊呼出声，一浪接一浪的惊疑拍击着我们，随着波动的扩散，即使那些已经背身走开的人也见势回头，同样的也是一脸难以接受的表情，只是唯独一人，哪怕数米以外，哪怕人头攒动，一眼便能望穿，只是她难过的神情我和尹叶勒都不会看见。那个原以为将自己伪装得很好的人，那个原以为心中再不会因他起波澜的人，那个原以为早已将对方放下的人，在所有人的目光都集中在我们身上的时候，那个女孩，那个在这时仅仅像个失恋的女孩，双眸意外跌落几颗珍珠，在所有人都看不见的时候，难过到会流泪的胡文，选择离开尹叶勒的胡文，就算闪着泪光却依旧将视线深藏。

若是我和尹叶勒中有一人看到她，或许故事不会变得这么复杂。

看似亲密的肢体接触，在须臾后便散去对方的体温，取而代之的是长时间的静默。我和他，都冲动了。

只是，一切都已成事实。

面对面的沉默，深邃的眼眸这一次是真的深不见底，并非漆黑的瞳孔才是迷离，真正的深远是在对视中却好像看不到自己。如果当时能及时反应过来就好了，面对相似而迥异的个体，情愫和依恋交织的叠影，在爱情面前每一个人都没办法保持真正的理智和清醒。

若不是周围愈渐嘹亮的议论声，也许我和他之间还能平静下来去挽救。然而一系列的因素左右后，有些过程就成了必然，结局明朗与否早就不是悬念。

“你先回去。”

先镇定下来的尹叶勒扶着我的双肩，清晰地吐出几个字。

未能作出点头的反应，只是喉咙里憋出了一声“嗯”，抬脚时明显觉得沉重，好在对方的手还在肩侧做着依托，他手掌顺势推拨，这才使我抽离是非之地。

我和宇宙的开始，从大众绯闻舆论开始。

我和叶勒的开始，从大众见证真相开始。

无疑，再一次将自己推到了媒体的面前，等待我的想必不会像当初和宇宙那般褒贬不一，这一次除了批判绝对不会再有其他。

身陷分手危机，却又在所有人面前和其他男人拥抱。这更像是单方面承认了我与宇宙恋爱告急的事实，并且，责任在我。

对于事态的恶劣发展在前些日子的煎熬中已有心得，下意识将手机静音，我知道不需要多久便会在网络上造成轰动。

可我现在比任何时候都更需要一个人安静一下。

跌跌撞撞地跑到自己桌前，小颜老师关切地问，而我面露难色只是支支吾吾答道没事，毫无条理的一番收拾后抓上包就夺门而出。

我很清楚，不能回家。

出了大门并未左顾右盼，站台处正巧有公车停留，没有任何迟疑便几步而上，在最后排角落找了个位子坐下。

我不知道这辆公车的驶向是何处，但是去哪里都好。

坐定之后我也只是空白一片的沉思，公车已驶过若干站，但车内的空座依旧有余，我这才关心起终点站——临港新城。

这几年才发展起来的新城区，比较偏远。若不是走投无路，怎么会跑到这么远的地方呢。

苦笑之后翻出手机，比想象中来得更快。乐乐的电话和消息，小颜老师的，尹叶勒的，几个朋友的，宇泳的，Kevin的，还有宇宙的，但是和其他人多个未接电话截然相反的是，他只是发来一条消息：

任何人的电话都别接，能躲的话尽量躲起来，别担心，我来处理。

还记得那日你薄情的告诫吗，对于我的好意你熟视无睹，事后也经常冷言冷语。在我惹出事端的此刻，为什么没有像以前那样厉声相斥？

我帮你解围时，你没有说谢谢而让我难过。

如今，我让你难堪，你没有质问我，反倒也让我难过。

如果这段时间的相处你还是像当初一样对我冷嘲热讽，我又怎么会心神恍惚时不时担心你？

如果这段时间的相处你还是像当初一样对我拒之千里，我又怎么会思绪游离时不时想起你？

如果这段时间的相处你还是像当初一样对我隐瞒疏远，我又怎么会捕风捉影只为你的痕迹？

如果的事，便不会发生。

宇宙已经不是当初遇见时陌路人的模样，而尹叶勒也已经不是魂牵梦萦只想追随的对象，甚至连我都已经分不清心跳的节奏到底受什么影响。

即便是我曾经讨厌的人，也已经在不知不觉中变成令自己心动的人。后知后觉的除了少女情怀以外，还有与之不符的自尊心作祟。

背负了锋芒之下的虚假头衔，以一念之善作为开头，以剧情需要为由扮尽角色，若非入戏太深演技难以服众，已知晓设定的故事尾声里没有我，早知却仍难平此心。

假戏切记不可真做，荧幕之外皆是编造，然而一切都能违心附和的话，人心就再也不是肉做的。

相处才知冷暖世故，深交才识性情良亦。

屏幕的灯光早已暗去，而那一行字却始终浮在眼前。当你喝惯了凉白开，突然有一天变成了暖人心脾的热开水，那才叫受宠若惊。

若是他开始便像尹叶勒一番关心细致又怎么能感知乍然的那种欣喜呢，可能也正是如此，明明是最温柔的尹叶勒在习惯的放纵下竟成了最为朴实的付出，甚至最后变成了日常。

公车放着20世纪90年代的歌，配合着摇晃的车身仿佛置身老旧电影中，不谈情节人物，窗外阴着的天笼罩着看似祥和的一切，昏暗的灯光、偶尔的人声，入耳极具怀旧的画面感。

司机开得还算平稳，只是公车略旧，“咯吱咯吱”的声响和道路起伏的振幅令人有些不适，漫长的旅途又无心放眼沿途景致，最后靠在窗边睡了过去。

直到耳边好像听到了阵阵鸣笛声才睁开双眼，证明不是幻听，此时已接近终点站，正开在沿海的公路上，而货轮停在不远处，发出巨大的汽笛鸣响，场面有些壮观。

即使下过雨后的水面有些浑浊，海鸟振翅滑翔时高时低偶有嘶叫声，想不到人工海港的震撼力不亚于任何自然的力量。

短暂的目光被难得一见的景象牢牢抓住，直到下了高速大桥才不舍地收回，而片刻后公车也完成了本次长途跋涉，历时将近两小时，远离闹市和人群，即使不是海阔天空，但也算意外收获了。

这里大部分都是当地住户，简单问询后找了一家当地酒店入住，虽说睡了一路，但是腰板睡得酸痛。这酒店自然比不上风景区的景观房了，别说露台什么，能有扇朝向空旷的窗户已是知足。

这里离港口不远，鸣笛声仍可以听见，但对于我这种不失眠的人来说不算什么大事。

没带换洗衣物，最多也就只能躲上一晚。没杀人没犯法却要亡命天涯，想来有些无奈。紧接着再去看手机，消息和电话果然又多了，电量被消耗了一半，又不是原本就打算着要出来旅行，充电器自然也没带。

此次失联数小时后，我第一个联系的人还是乐乐，但是怕打电话只会被追问，于是简单让她帮我请假并关注我家楼下的情况。

面对她又炸来的几个电话，依旧置之不理。

电量已不足50%。这好像是当前最严重的事，试着打给前台去要，结果这边设施不完善，没有备用充电器，附近连卖电子商品的商场也没有。

换句话来说，当电量用完之后……我就要彻底失联了……

乐乐见我不接电话，只能作罢，最后发来一条消息：

你今天是肯定不回来了吧？这样，我搬点儿必需品去我那儿，你这几天先住我这儿。活没活着吱个声啊！

看到这最后一句，实在没能忍住，捧腹大笑，但是又隐约觉得有些酸楚，这样让在乎自己的人天天担心，于心不忍。

“吱。”

回了一个“吱”，竟然洒下几滴泪来。

其实今天我应该高兴才是，曾经喜欢的人变成了自己的男朋友，曾经讨厌的人竟然也会安慰别人，曾经那么多不敢想的事，今天都像着了魔一样成了现实。

花这么多代价得到的结果，为什么高兴不起来？

原本是想帮宇宙和于含雅，反而害他们有了误会隔阂，自己背了绯闻不算，最后还搅局成劈腿者，明明是不相干的尹叶勒，却因为我也要被媒体曝光。

好心做坏事，收拾残局的竟然是宇宙。

愧疚也好，难堪也好，这些对于某些恻隐之心来说都显得更为明显。刻意忽略掉的那些似乎总是在胸口徘徊，吐不出也咽不下。

有些感觉就是这样，你形容不了，很矛盾很难受，但奇怪的是你并不想摆脱。

强迫自己不去看手机，怕费电但又怕真的打不通电话他们会急死。只能看一眼屏幕然后看看电视，再看一眼屏幕再看看电视。

如此忐忑的重复，直到天色完全暗了下来也未停止。屏幕再次亮了一下，是他！间隔宇宙在车上发我的那条消息已经过了很久。

“在哪儿？”

我不知如何回答，更不知如何面对，盯了半天只是叹了口气。

还没有缓过来手机屏幕又亮了，尹叶勒。

他只打了一通电话，两条留言，一条是：不要看电视，也不要想太多，记得给我回电。

第二条：有我在，不要怕。

接着是这一条：躲到哪里都会被找到，你在哪儿，我来接你。

每个人都有软肋，而尹叶勒的温柔就是我的致命伤，他的形象就已经足够令人沦陷，加上他认真的表情，我一想到这些文字信息所呈现的画面，就感动到眼泪婆娑。

他不是喜欢纠缠的人，而他破例发了三条消息，想必满世界都在疯传我的那些丑闻了。

一个小人物，从未抛头露面，初面媒体便体无完肤，全靠宇宙花边修饰勉强保身。如今呢？连女友身份都被舆论压力打趴在地，不耻的新闻我连看一眼的勇气都没有。

而他，尹叶勒，似乎是最后的依靠。

在这一瞬间，尹叶勒的男友身份，加上不容拒绝的“我来接你”远比让我若即若离的宇宙那声“在哪儿”更有安全感。

很多时候，人需要的并不是问号，而是一种强势的直截了当。这是公主梦里不可或缺的英雄情结，但是我忘了宇宙对我也是如此，无法正确定位我的身份，也无法描述摩擦出什么样的情感，无法归类，又怎么可能毫无保留。

电话在两下“嘟”声后被叶勒迅速接起，估计他也跟我一样抱着手机不离身吧，而这样做的又岂止只有我们两个？

当感情不再只是两个人的事，就算是再简单的三个字也会变得沉重，何况这之中还夹杂着无数现实条件的限制。就算是一条直线，在叠加更多曲线后都不可能顺利到达，何况人易感动更易受影响，太多的环境因素下，每个人都只是在摸索碰壁。

听到尹叶勒的声音后没有想象中的紧张到无法张口，反而利索地表示让他担心很抱歉，他平和的语气尽量绕开我所害怕的话题，在寒暄之后直接要了我酒店的大致方位。

“我很快就到。”

再快能有多快呢。

心被那句“来接”所融化，但理智马上提出疑问，回去之后呢，该去哪儿？

手机在大家电话和消息的频繁围攻下坚持了最后半小时就再也没办法继续了……

等待是漫长的，而更漫长的是等待的心情。

一个人的时候正适合胡思乱想，我没有任何行李，只是一个包。狭小的房间任凭电视里的声音变成环境的背景乐。

突然被一个想法惊到——

为什么我会把宇宙和尹叶勒做比较？他们完全没有可比性，宇宙从客观来说，跟我没有任何关系。我为什么会擅自做比较呢，还因此懊恼沮丧。他从来就跟我没关系……为什么要去在乎他对我说的话呢……明明就是，和我没关系才是。

越想下去，心里的声音却越颤抖。不愿承认我俩之间毫无瓜葛的戏码关系吗？可是……这是真的……

女人通常会在一个问题里把自己绕死，而宇宙作为男人，同时又用科学举证的方法来形容那就是通电后的电流和磁场是会影响的。这也是在特定条件下可以改变真相的手段，相对论在这个时候也可以拿来解释，世界上没有一件事是绝对的，都是相对形成的结论，没有对与错。

夏天的雨总是来得快消失得也是如此快，然而昨天那场大雨却并未按照惯例匆匆撩过，相反一整天的阴闷感才是最令人难受的天气。

没有手机，没有陪伴，没有可以看到风景的窗户，与其一个人在这里举棋不定，还不如去大厅等。

客房在两楼，刻意地回避电梯，选择只身摇曳下楼，灯光将背影拉得斜长，在转角处不经意能瞧见自己被折射出的孤单身影。

为何躲藏，又为何如此狼狈？

来到这陌生的城市已两年多，难免有些思乡情，但快节奏的城市，加上便捷的网络可以实时对话，倒也没和家人有太多距离感。然而此时此刻，这才是真正的孤独，无法分享的故事，不能坦白的真相，背负得多了，倔强的面容如何还能抬起，于是，低头就会变成习惯。

早就逼自己来适应非议和围观，人身攻击也只是这种程度，可是偏偏好事总是会被我弄得糟糕，除了惹来一致的谩骂，我竟然毫无用处。

结账的过程中我没有说一句话，前台两个女孩子聊着自己的事，也没多看我一眼。冷清的大厅只是摆着两把沙发做修饰，当你倒霉的时候，就连喝凉水都能塞牙缝。

再不济的酒店，总能在大厅休息，疲惫的心情和渐渐浓郁的倦容，下意识要往沙发上坐。

——沙发养护，请勿触摸。

上面涂着类似蜡的东西，有点儿光泽。

唯一可以让我暂时休息的地方，竟然还是这副样子？我到底做错了什么，为什么坏事都找上我？

我帮宇宙是错吗？

我和尹叶勒在一起是错吗？

“都是……骗人的……”

再积极向上的人当事情垒成重石压垮之后，便再也不觉得付出是种值得，无数次被意志力压制的绝望就在这远离所有人之外的无垠之地，幽怨地把鲜活肉体吞噬掉，剩下的只是一个空壳，无力挣扎的绝望。

如行尸走肉一般只是向前，到了门口却还是停住了脚步。外面除了一片黑暗之外唯有几盏孤灯，远处唯一的亮光也只是高速路旁不断延伸的路灯，那是我来的方向，至少那是光，伸手也摸不到的温暖。而在这里，陪伴我的只是无尽的黑暗。

深渊之所以可怕，在于人性的负能量满溢，消极的结果只会是消亡。

什么不忘初心，方得始终，什么初心，什么始终。明明都是骗人的！

最后一丝力量从脚底心被抽走，天明明没塌，而自己却再也站不起来。

一双纯属摆设的手在接地前做着缓冲措施，其中还有一条本就带伤的手臂，其实也不疼，就算滑倒了也不疼，就算手被擦伤也不疼，就算肩头和手臂被压在身下，也不疼。

脑袋明明没撞到地，怎么眼睛就被泪水浸湿了呢？

勉强撑起自己，顺势将腿挪至台阶下，在一个盛夏的夜晚，有一个孤单的女孩来到了遥远的海地，非但没能找到避风港，还将自己卷进了更深的内心旋涡。

深埋膝间的不只是委屈的脸庞，连同无比坚信的信仰都一起埋进了朦胧月光中。

脑中像幻灯片闪过两人的脸庞，却难以让我心脉起伏。当我需要的时候，没有人在我身边。

夜，无风，而我，却觉得，生冷。

“你也……骗人……”

离尹叶勒那通电话早已不止两小时，坐公车都已到的我，何况是驱车而来的他呢？

可笑，凭什么真的会来找我？

真是可笑，手机都没电了，凭着模糊的描述和酒店名，导航也未必能找到。

可笑的是，就算是这样。我还是在等着什么……

胃本来就不好，今天中午到现在又什么都没吃，腹中痉挛抽搐的频率也逐渐增加。

胃痉挛的阵痛让原本就已流失体温的身体趋近极限，幸好环抱双膝的动作就算是当意识丧失，也能维持。

泪痕的尽头，哪怕历经不公，失声痛哭也好，沉默不语也好，夜色中隐约可见的是已覆冰霜的心脏，脉搏平缓，微弱。

如果，没有当初。那么现在，是不是会变得好一点。

也许是困了，也许是哭累了，眼皮奄拉数次，睫毛上下拉扯，黏湿的眼泪模糊了视线，最后在一束从臂膀缝隙处打来的强光成为我空洞眼神里的最后一道光。

“星辰！星辰！！”

我想过无数种可能，我假设过无数种重来，我告诉自己如果重新来过，可……

如果，如果……

可是，世上没有如果……

第九章 恒星啊恒星

车厢里调到最低的音乐环绕着耳际，苏苏麻麻的，不愿醒来。

“醒了吗，是醒了吗？”

见我的眼皮有微微的反应，尹叶勒将车靠边，解开安全带就俯身向我迎来，略急促的刹车迫使我的身体惯性地前倾了一下，浑噩的感觉又轻了不少。

他说着还不忘用手掌贴住我的脑袋，不知是他手心有汗还是我额头渗出的，黏黏的。随着各种触感的恢复，惺忪的眼睛还在挣扎。

见我不禁皱起眉头，像是很难受的样子，尹叶勒的手很快收了回去，额头在短暂的舒适后又被肌肤的体感所侵蚀，还带着骨骼的摩挲。

尹叶勒在见到我的时候用手量了下我的温度，怀疑是发烧了。询问了最近的医院之后就将我抱上车，然而这最近的医院对于一个不是当地的人来说真不是可以马上找到的地方，这也是为什么他会因为我每个细小的举动而格外焦虑。

只是……

替代那温润手掌的是他前额生硬的磕碰，鼻尖错位后的距离让关切上升为示爱，肌肤和肌肤之间的缝隙，似乎只剩下用来袒露心声的双唇。身体的不适暂时抽离，半眯的眼睛在条件反射中睁开，只能看到一片阴影下他所低垂的眼帘。

“我来接你。”

他真的来接我了……

在我最需要的时候。

有时候我们往往会把感动强加到爱情，之所以心动，不仅仅全因情愫，正是因为感动，才让每个人之间变得亲近，纠葛也是心甘情愿。

他真的来了。

汹涌的情绪一下子呼啸而出，眼里不禁流下颗颗热泪径直攀附在我的脸颊之上，顺势而落也染到了对方几分。

他专注于感知我们的温差，对于眼泪撩拨没有及时察觉，而等他身子微微一愣想抬眼看我的时候，迎接他的是令他措手不及的事情。

没有谈过恋爱，更没有因为恋爱而顺理成章地拥抱过，接吻过。我也许到现在也没有察觉自己已处在复杂的恋爱情感中，但是我很清楚，此时此刻，我只想吻他。

一个初恋成梦，初吻还在的怀春少女。

带着颤抖的双手，捧着对方隐约的脸颚，先是轻轻推开，再是猛然拉近。带着泪光的面容不适合彼此对望，不如……

眼睛再次闭起，上下交汇的同时又逼落了几滴真实之泪，为这初体验蒙上了一层别样的色彩。

柔软的，轻微的，只是嘴唇的互抵，或许还算不上吻。但这却为我们之间的发展开了另一扇窗。

显然，被这种突然举动所吓到的不仅仅只有尹叶勒。他的怔然原谅我没敢看到一眼，而我一鼓作气的气势也在这蜻蜓点水的接触后像涟漪一般消散。

亲自己喜欢的人，本是一件快乐的事。但我褪去悸动后怎会阵阵失落？

须臾之后，我才胆怯起来。但更多的，应该是羞赧，手还是抖着，放开他的脸之后竟不知道该放在哪里。而转瞬即逝的脑热之后，也一并向后靠，离开了那陌生而丰泽的嘴唇。泪流进心口，泛着苦涩，可不知为什么这明明未能深刻的浅吻让我觉得喉间生甜。

但，还是不敢睁眼来面对我所做的一切。

像个做错事的孩子，等着对方的指责。不安地瑟瑟发抖，千万种忐忑的想象，换来的是他用双臂将我一颗犹豫的心稳定下来，厚实的归属感。

他给了我最需要的安全感，如果宇宙也像他一样用一个真实的拥抱来回应我一切的疑惑，那样我会不会也会爱上他？

我会吗？会爱上宇宙吗？

可是为什么一想到要和他平行地生活便会这么难过，为什么一想到他对我的若即若离就这么难过，为什么，在这种时候想到他，会让我这么难过。

而又是为什么，在我吻另外一个人的时候，会想到你呢？

可你只会让我难过。

我的难过，你知道吗？

……

我的难过，你会在乎吗？

“还冷吗？”

尹叶勒的右手始终覆在我的双手之上，我望向窗外勉强“嗯”了一声。喉咙里干涩得难受，我想我是病了吧，还病得不轻吧，才会觉得难以呼吸。

“先吃点儿东西吧。”

他一边说一边打弯驶出了高速，车速一直没有很快，刹车也踩得很柔和，是在照顾我的感受吧，而他的手一直没离开。

沿着路一直开，没多久就可以看到城市的灯火，几乎没有犹豫，他在第一间餐厅门前将车停好，试探地问了我几声后，才替我解开安全带，温柔得不像话。

我曾多么希望这一切的发生，可当它真的发生了，我却多么希望这是假的。

尹叶勒几乎是半拥着我进了餐厅，点了些清淡的之后说了句“你等我一下”就不见了人。从玻璃向外望去可以看到他的车灯亮了，然后驶了出去。

没有按照常理去关心他的去向，反而拿出了已经没电了的手机，也没什么目的，就是往桌上一搁，盯着黑黑的屏幕却像是期待它还会亮起一样，然后眼神就暗了下去。

——唉。

当然了，这种意外不会经常发生。至少这次不会了……

还没等到主食上齐，门口的铃铛适时响起，尹叶勒的头发本来就不短，加上把袖口撸到了上臂，双手环抱着一袋牛皮纸包的东西有点儿急促地跑了进来，稍显与他不相称的凌乱，但依旧散发着成熟男人独特的吸引力。

“等很久了吧。”

“……不，没有，菜也刚上。”

我本来想起身帮他接一下东西，他却腾出一只手按住我让我坐下。

“没事，我来就好。”

说罢又是冲我一笑。

我有些尴尬地坐下，却不知道该干吗。

只见他拉开椅子，随意地坐下还不忘撩拨一下自己的头发：“呼，就当餐前运动了。”

从他的样子看来的确是跑了不少路的样子，他边说边从袋子里拿出东西，而我的目光也被牵引过去，气氛稍微自然起来。

“我看你后来温度没有那么热了，打听了一下去医院还有点儿路，就在刚才路过时看到的药店买了点儿，你吃过晚饭先吃点儿药吧。”

这里面哪里只是药，这大喘气也不可能只是因为去了趟药店。果不其然，接着他还拿出了退烧贴、胃药、止痛贴、暖宝宝，甚至还有大姨妈专用的……

“我也不知道你捂着肚子到底是哪里难受……所以……”

见我眼神中闪烁出的疑惑，他倒不好意思地摸了摸脑袋，也不知道是真不好意思还是因为跑了些路，脸上竟然泛起阵阵潮红，很可爱。

“扑哧。”

我被他的模样完全逗乐了，咧开嘴笑了起来。

他更是不好意思地使劲儿挠头，甚至还把脑袋低了下去。

“谢谢你。”

我将面前的一杯温水推至他的面前：“真的谢谢你。”

他为我所做的一切，除了谢谢再也想不出其他的词。

他一点儿也没有想吃东西的意思，左右手各拿着药仔细端倪，随后又换成其他种类继续看，我也不敢先动筷。

直到最后的点心上来，我终于忍不住了……

“你……不吃吗？”

“欸？”他这才回过神，然后才意识到，“瞧我，呵呵！”

说着他直接将东西一推又全部装了起来，就留了一盒药，应该是退烧用的。其实他也是在替我看这些服用说明，我不应该催他吃东西的，但是眼看着热腾腾的食物，胃就隐隐作痛好像故意提醒我该吃饭了。

我才准备伸手去拿他面前的碗，没想到他在我碰到碗缘的时候轻轻制止了我，细腻的掌心贴合着我的手背，微微发热。

“我来。”

似水般的语气加上淡淡的笑容："我来就好。"

他低声重复，很轻柔地捏住我的手放置到原本的位置，而他则前倾端过我的碗，盛了满满一碗玉米浓汤。

由于已经上了很久，没有热气腾腾那般烫，正是可以下口的温度。

"谢谢。"

我也不知道在心虚什么，低着头喝汤也不敢发出太大动静。

"你对我生气，对我不高兴，我都能接受。"他的动作毅然停止，"可我不想听你说谢谢，这都是我应该做的。"

虽然语气没什么起伏，但着实让我的心"咯噔"了一下，送到嘴边的汤匙迟疑了一下才勉强往嘴里推送。

对于他这样的说辞，我又能回答什么呢。

"身体觉得好一点了吗？"

"嗯……"

"还觉得很难受吗？"

"不会……"

"再吃点儿牛肉吗？"

"不了……"

"蔬菜还要吗？"

"好……"

"一会儿先去医院再回市里吗？"

"直接回去吧，已经没事了……"

整个对话冗长而沉闷，好似关切却不觉感动。怎么会这样，我应该满心欢喜才对，到底是哪里不对？

只要他不先开口，我们之间就会陷入长时间的沉默，虽然以前也是这样，但此时此刻总觉得相当难相处。

一直低埋的脑袋随着时间的推移被静谧搅得无比发胀，冷锋过境沿海高速飘起了雨滴洋洋洒洒地浇到了这里，玻璃门和窗户虽隔音很好，淅沥的痕迹还是将清澈的玻璃勾出伤痕般感伤的模样。

我缓缓抬起头，只是探寻隐约的雨迹，却对上他那双半眯着的双眼，那是双会笑的眼睛，是我整个年少时光最牵挂的眼神。只是在这一刻，离我好远……

你明明近在咫尺，明明是我渴望的发展，明明想被你细心照顾，明明以为我是喜欢你的。而为什么，这番对视再不会惊起波澜，更没有心跳窒息。

“星辰……”

尹叶勒继续望着我，伸出手握住我，永远比我温暖的温度。

“我没办法在你眼睛里找到我……”

这是句很拗口的话，特别在这种时候。我在这之后花了无数个夜晚也没能想出来他所说的这句话，更别提琢磨出其中含义。

可是，这双迷人的眼睛这一次好像没有笑，甚至可以看到失望的影子。

结完账，他招呼服务员给我续了点儿热水，叮嘱我吃了药，还很小心地在我的额头上贴上退烧贴，最后还是轻轻揽着我出了店门，那是指尖碰到肩膀的感觉。他亦是如此，把握在一个不知远近的距离，不明彼此心意。于是都走向了违背内心的方向……

雨不是很大却将温度又拉低了，他犹豫了一会儿，还是施加了肩膀的力道，让我在门口等一下，他去把车挪一下。

其实不过是几步的距离，也不用这样顾虑，但就是没办法张口说不。他的温柔总是让人没办法拒绝，但这也是我曾以为会喜欢的方式吧。

车子停稳后还没等我上前开门，他已经从里面将门推开，我所见到的是一个半弓着身子直直盯着我的他——我想他也未必是喜欢我的。

随着远处灯光渐渐重叠起来，在我半眯着快睡着的时候回到了这个我才逃离那么一会儿的城市，令人不适。

“直接回家真的不要紧吗？”

这是自餐厅后我们之间第一次交流。

“真的没事。”

他本想张口说什么，最后还是什么都没说，只是见我一手抬起撕掉退烧贴：“谢谢你的药。”

我扬了扬手上的退烧贴：“很管用。”

眼神刻意地扫了一眼这所谓很有用的东西，接着挤出一点笑容，这样看起来气色会好很多吧?

没想到市里也开始飘雨，像是告别让人意乱情迷的季节，提醒我们该打伞了。

车子缓缓驶进我们小区，我在分叉口及时出声：“就在这儿把我放下吧。”

“怎么了?”

“这几天我会住在乐乐那里，你把我在这儿放下就行。”

说着，我便解开安全带，拍了拍脸颊，也不知什么理由竟需要深呼吸来稳定自己。

“那我也送你到楼下吧。”

见他又要踩油门，我连忙伸手握住方向盘，“让我走走吧。”

我在他眼神里读到伤感的讯息，于是赶紧补上一句：“今天真的谢谢你。”

我总是这样，会把最重要的问题给忘掉。或许我所认为的和他所想的，永远是两条平行线，只是大家都太过保护对方吧。

仅此而已。

“唉。”

这一次，我没办法看他的表情，他只是微微垂下脑袋，刘海遮住了他的目光，即使嘴角还弥留着牵强的笑容。

他没再坚持，靠边之后先下车往后座去，我慢了半拍才打开车门下了车。只见他抱着那袋专门为我买的东西，显得有些讽刺。

而他什么都没说，只是轻轻塞进我的怀里。

“那我……我先走了？”

连我都不清楚为什么要用疑问句。

他只能从喉咙里发出一声“嗯”来，而我却已经转身走掉，连对视的勇气都没有。多怕看到他因为我而失落的样子，我也不知道做错了什么心虚什么。

昏暗的路一直被他的车灯打出一条清晰的走向，多么希望此刻他也能像我一样转身走掉。可他为什么没有？明明不高兴为什么不说？

我这是在逃跑？

免不了偷偷偏过脑袋回头张望，他还是在那里，背对车灯只能看到他的轮廓，在细细的雨丝里显得格外落寞。

我为什么总在逃跑，而又为什么总是做那些伤害别人的事情……

明明是我亲了他，为什么又疏远他？

是害羞还是不好意思？

在转弯之后我终于舒了一口气，接着心又不自觉沉了下去。

想到所经历的一切，我喜欢尹叶勒吗？我是喜欢他的吧，那么宇宙呢？

我对宇宙呢？

是必须离开吧……

一想到这个结论总是会觉得眼睛睁不开，抱着一大袋东西，在烟雨蒙蒙的路灯下，我看着不属于我的门牌号，苦涩再一次蔓延开来……

在雨中哭得像个傻子，难过得要命，却连可以哭泣的理由都找不到！

沉重的脚步踩在有些岁月的沥青上，没有月光作为陪伴，影子也拉不出长长的人形。劝自己收声，马上就要到乐乐楼下了，不能再这样声嘶力竭地哭下去。

雨势渐渐大了起来，头发开始被打湿，我哽咽着去揉自己的眼睛，却在楼道灯亮起的一刹那怀疑自己的眼睛。

昏暗的灯光在我呆呆望了数秒后又暗了下去，我想……我看到了他……

那高大挺拔的身姿，倚靠在墙上的那个男人，招摇过市的金色头发，让人只凭一眼就无法忘记的侧颜，是不是想着最想见到的人就会出现幻觉？

别傻了，他不会来的。

我想我是等不到这个人了，可是为什么反而哭得更凶了，为什么眼泪根本停不下来呢，为什么我想见到他呢？

能不能出现奇迹？

让你出现在我眼前？

在我因为你而沉沦的眼泪里，能否被你发现？

哭到完全停不下来，抽搐得只会拼命抹脸，回归于黑暗的楼道再也没因为我的哭声出现一点光明。

一阵短促而渐进的脚步之后，一句“别哭了”恍如天籁。

“我说，别哭了。”

啪嗒啪嗒……

手里的东西掉了一地……

脑袋一片空白，只是被用力按进臂弯。

那是完全陌生的……

又好像是熟悉的。

“别哭了……别哭。”

真的是你。

我呆立着，张大了嘴停止了哭，却一句话都没办法说出来。

雨越来越大，浸透了我们的衣衫，也弄湿了我们原本纸张一般的约定，此刻那些字码变得模糊，我们都在这一刻彻底不懂自己了。

也不知道抱了多久，或许只是几秒钟而已，却在一声“放开她”

后，故事又有了转折。

尹叶勒？

怎么会？他怎么会跟来？

这一声洪亮而凌厉，把感应灯又唤醒。

那是毫无表情的面容，令人紧张，我抽身离开宇宙的拥抱，我不知道我的表情看起来怎么样，但毫无疑问，宇宙的表情看起来相当不好。

——有些微怒。

“她是我女朋友。”

说话的人是尹叶勒，反常地拉低声音，冰冰的，有点儿可怕。

他走近我，用力一拽，戏剧般地跌进他的怀里，像是海边的故事以另一种走向又演了一遍。

而那种力道让我有些疼，却又不敢挣脱。

他无比认真地望着宇宙，距离太近，对峙着。

“她是我，女朋友。请你，还给我。”

尹叶勒再次厉声重复，抓住我胳膊的手又不自觉施加了力气，我虽不敢出声，但眉毛还是拧作一团。

“不，她是我女朋友。”

“啪”的一声，宇宙竟然扣住尹叶勒的手腕：“请你放开。”

我是简星辰，他们说我就该属于宇宙，因为我是恒星的一颗，可我真的不明白。

同样强硬的声音，在这阴雨的夜色里，我再也没办法看清他们的表情。可我知道，我们之间都变了。

滴滴答答的雨声回响在耳际，像是一个不会圆满的结局，却真真实实地围绕我发生着。

所有人的肩侧都被打湿，偶尔经过的车辆会有白色的灯光扫过。不一样的表情，凉风吹拂，雨水浇灌。

这是在演什么？

“你先上去。”

熟悉黑暗之后，渐渐能看到彼此的瞳孔，宇宙打破了这不和谐的场面，只是一字一顿地叫我上去。

其实我想知道他为什么知道我会来乐乐这里，也想问他为什么要等我，等了我多久。

可是当他这句话一飘出来，只觉安心，浑身一颤，而尹叶勒的手无奈松开，我还是不敢看他，我还是不懂为什么不敢看他。

面对散落了一地的东西，我甚至忘了要去捡。头也不回地走了进去，甚至是用跑的。

当我敲响乐乐家的门，她鼓着包子脸本想训斥我一番，但看到我哭红的眼睛和湿漉漉的模样，还是放弃了原先的气势。

“快进来！”

一把将我拉进之后马上拿了块毛巾替我擦头发，而我却跑向窗边，下面漆黑一片，偶尔有昏暗的路灯疏松交错着，却照不到我想看到的人。

雨越来越大，视线越来越模糊。

“你在看什么！快进去洗澡！”

说罢大力将我从窗边扯开，推进了浴室，我想解释却被她将门关上。

“真让人操心！”

一句话把我噎住，任凭花洒洋洋洒洒地涌出暖和的热水。

也不知道是不是因为吃了药的缘故，我又开始昏昏欲睡，好在热气萦绕间时不时传来乐乐的呼唤。

顾不上将头发全部吹干就打开门，迎面是她丢来的毛巾。

“擦干！”

我错愕了几秒钟，然后便掩着毛巾再次靠近窗边。

依旧是迷蒙昏暗一片。

对了，手机！

我赶紧去包里翻手机，然后拿了乐乐的充电器，等了一小会儿还是黑屏，显然还没到能开机的时候。

不安地踱着步子又贴上窗户，他们到底走了没有，雨那么大。

“给你，喏。”乐乐在身后喊了我一声，我回头望去是一杯热奶茶。

“唔，谢谢。”

只是一接过便又是扭头望向雨里。

“你到底在看什么？”

她终于看出端倪，忍不住问道。

“他……他……”我实在不知道怎么去说，“他们……”

“谁？你说谁？”

乐乐眨巴着眼睛，迷茫得很。

“唉，真是的！”

虽说自己跑了上来却恨不得还是在那里，至少可以知道情况，无奈现在却只能在手机边上打转。

“是这个人？”

乐乐恢复淡定后，扬起手机在我面前晃了晃。

我迎着光仔细看了半天才发现通话记录最上方的是尹叶勒。

“叶勒，他什么时候给你打的？”

“就在你上来前一会儿吧。”她倒是云淡轻风，向后一仰妥妥地栽在沙发上，手中的奶茶竟没洒出一滴。

“他打给你做什么？”

“问我你安全到了没，我说还没，就这样。他还叮嘱我说你发烧了。”她有条不紊地叙述着，而我脑袋却炸开了花。

所以尹叶勒是知道我没上楼才又出现的？

我撇了撇嘴，没作声。

这时手机恢复最低电量自动开机，开机音乐将我的注意力全拉了回去。

短暂的等待之后，一大片的电话和消息提醒。

可是宇宙的只有两通电话而已。

又是一阵失落……

“你再看。”

乐乐幸灾乐祸地躺在沙发上又扬了扬手机。

“什么啊？”

我走近去看，还是方才的内容。

“你让我看什么。”

“看仔细点啊，第二个第二个！”

我蹙着眉不愿意地看了一眼，却让我瞪圆了眼睛。

“怎么可能，宇宙怎么会有你电话？”

我看了看屏幕又转头看她，然后又看了看屏幕，时间是下午17点25分，正是我手机没电的时候。

“他说了什么没有？”我一骨碌坐到她边上。

“是宇泳把我号码告诉他的。”

虽然之后我才反应过来宇泳为什么和她会有联系，但此刻只关心宇宙说了什么。

“那他说了什么？”

我着急地又问一遍。

“没啥。”

这妮子还知道作弄我，愣是不愿意说一个字。但至少有一点可以得知了，宇宙是通过乐乐才知道我会来她家的。

那他到底是从什么时候来等我的？

不会是从这通电话之后吧……

我使劲儿晃了晃脑袋，不会不会，这不会的。

后来也不知道是聊了什么才睡着，只是她也没让我下楼。那是这个秋天最严重的一次降温，我记得那天是10月22日，天气，阴转大雨。

和我的心一样。

我又回到了原来的模样，害怕面对第二天的黎明，就算这阴云不会带来晨曦，可我还是觉得光会将我照得无处可藏。

“好好睡吧……”

耳畔有叮咛轻响，却垂下睫毛处挂着的晶莹。

梦里有个模糊的人影始终若即若离，我想追却怎么也追不上，就算再怎么用力也没办法改变这距离，我多想看清你的脸庞。

可是，我看不见。

也不知道是不是梦境太过逼真，睁眼时那种酸楚像是足足盯了一宿的感觉，好在只是梦一场，偏头就能看到乐乐利落的短发此刻像个鸟巢一样窝在边上。

我翻了个身，想不到她倒索性一条腿搁我腰上，勉强把她推开哪知只是几秒钟后，又来了……

“去……去把衣服晾了……”

什么?

我再翻回去看她，眼睛还是闭着，那是呓语？不像啊。

敢情把我当用人使唤了啊!

我也是足足睡了一天，实在不愿意再睡了。再说了，总要上班的，外面大风大浪还是要去捕鱼的。

雨势小了很多，却还是飘在空气里。我只能把衣服晾在阳台，我不喜欢这种阴干的味道，果然还是不喜欢下雨的，却也难得地不想见光……

下意识的还是会从窗口向下望去，虽然已经没有人了，我却总觉得胸口很沉闷。

这个天气再穿夏天的睡衣就已经觉得很凉了，我搓了搓手臂，从椅背上顺起乐乐的针织衫便跑进厨房，虽说不怎么擅长做饭，但偶尔煎个蛋还难不倒我。

做完简单的早餐，时间还早，叼着夹满培根和鸡蛋的面包就坐在电脑前上网。

网页一打开就是微博主页，虽然是乐乐的页面。但每日大热门还是被置顶，并占了很大一块面积，让人不想看也很难。

“宇宙被分手。”

标题简单得很，却丝毫不影响杀伤力。

我没打开链接，也知道里面的评论都是什么内容，早就习惯了。

有些出神时接到小颜老师的电话，“上面让我通知你，最近就在家好好休养吧。”

她说得已经很是婉转，其实不过是让我不要再给公司增添负面影响而已。

“那我的工作，就麻烦你了。”

“没事没事，你好好的就行，别想太多了。”

她可能也没想到什么合适的话，说起来有些勉强。

在乐乐家静养了一周，基本不看电视不上网，就看看书，每天都会收到宇宙和尹叶勒的消息和电话，也不打扰，也没有人提出要见面，说的也都是些关心的问题。

自从拆了厚厚的纱布后，肩膀也觉得轻了很多，只是绑着绷带还是有些难看，那晚淋了雨，早上乐乐陪我去换了敷料再做了个检查，没想到骨头已经长好了，也不知道这算不算幸事。

医生建议我再静养一段时间就可以恢复飞行了，但还是注意力道的把握。

这次的事情，彻底炸锅。

有粉丝还人肉到我的隐私，去公司举横幅不说，甚至连我家人也被打扰。

事情终有败露的这一天，只是没想到那么快。

妈妈电话一打来就是劈头盖脸一顿骂，就差没让我滚回去，要不是倾城在那边劝，我都担心她是不是会杀过来。

好在乐乐最近除了飞行几乎都寸步不离，而我却反常得不哭不闹，就是免不了唉声叹气。

这些我都早已预见，不是吗？

宇宙还是会叮嘱我尽量不要走到大众面前，在他处理好之前回避一切媒体。

我一直想试探地去问他和尹叶勒到底对峙出什么结果，可无论是电话还是消息，我都没能问出口。

我是宇宙的女朋友，可尹叶勒又是我的男朋友。

为什么会变成这样？

“什么！你亲他了！”

我始终记得乐乐得知我神志不清时吻了尹叶勒时那夸张的表情。

“你别那么大声！”

我伸手便去拍她。

“这里又没别人！”

她翻我一个白眼：“No zuo no die。”

DIE?

可是并没有，这件事情并没有在最坏的结果中让我死亡。

“每个人都有过去，都会有难以取舍的时候，希望大家能给我和星辰一点儿时间。我们之间没有欺骗也没有隐瞒，我们也是普通人，只是有些东西被刻意放大之后，在你们面前被丑化了，我想这是舆论媒体错误的引导，我相信大众有明辨是非的能力，在这时候更需要你们腾出空间来让我，让简星辰，让我们两个，冷静地去给你们一个答案。”

他是个聪明人，没有发文没有发帖，只是在新片发布会时正面回答了这个问题。虽然被吵得沸沸扬扬，但至少抨击声散去，他把问题留给了自己，这是我一直过意不去的地方。

风波渐渐平息，他的消息也随之变少，但至少每日保持。和尹叶勒的频频关心不同，我开始猜测那天晚上是不是发生了什么。或者说，是不是他们之间明确了自己的定位。

这让我很不安。

一星期过后，我回到培训中心上班，顺便交了医生开具的复飞证明。

下了七天的秋雨，忧愁。

宇宙像失联了一般，除了手机，又几乎大半个月不见。

乐乐期间多次拽我去宇泳那边吃饭，我是明显的醉翁之意不在酒，多是问些宇宙的近况。而大部分时间宇泳都在和乐乐斗嘴……

自从那晚之后，我被检查出来急性扁桃体炎，一直低烧不断，但不算严重，叫我多锻炼多休息。

我也奇怪自己身体一直很好，怎么淋了雨就成这样了呢？

小颜老师到乐乐这里看过我两次，知道我要回去飞，还是很舍不得的。

很多次她都张口但欲言又止，估计想问问我的私事，但可能是顾及到我的情绪到底什么也没说。

虽说回到客舱部，但可能也是巧合吧，由于之前受伤所以没赶上那一批的头等舱晋级培训，所以在我复飞报告被批准之后，就安排我把这些课程完成，于是……和小颜老师还是几乎每天都在培训中心见面。

这次回公司，觉得气氛比以前怪异很多，看我的眼神不再是羡慕或是不悦，反而统一地变成爱理不理。这也情有可原吧，毕竟把我写得那么不堪，的确我做的事是有些任性。

可为什么尹叶勒没有责备我？

又是为什么，连宇宙都没责备我？

秋风萧瑟，卷起丝丝凉意。我裹紧风衣，拉着箱子，一如认识他之前那样，四点的闹钟，午夜就寝。

叨扰乐乐这么长时间也过意不去，当大众又被宇宙和于含雅的关系所吸引过去的时候，我搬了回去。

由于免疫力低下一直低烧的缘故，我几乎保持着公司和家的两点一线。当然了，乐乐和尹叶勒经常会来看望我。

小区的保安系统也因为记者多次拜访升级了，至少不会遇到那种围堵的情况。

“他最近来找过你吗？”

尹叶勒边帮我拌沙拉，问出了我一直回避的话题。

“……没有。”

原本正在切牛排的手停顿了一下，接着又恢复自然，像没事一样。

“也没有联系你吗？”

我不知道为什么他会这么直白地去问我关于宇宙的事。

“联系每天都会有，但最多也是几条消息或是一通电话。”

至少和那段失联的日子比起来，已经好多了。这可能也是让我可以如此欣然接受他不来找我的原因。

他干吗要来找我？

本来就没必要。

他干吗因为尹叶勒说我是他女朋友而那么认真。

有必要吗？

我以为我表现得很正常，而手中的刀叉倏地被夺走，接着是面前的餐盘。

他低着头，一言不发地帮我切着这块还保持着完整形状的牛排。

我本可以认为这是他细心的表现，可总觉得他并不高兴。

“听说你考核通过了。”

“嗯。”

“那怎么不庆祝一下？”

“等机长的聘书下来吧。”

“那是什么？”

“在机长授权仪式之后，书面的东西。”

他始终没抬头，安静地把牛排切成一小块一小块的。

“青年才俊啊。”

我故作花痴状：“机长啊，我们公司最年轻的机长啊！”

这话在谁听来都应该很高兴才是，而他却停下了手中的动作。切完了牛排，没什么表情，只是端到我面前，然后眼里没有任何笑意，对视着。

良久。

“有些东西可以努力，有些不行。”

温润的双唇吐出来的这句话，让我着实蒙了。这是在说他自己，还是我？

“快吃吧。”

见我杵在那儿，他刻意地笑了一下，然后用手指戳了下我的脑袋。

他指的努力到底是什么？

晚饭过后他还是早早地送我回去，但今天不同的是，下车之前他突然拉住我，“你……”

顿了顿，“你……不会选他的吧……”

说罢就流露出无辜的眼神，让人觉得心疼。

我从他的手下抽出了自己的手：“我和他没什么。”

真的，我和他没什么。

真的没什么。

尽管我对他存在不一样的感觉，可是我们之间，真的没什么。

我才说完，他又将我拉了回来，那是他固有的味道，从肌肤处直接散发出来的味道。

他捧住我的脸，我惊恐地望着他。

尹叶勒足足看了我很久，接着闭上了眼睛……

然而他却没有吻我，像是斟酌了很久，才在我的脸颊处落下了痕迹。

“早点儿休息。”

那是他令人着迷的地方，每一个动作都能俘虏你的内心，每一句话都能扎进你的心房。

“扑扑扑”的心跳又回来了，也不知是真紧张还是吓了一跳，但有那么一瞬间，却松了口气。

鬼使神差地点开手机发了条消息，“我们见一面吧。”

直到我洗完澡还是迟迟没有回复，我换了厚被子，铺好了床，再看了一眼手机，等醒来再说吧。

是因为想见他吧，不是的吧，是想问清楚一些事情吧，大概是这样吧……

我想过无数次要结束，却总以我无法掌握的事态发展，到底怎样继续或是如何结束，只要你亲口说。

就算我会难过。

这是一个悲伤的梦，可能会哭上一晚上，而在破晓时分被铃声吵醒，摸索到的并不是闹钟，而是新消息。

“今天吧。”

我看了看时间，凌晨2点49分。

接着打字：“好。”

再过两小时我就该起床，没说约的时间，他也没有问。这也是一种默契吧，会让彼此渐行渐远的默契。

早上起来的时候觉得喉咙发疼，又要感冒了吧，还是扁桃体作祟？

清晨总是最冷的，我犯起了赖床的毛病，却逼着自己灌下一杯温水后跑向卫生间。

今天空管等级升级了，全国大面积流控，好好的单班中午落地硬是磨到了晚上9点多，好不容易飞完了，还有金卡旅客要投诉，真是快呕血了。

才飞几天就摊上了这种倒霉的班，自己倒霉？

落地开机，竟然没有宇宙的留言。

不是说的今天吗？难道忘记了？

从机组车回公司的路上，摇摇晃晃的，直接睡死过去。头越发疼，牙齿也疼，这次是真的感冒了吧。

车门才打开冷风就钻了进来，大家一边瑟缩着一边往四处散开，有人接的直接把箱子一丢钻进了车里，实在不行的，至少也是臂膀里。

我却只能倒吸一口，然后硬着头皮准备走上一小段路。

不过在那之前，我还得进去交点儿东西，那才叫一天一地，进了公司楼宇哪里还愿意出来，这晚上的温度，实在降得厉害。

我看至少跌破了10℃，光靠单薄的风衣，真起不了什么作用，何况两条腿就着丝袜晃荡在风里，冻得哆嗦。

人在寒冷时才不会考虑形象，竖起领子将脖子缩起来，迎头就往外疾走。

才下阶梯，边上就有车子打着大灯直直照我，也不知道是在等人还是准备走，但这样很不礼貌。

我用手挡着光也看不清车子，只能又退回到台阶上，给它让路。

车子从我站的地方压过，却没有继续行驶，正好停在我面前。

我从恍惚的视线里认出了这辆车，是宇宙的，应该说这辆才是他自己的——一辆毫不起眼的本田。

“你怎么？”

我拉开车门，冲他问。

他穿着厚实的卫衣，翻了我一眼——不悦。

自顾自地下车，绕到我身边，没有多余的动作，直接就把我的箱子放进车内，然后又利索地上了车。

“你还不上来吗，外面是不够冷吗？”

他继续说道，却没看我，依旧刻薄。

我本来是很高兴的，现在却有点儿生气……怎么就不能和我好好说话呢。

他再次启动车子，没引起任何人的注意，这就是他真正想过的生活。

“你怎么知道我这个点下班。”

他哼了一声：“我会知道？才怪！”

也不知在自言自语些什么，但一看就知道心情不太好。

“那你是等到现在？”

也不对啊，他又不知道我飞哪儿，乐乐也不知道啊。

“所以你是在偷着乐吧。”

“什么？”

“我跑进你们大厅去问你们值班室，满意了吧！”

莫名其妙……我又怎么他了……龇牙咧嘴的。

“可你昨晚也没问我时间啊。”

“那你为什么不先说呢？”

这怪我？

本来是头疼，现在气得肝疼！

我扭过头，什么好好谈谈，一见面就不愉快。

此时收音机正好整点报时，不太应景的《下雨天》。

接着玻璃上好像又浮起滴滴雨渍，不过还好，我在车里。尽管总是有种不好的预感……

到底是什么预感呢。

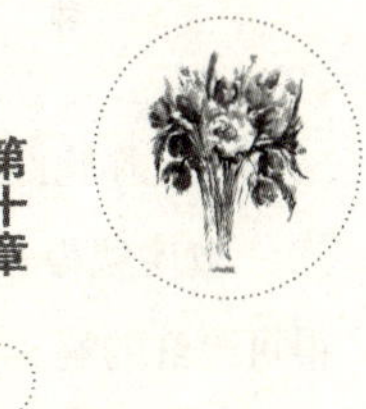

第十章 就这样离开我吧

他将车开往河堤，面对着运河就只有横跨在那儿的铁桥，几乎没什么车辆和人路过，这附近在修高速，没什么人是必然的。

本是避开了城市的光亮可以仰头望见繁星朵朵，只怪天公不作美，本不是雨季的时节偏逢连夜雨。

雨滴滴答答地落在车前玻璃上，自动雨刮器偶尔摇那么一下，发出的声响刻意地提醒我们该打破厢内沉静。

“手康复了？”

“最近好吗？”我想这是我们第一次表现出默契，在接近午夜的时刻荡起异样的波纹。

他从上车时的坏心情终于有了转变，如果我没理解错，那他这对着指关节的干咳声是为了掩饰我们异口同声所生出的尴尬。

并且，问的都是废话。

难得一见的窘态，我当然会觉得好笑。可是他反应极快，马上甩来一句："你脸红什么？"

被他唬得一愣，伸手去捂，的确有些小热，可是不对啊，我没有觉得可脸红的啊。为了证明清白，还特地翻下镜子，的确泛起不自然的红。

"是腮红吧。"

我解释道，理直气壮地解释道。

"我看也是，跟猴子屁股一样。"

他兼职唱川剧的吧？还会变脸，变得也太快了！他是双子座吗？人格分裂吗？

"你这人……"

我脑子里已经准备好了山顶洞人这种既侮辱长相又贬低智商的词语，却被自己的手机铃声打断。

低头扫到的是尹叶勒的名字，下意识望向宇宙，他也盯着我手机，然后对到了我的目光，有明显的回避，然后他抬起手，朝我做了个随意的手势，嘴里喃道："接吧。"

我犹豫倒不是因为宇宙在场，但他说得反而让我有种做贼心虚的感觉，不禁压低声音，轻轻"喂"了一声背过身去，至于身后的他是什么表情又有什么关系呢？

尹叶勒关切的问候句句传来，无非是问我累不累有没有不舒服，吃得好不好精神怎么样，我想他是真的在尽男朋友的义务吧。

因为我的那场告白，因为我的那个拥抱，因为我的那一枚吻。

他对我做出了回应，尽管察觉到了我的抗拒，他却一如既往的温柔深情，可我知道，他看我的眼神和看胡文不一样，一样的双眸一样的角度，可我就是可以感觉到不一样。

"医生有说让你两周后再去做个康复检查吧？"

"乐乐告诉你的？"

"嗯，你们俩的记性，我看靠不住。"

"……呃，哪有。"这话在我说来有点儿难为情，可在宇宙听来似是撒娇。

“今天回来挺晚，回去好好休息。我这边就要起飞了，你有事给我留言。”

“嗯，那再见。”

“好，再见，晚安。”

一个通宵曼谷，他也真的是不容易。

“这么快甜蜜完了？”

我手机还没塞进包里，他冷不丁地就冒出这句，很是不屑。

“不像你。”

想也没想就抛了句同样轻蔑的话，还免费赠送一个白眼。

“现在到底是谁在善后？”

没想到他竟然生气了，就因为这么两句对话。

“我知道是我不对，但你现在怪我又能怎么样？”

我最讨厌他这样，总是迁怒别人，明明是自己心情不好。

“能怎样？”他干笑，“呵呵！你能怎样？你又能怎样？”

继续咄咄逼人：“你除了惹麻烦还能怎样！”

现在的他配上那一头黄毛在我眼里就跟一只发了疯的公鸡一样。

“是！我咎由自取！”

抬高了嗓门：“我让你为我澄清了吗？是啊，我是只会给你惹麻烦！就跟你当时没让我解围那样！我是什么都做不了！我是不能怎样！”

“你找我谈谈，就这样谈？”他反问。

“是你先翻毛腔的！”

“我等你到现在，你反过来说我态度不好？”

“我让你等我了吗？”

“你简直不可理喻！”

“我不可理喻？”我简直快要气疯，“是谁在那儿阴阳怪气寻滋挑衅！”

“现在还会用成语来数落我了？”

“你别笑！”我往前去，扯他的脸，“我说别笑！”

把别人弄生气了，还觉得搞笑。

“不准笑！”

几乎整个人爬到他的身上，双手使劲儿按着他的脸颊，不让他的嘴角咧起，不让他嘲笑！

本是愤怒却已经翻至他身上，直接越过中控坐在他的身上，来回在他脸上揉搓着，而他也终于不笑了，他的手心突然握住我，双手停留在他的脸上。

制服裙随着两侧的开衩口，已经堆到了丝袜上端深色的边缘，衬衫下摆也在大幅动作中凌乱散在外面，他所扣住的不仅仅是我的双腕，还有“扑通扑通”的心脏。

我这才发现，我们已经近到这种程度。

动作暧昧，衣衫不整，空气潮湿，只剩心跳和呼吸。

俨然停止的时间，他的脸上新增迷离的目光，映射出的脸庞模糊却又真实存在着。即使昏暗，我还是从他眼里看到了我自己。

怎么可能？

连尹叶勒的眼里都没有我，而他又怎么会……何况是这种夜晚……

意乱情迷总是从彼此出乎意料的行为开始，他没有想到我会爬到他的身上，而我也没有想到他会用力将我控制住，接着……

猛地一拽，我的双腿彻底失去了重心，在狭隘的空间里，勉强找到空隙，却将自己完全交付到他的身躯上，那是着实坐在了他的腿上，衩口“呲”的一声——裂开了。至于露出怎样的光景，我们谁都没有去看，仅仅是对望就几乎用掉了我们所有的力气。

这算什么？

他的眼神炙热而温柔，直直看着我，没有挪开的意思。而我被一股酥麻的感觉侵袭着，是感冒吗？好像不对，这感觉不对。

甚是——奇妙。

明明依托着他，不需要消耗什么力气，可为什么无力感逐渐加强?

他放开我的手，目光却始终未变。

我忘记了这是多久的凝视，而自然垂下的双手正好落在他双肩的位置，我本可以挪开，可是我没有。

他似乎很满意我扶住他的双肩，只觉腰际多了他手掌的温度，轻轻地搭在我的腰峰而已，却刺激到我从未迸发的荷尔蒙。

脸上迅速被蒙上热辣辣的红，而他还是在看我。

那双手，没有离开，甚至开始游离，到了我的腰后，到了我的脊梁，到了我开衩的裙边。

他的呼吸逐渐加重，我也是。

我不知道为什么下移，也不知道为什么要去贴近他的胸脯，这就像是本能一样，你没有办法控制，外面的冷空气正在加强。

而车内却浮起一轮轮雾气。

终于在他一收力时我整个人埋进他的怀中，那是令人无法抗拒的魔力，是夏娃在伊甸园所犯的禁忌……

他温润的嘴唇抵着我的喉肩处，微痒……

使得我伏在他的耳边，情不自禁低吟了一声。

这也使我们彻底沉沦，情到深处不能自已。

他娴熟地开始解我的扣子，我只知道大脑一片空白却是燥热，除了偶尔回应他不经意的浅吻之外什么都做不了。

他是谁?

是宇宙啊……

我们是什么关系?

是要做什么?

当时根本记不起这些问题，只想要索取那衣衫下的体温，这是内心深处最迫切的期望。

要不是他的手机在这时候响起，这躁动或许已经变成一把火烧去了我们最后的理智。

我们再一次对望，却都是不可置信的表情。

他和我，都冲动了，可是连为什么冲动都不知道……

他的手机藏在外裤口袋，正严严实实压在我的腿下，一时间我忘了要走开，他也忘了彼此交织的状态。

宇宙伸手去摸手机，却不经意摩擦着我大腿的内侧……又是一阵荡漾，却是羞愧难当。

我这是在干什么？

不知羞耻，投怀送抱。这是我最先想到的词。

他拿出手机，由于我们实在太近。他能听到电话的内容，我也一样。

"你是不是又去找她了！"

就算不是这种距离，电话里那咆哮的声音也实在没办法不听到。

"含雅。"

宇宙另一只手本来还扶在我的腰侧，而现在却压低了嗓音抽回了手。

自取其辱不是吗？

我低下头，却发现自己已是春光乍泄，开衩早已将一个女孩自爱的底线彻底撕毁了。

他让我，如此难堪……

我艰难起身，他看着我，而我不敢看他。

他对含雅各种解释和委婉的规劝，让我的自尊变得一文不值。我回到了副驾驶座位上，他或许也意识到了方才的冲动。

他只用余光打量我，顾不上回答，而对方声嘶力竭的声音却回荡在车厢内。

"你回来！我不要听你说！你回来！"

“别闹了，听话。”

“我说你回来！回来听到没有！”

“于含雅！别闹了好吗！”

宇宙显然也有些不耐烦了，但到底还是没爆发，仅仅是加重了语气而已。

嘤嘤的哭声传出：“我需要你，你回来好不好。”

宇宙就是要这样，吃软不吃硬，尤其是自己的女人，难免心疼。

“……”

可是他在为难，是因为我吧。

唐突而尴尬，换作平常他早就扬长而去了，只是现在的我有些特殊而已。

“宇宙，我需要你……”

我也需要你，你知道吗?

“你去吧。”

是什么力量让我捂住被解开的衣领，却伸出颤抖的手拍了拍他，我说不出声，此刻我也不能出声，泛白的嘴唇，挣扎着动了几下，至少他能看懂我的口型——“你快去吧。”

别管我，别管我如此狼狈，别管我沦陷下去。

别管我。

就算如此，还要逼自己笑吗?

或许是我的笑让他减轻了压力，他呼出一口气：“我就回来。”

你就回去，回到没有我的地方。

他挂了电话，却迟迟没有发动引擎。

雨不大，但我心里却下起了瓢泼大雨。

“再不走，可能要下雨了。”

我转向窗外，好藏住在眼里翻滚的情绪，我不敢看他，我怕看到他的眼神又会想太多，自作多情的事，实在让我太不堪。

“我……”

“我可以自己回去。”在他开口时，我又打断他。

“你自己回去？”

宇宙追问。

“她在等你，我可以自己回去。”

他沉默。

沉默是因为于含雅在等他，还是因为我执着要一个人走？

我们僵持着，车驶上了公路，不是往我的方向，我知道心已经在越来越远。

“宇宙……”我仰头看着窗外略过的灯光，“她在等你。”

他怔了怔。

“就在这儿把我放下吧，这里很好打车。”

他好像失去了和我争辩的理由，车速渐渐慢了下来，如同这场雨一样，不逢时，铺垫太长，其实是残酷的……

他之前说完“会回去”就挂掉了电话，而此时一阵阵铃声再次响起，他没有看也不用看，大家心知肚明。我想他是有话要和我说的，但不知道该说什么。

我是该走的，他也是。

“星辰……”

他叫我的名字，仅仅是名字，可是我却知道，已经结束。

在他踩住刹车换到P档的那瞬间，车锁解开的声音，就像一场惊雷打醒了我的美梦。

“你快去吧。”

我边说边打开车门，双脚接到地面的那一刹那，冷到心底。风变得大了，原本该归于尘埃的眼泪此刻被风吹散，混在雨水里。

我背对他，站直了身子背对着他，已经整理好的制服，表现得对之前的事满不在乎。

“再见。”

我背着身，握紧了双拳，不自觉地提升了音量。

你快走吧!

拜托!

他还是默不作声，我却一直在想象他的表情，会内疚吗，在挣扎吗，是同情吗？我不要!

这些我都不要。

这些我都不要……

反手将车门关上，拖着箱子越过马路，四车道的距离，足以分割你我。

他的车还在原地，而我就这样望着那边，不知道他是否也在车内发呆，还是已经接起了于含雅的电话。

和我又有什么关系呢?

残存的骄傲让我在此时笔直地立在那里，满不在乎地迎着风和雨。

至少我们都以为这场雨不会下大，却没想到我那句开脱变成了现实。

他的车尾灯显示跳红，接着一片柔和，宛如他抚摸我那般让我恍惚，至少在那瞬间，他是对我有感觉的。

可那又如何?

我向北，而他的车却向南消失不见。

也不知望向尽头多久也收不回的眺望，内心深处还是渴望他会留在我身边吧。就是因为残存着那些不该有的期望，才会让自己摔得支离破碎。

北风呼啸，雨不留情，生猛地抽打着我响亮的耳光。而他永远不会知道，我有多难过。

他也永远不会知道，我让他走，却跌坐在水洼中失声痛哭。

“你为什么要走！”

“你为什么要离开我！”

你为什么，看不到我的心碎……

呼啸而过的车辆，路灯被雨丝切成锋利的刀光，割破了我的强颜欢笑，那是痛心疾首的声响，只有空旷的公路传递着我深藏已久的感情。

这场雨，没人想到会突然变成暴雨。

而宇宙，我早已想到他会离开我。

无非是留我一人悲伤，无非是要我一人承担，无非是让我一人情深。

无非，无以面对，却还是会走。

你就走吧……

就这样离开我吧……

“哇！”

淋着雨，走了四十分钟，敲开了乐乐的门。没有顾及湿哒哒的自己，猛地就把惊愕的乐乐扑倒在地。

“你今天不是和宇宙在一起吗……”

她有点儿迷茫地问，在我抽泣的回应下，她拍了拍我的背：“简星辰，你真没用！”她是真的恨铁不成钢，却还是来回用手安抚着我。

嗯，我是真的没用。

也算是咎由自取，发了两天高烧后几乎吐到心力交瘁，可我不愿醒，睁眼就是那离去的画面，甚是残忍。

尹叶勒通宵回来就赶来看我，而乐乐非常体贴地将他关在门外，让他过几天再来。

我不知道于含雅和宇宙出了什么问题，我只想知道我和宇宙是不是就这样了。

低迷的情绪在病愈后都没有缓解，终日郁郁寡欢，飞航班时也少不了被乘务长几顿指责，可我的心情怎么可能好得起来。

宇宙和尹叶勒的电话交替出现，我却始终没接起一个。一想到那驶去的白色车影，就像是噩梦一般搅得心口无比难受。

乐乐说从今年夏天开始，我就像个抑郁症少女一样，让人很想打一顿，可事实上我也对这些的发展一会儿冷水一会儿热水完全无法掌握。

是化学反应吧，沾了点儿催化剂，又不是惰性气体，险些爆炸。

最近总能看到新拍摄的海报出现在公司和众多多媒体设备上，也不是真的感兴趣，可是不经意地看到尹叶勒和胡文，总莫名觉得般配，这么般配，可那天为什么没有感觉到。

是因为不愿承认他们吗，所以才会如此反常。

可心底飘出的声音是他们实在般配，就是因为无法为行为负责所以连尹叶勒也要回避吗？

持续了几天的冷暴力，两个人都在今天选择沉默，手机安静得让我感到这段时间都是错觉。

"饿了饿了饿了！"乐乐敷着恶心的颗粒状海藻面膜，嘴里嘟哝着肚子的控诉，"我们今天不叫外卖了好不好？"

我瞥了眼手机："嗯，那我们出去吃吧。"

我本想加一句，只要不去宇泳店里就行，哪知得到我的回答，乐乐"噌"地跳起来，露出浑圆的眼睛："去宇泳店里吧！"

我就奇怪了，为什么她特别爱去宇泳那儿，明明每次去都会吵架……也没有好吃到流连忘返，为什么就非得去那边呢。

"吃点儿其他的吧，港茶？"

"你明天HK过夜，还不够你吃的？"

"那……要么烤鱼？"

"鱼刺太多。"

"那……不如吃……"

"哎呀，别不如不如的啦，就去宇泳那里啦！"

就从她提出要去吃饭开始，根本没给我什么选择的余地。狮子座的女人，可怕……

最终还是如预期那样，我怕撞到宇宙，基本上没什么心思吃饭，而整个晚餐的主题也就是看着乐乐和宇泳互相吐槽，总觉得哪里不对，但就是说不上来。

每次来他店里就会想起宇宙的过去，那些难以启齿的过去，那些背离真实的故事，那些关于他的所有。

宇泳的胡子不知从什么时候开始剃得很干净，总是惺忪的双眼也清澈了很多，要不是见过他先前的样子，还真的无法把这两种形象结合在一起。

那天突如其来的晚风，吹开了心间阴霾，可是当风重归大地，为何恍惚时他身影成叠？

见我呆呆地望向门口，宇泳倏地站起来，结结巴巴："宇…宇宙……你怎么……"

乐乐怀疑地转头，也是惊奇："你怎么来了！"

宇宙？

所以看到的不是脑海里投射出的回忆影像？可是……为什么重叠……

明明这一次没有看到于含雅，可还是觉得在他臂弯处有她紧紧挨着的身影。和尹叶勒一样，宇宙也是，所有人都以为他和我在一起，其实真的没有。

宇宙见到我多少有些诧异，但多日回避竟在这里遇到，也让他眼里闪出欣喜来，只是酝酿了很久，也只是点头和我们打了个招呼。

不知道为什么，他看着很疲惫。

"呵。"

我不明白为什么看到如此落魄的他会泛起笑脸，不，是扬起一抹冷笑。

"星辰……"

乐乐不安地望着我，我将目光从他身上移开，装作看不见他一样继续搅动着碗里的汤。

站在我面前的是谁，是我以为近到咫尺却一转身又回到遥远的世界，多远多远都不够形容。

僵持了数秒，我放下餐具：“不早了，差不多回去了。”

我不顾桌上几乎没碰过的佳肴，望了一眼乐乐，不给她回绝的余地。

她左右为难，但还是抓起驼色外套跟上了我。

泛着年代感的灯筒溢出朦胧的光，打在我的背影处，我止不住地抖，硬是在面对的那一刻抬起头直起身子，肩膀就这样轻轻碰到了他的手臂……

不是很大的力道，却让这个不可一世的男人歪了身踉跄一步，支离破碎的心所洒出的眼泪早就在那一夜大雨中被冲得干净。

我不会为你的世界再做停留，就像你一样。

你眼眸里藏不住望向背影的失落，就像我一样。

可这就是结局，总有一个人要先走。

“星辰，星辰！”

宇泳的声音在身后越来越远，我一出门就快步跑了起来，多怕念到我名字的会是另外一个声音。

可那又怎么样呢?

“怎么没哭……”

乐乐先是心疼地看我，然后忍不住调侃。

我白了她一眼：“快开车，明天我早班！”

“我都没吃饱啊！”她极为不情愿地往回开。“你们不准备再好好谈一谈了？”

“谈什么？有什么好谈的。”

他和于含雅，我和尹叶勒，就这么简单……虽然尹叶勒也并不属于我……

一路上乐乐说个不停，我却一句也没有听进去，是啊，我为什么没哭。

洗了个澡打开电脑做航前准备时竟发现机组名单调整过了，副驾一栏赫然写着尹叶勒的名字。

这是巧合，还是他有心安排？

系统出错了吧，他不会做这些事才对……

我们总是自以为是地把想法施加在别人身上，天经地义地享受着你认为的那些，没心没肺地只为自己考虑。

我想发短信和尹叶勒确认，可最终还是没有。

乐乐说想养条狗，我突然就难过了。

我最大的愿望，一个也是如此，而另一个正在被两个人打碎。外面突然放起了烟火，天空开出了昙花朵朵，也不知是爱情的光亮还是庆祝着什么……

“真吵！”

开始后悔没有装上隔光帘，烟火将我的房间时不时点亮，却将我一人的孤单无限放大，再放大。

那是宇宙的呼吸，在他的车厢内，湿气打在玻璃上斑驳迷离，就跟他的眼神一样，让人来不及情迷就醉倒了……只是那一瞬间吧，所谓的瞬间爱情，或许只是体温的传递。

可是再怎么沸腾的血液，也会渐渐回到36.7℃的恒温。

人生来就是一个人，怎么会懂得什么是孤单？若不是有人介入单频的世界，带来另一种声音，我们永远也不会知道回到独身时的沉寂有多难适应。

“……坏蛋…”呢喃着准备喊出深藏的名字，“……大坏蛋……”

别再靠近我了……

拜托……

随着冷锋过境，黎明每天都在迟到，而闹钟却很守时，以刺耳的声音打破一夜的和平。

原本最痛恨的早班却成为现在最盼望的，毕竟宇宙的粉丝还不会执着到早上5点来公司声讨我，虽说现象已经好很多了，但时不时还会挂上带有我照片的海报横幅出现在公司门口，我总停飞也不是办法，波澜总要经历一些的。

比起宇宙带给我的直接打击，都是小巫见大巫了。

想什么呢，哪有一醒来就想起这会毁掉好心情的人。

“很想要求
你会三更半夜陪着我
然而我怕
我的声音你已听得太多
怎么可能要你每次
开心快乐全为我
还怪你
你跟知已也见得比我多
期待你的花会开
其实自己也都讨厌期待
恐怕正式真实恋爱
痛恨明日也许分开
这么不知所谓怎么爱
为何还没有初吻便要怕失恋
约会未完便挂念
傻得我晚上过分期求明天
以为你会在眼前
为何还没有吵架便怕与你开战
每日面临你的考验
头一次顾虑我没动人条件

怀疑全是我问题

没发现

明知单恋惊险

但我还未脱险

如果初恋肤浅

怎么我会兴奋狂热

但却又什么都怯”

也不知道哪根神经搭错了，才会把这首歌设为铃声。响了半天都不知道接，只是这么听……听到结束……接着再一次响起……

才把牙刷一丢，奔回房间，该死的，我到底怎么了。

“喂，喂……”

薄荷味麻住了舌尖，囫囵地发出声音含糊不清。

“……”对方也是停顿了片刻，“在吃东西？”

吃东西？

如果我在吃牙膏，那我真的该去看医生了，脑子有问题。

“唔唔，刷牙……”我自认为咬字清晰，“我等下打给你！”

说实话，直到我挂了电话，我才反应过来是尹叶勒。

这么早打我电话是有要紧事？

我赶紧漱了漱口，还来不及把脸上的水拍干，就拨通了电话。

“嗯，怎么啦？”

特地清了清嗓子，好弥补之前的含糊。

“以为你还睡着。”

“没有没有，早起来了……”也就5分钟而已。

“今天我们一起飞。”

“对哦！”我顿时醒悟，“昨晚还想问你来着，怎么突然和你一起飞了，还真巧。”

“不是巧合，是我和其他人换的。”

从他嘴里说出这些其实我一点儿也不意外，但从什么时候开始，对于他的安排，开始不能欣然接受。

“是……是吗……”

我接着说道：“是要去HK买东西？”

说完就觉得挺白痴的，连忙又补一句：“我得先化妆了，来不及了呢。”

“那一会儿楼下见。”

“什么？”

“我送你，我们一起。”

我没能再多说一个字，他在语毕后挂掉电话，快得反常。

纳闷地看着被掐断通话的屏幕，他这么着急做什么？

再一看时间，是要抓紧化妆了，朦胧的晨曦这才泛出光来，脏脏的，没睡醒的肌肤总是会把底妆弄得很僵，加上还没消肿的眼皮化完后总有种老了10岁的错觉……

每天都会被镜子里的自己吓到一次，阴雨天过后迎来第一个雾霾的，是与尹叶勒一起飞。

初见你时，微风清扬，再见你时，模样相当……可正是按照我最初的心愿靠近你，甚至在一起，却越来越记不起你那时的脸庞。

我穿上风衣，出门前再次照了照镜子确定假睫毛没有问题，拍了拍双颊，环顾了一下屋内的所有门窗都已经关上，这才缓缓下楼。

虽然薄暮依稀，但还是需要路灯的依托，这迷蒙大雾，带来的不是寒意更不是湿气，是心底的恐惧。

每一个航空人都知道，大雾对于航班的影响几乎是没有余地的，能见度不够不能起飞落地，快散吧，快散开吧。

望着这雾正发愁，幽幽一声“星辰……”穿过灰色，隐约可见的是他的轮廓和车前柔和的夜行灯。

我“嗯”了一声拖上箱子往前走去，他也向我走来，十余米而已，他两步便伫立在我面前，俊挺的面容配上沁心的微笑，温柔地伸手接过我的箱子，收起伸缩杆转身就往车那儿走去。

我跟上他，径直上了副驾驶座，他关上后备箱后，也迅速钻进车内，还碎碎念着，“这雾，有点儿大啊……”

“没时间，就先别上客呗。”我嘀咕。

“嗯，我知道。”

他修长的手指扣着方向盘，轻轻转动，搞飞机的男人开个车都那么帅……这是脑子里蹦出的第一个想法，虽说这个时间几乎没人，小区本来就清静，他还是打开了双闪灯，尹叶勒这个人吧，对什么都太认真，唯独对自己太随便，好像全世界就他自己的事没关系……

一个温柔的人，总有他温柔的弱点，后来他说：“你这样的女孩，我没办法不管。”

这样是哪样？其实他知道，那是他心底的秘密。

我想我是知道的，胡文。

驶出小区后，雾霾稍微好了一点，但依旧是严重的，至少起降都是不可能的，目前能见度50米都成问题，他几乎就是二三十码的速度缓缓开着。

若不是他送我，我还真不一定能轻松打到车，谁会想到换季时的骤雨和大雾会来得今天这么诡异。

就像我们最不想预见的那样，签到厅的运控墙上已经满是橙色的标签，属于严重管制中，相信一会儿随着八九点的高峰，很快就会出现红色等级。

准备室里也早已坐满了和我差不多点飞航班的同事，也都在抱怨这大雾来得毫无预警，一场恶战已在等着我们，谁也高兴不起来。

虽说天气已是这样，但大部分机组还是选择上飞机等，今天我还是负责头等舱和飞机的广播工作，在和机长做协调时，他也格外强调了在航班延误时前舱的安全监控，无关人员的监控，也叮嘱安全员要做好延误时客舱安全的工作，更加强调的就是关于飞机舱门的注意，最近发生多起旅客误动机门造成滑梯放出的事件，机长也是在今天出港大面积延误的情况下反复确认这项事宜。

逐一检查名字后机长才转头望向尹叶勒：“还有什么补充吗？”

我使劲儿挤眼色，他心领神会地点头道：“其他没什么了，那机长没时间就先不上客吧。”

机长又看向窗外：“行，一会儿上去先问问时间。”

我和组员都舒了口气，要是这情况还硬是上客，还不知道一会儿客舱得被闹成什么样呢。

好在我们有内部队友，我本想抛个胜利的眼神给尹叶勒，却看到另外几人特别不善的目光，有点儿不屑的感觉。

这不怪他们，我总是这样不顾场合，做些让人误会的事情。

“那准备好了我们就先走吧？”

机长出声问道，我们都拎着箱子跟了过去，而尹叶勒又先我一步，把我的箱子一并拎起：“你走前面吧。”

这种照顾，让大家的质疑更茫然了，我为什么和尹叶勒看起来像男女朋友，是真的和宇宙分手了？

他们的心境我都可以分析出来。

这早已不是新闻，别人也不会露出过于诧异的表情，但他在我身后紧紧跟随，让我浑身不自在。

真正的恋爱，会让人无比放松吧。

我们在迷雾里看不见地平线的尽头，却知道要挣扎离开地球表面，至于又会回到地球上这个事实，总会忽视。

第十一章 你有着无法想象的坚强

浓雾直到8点多还未散开，但有些许好转，机长见到有变好的趋势通知上客，好赶在其他航班准备好之前抢到一个优先机会。

毕竟出港航班都延误了，只要一得到起飞指令，谁准备好就是谁的，只是这天也不知会不会如他预计的那样可以在稍后起飞。

旅客上来之后情绪都比较稳定，相信也是可以理解在这种天气下的延误。有些还很惊喜在天还蒙蒙一片的情况下竟然可以登机了。

“我们是不是可以起飞啦？”

“是不是马上可以走啦？”

许多人一上来就会问，而我们却只能笑着让他们先往座位上去。

客舱里涌动着对起飞的美好期望，而时间却继续推移着……

“怎么还不走？”

“登机了为什么不走？”

“不是说可以走了吗？”

“不走为什么叫我们上来？”

一切和平，都是暂时的。一切不安和躁动都需要我们几个势单力薄的女子，一个个去安抚。

天气的走向变成了我们最坏的猜测，而机舱内的火药味逐渐浓郁起来。

我在乘务长的脸色下，准备再次敲响驾驶舱的门，而我的手指还未碰到冷冰冰的壁板，门被向内拉开。

开门的人不是机长，是尹叶勒。

彼此突然的对望，让人多少会尴尬。

“你要进去？”

“你要出来？”

大家都侧过身让出狭隘的通道，本就是尴尬，现在愈加。这种默契，反而会徒增不适。

目光闪躲后，总有个先后顺序，且不说是巧合还是其他，两个人几乎同时向前，门框里只能容下两个侧身的距离。

我收着腹，他也向后靠着。

可以看到他喉结的游走，似乎比我还要紧张……

人生总有意外，如果我方才没有补一层口红，那么这会儿也不会擦在他的领口上。

“糟糕……”我连忙掩住嘴唇，直勾勾盯着被拉出的那一段红色痕迹。

尹叶勒本来已经背过身想要打开盥洗室的门，却被我的异样扯回了视线。

“怎么了？”

他边问边顺着我的目光摸到了领口，与我慌张完全不同的是他稍显惊讶却又舒展着笑容：“没关系的……”

说罢，他进了盥洗室，而我也赶紧踱步进了驾驶舱。

“机长，旅客情绪有些上来了，天气还没好转吗？”

“是啊，你自己看外面嘛。”机长看着报纸，都不愿意回过头。

“那旅客……”

“11点之后会有好转。”

11点？

我看了看表，那岂不是至少还要等两个小时，而且只是好转。

见我踌躇着，机长终于回过头了：“还有问题？”

“……不，没有了。”

我关上驾驶舱的门，看着乘务长摇了摇头：“机长说11点之后才会好转，也没说起飞的时间。”

“当时就该阻止他上客。”

从帘子的缝隙传来的骚动声也叫人烦恼。不过一会儿，尹叶勒也从盥洗室出来，做了几个伸展动作，没有要进驾驶舱的意思。

“他们情绪怎么样？”

边说着，他走近我身边。

“目前还能压制吧，再过一会儿，该闹起来了。”

我努力装作不经意地去看那衣领，已被打湿，相信他也试着去擦拭，但红色还是很明显。

“要通知地面配餐了吧？”

“对哦！”乘务长像是醒来了一般，飞机上只配了早餐，这么延误下去，午餐也得准备起来了。

“那我进去和机长说一声，一会儿开门配餐，等我电话。”

（这里的电话指的是飞机的PA系统。）

也就半分钟的样子，就接到驾驶舱的指示：“通知商务了，一会儿直接开门吧，不用再报了。”

“好的，谢谢机长。”

乘务长冲我比画了一下，我心领神会地去头等舱添置好饮料后解开围裙，回到了她身边。而此时的廊桥也已经靠近，地面人员正在给我们打手势。

“滑梯解除预位确认检查。”

一系列操作之后，进行开门程序，地面商务一骨碌钻进客舱：“是吧，我就说这天一时半会儿好不了。”

乘务长看了他一眼，没给好脸色，接过他手上的餐食单据签字，接着她又打了通电话给机长：“食品车已到，后舱门可以开吗？好的机长，谢谢。”

得到机长同意后，她才敢指挥后舱的乘务员去开门，要知道但凡上了飞机，一切事宜都要征得机长同意。在这架飞机上，都得服从机长安排，没有为什么，上了飞机，这就是法律赋予了机长至高的权力。

这就叫作职业光环吧，虽然像今天的机长，我就不是太喜欢。

“到底走不走啊！”

客舱里传来一声呵斥，是个男人的声音，就算还隔着头等舱，却还是响亮地传到了我们这里。

而我们这边征询机长是否关门，被拒绝了。所以乘务长显得格外紧张，这时候不关门可不是一件好事，不仅意味着起飞时间未知，更是怕旅客会闯到前头来甚至擅自下机。

“去，你快去看看。”

乘务长将我手中刚给头等旅客准备好的果盘夺走，敦促我出去。

若不是怕后舱乘务员控制不住场面，也不会让我一个前舱的人跑到后面去，从特定的号位分工上来说，其实是不太合理的，但在延误等特殊情况下，各司其职以外更需要协作配合。

才出前舱，头等的旅客几乎都望向我来，我带着微笑，一一向他们颔首，却顾不上等他们提问，迈大步伐，仅几步而已就越过头等舱，直面着分隔两舱的门帘。

“呼……”吐气镇定一下。

谁知道，后面是什么情况呢。

虽然我也是身经百战，但谁都不愿意面对这些接近暴走的个别旅客。

只见翼上出口的位置有一名旅客正指着我们后舱的姑娘一顿骂。

还偏偏挑了个最敏感的位置（关于机翼两侧均有应急逃生门，曾有旅客擅自打开盖板险酿大错），因此翼上一直也是巡舱时大家关注的重点。

这便是航班延误最容易出现的问题，情绪失控的旅客，随时会被触发的应急门，渐渐压制不住的群体反应。

纵使我们怎么劝，也没什么大用。

“先生您好。”

眼见后舱这个叫亚亚的女孩子被呵斥得半晌不开腔，我只能加快步子走了过去。

“好什么好！”

我对他的反驳不感到意外，但一时除了微笑也没想到什么合适的说辞。

“叫你们机长出来！！”

该男子继续厉声道：“叫他出来给我们个说法！”

“对啊，对啊！”周围的旅客也开始跟着起哄。

我内心偷偷翻了个白眼，脸上笑容却始终不改丝毫。这是延误时另外两种普遍情况。

一、一个带头人，其他人跟着起哄。

二、要见机长。

从众心理我可以理解，可动不动要见机长的旅客，我是真的不懂了，你要见机长就让你见？你见了能干吗？证明你牛逼还是怎么？再说了，机长来见你了，谁去和塔台通讯，谁去开飞机？

也不知是怎么形成的观点，一延误就吵着要见机长。

“先生，机长在和塔台通讯，没办法出驾驶舱的。”

我客客气气地答道。

“你给我把他叫出来！”他瞪着红眼睛，唾沫飞溅，很是激动。

“就是，让机长出来！”旅客附和。

“先生，飞机不能起飞是天气原因。我们机长一直在积极寻求最新的动态，一旦有起飞的消息，他会马上广播的。”

“什么狗屁！”他一个P的尾音，就差直接把唾沫喷我脸上了。

“您先别激……”

“你给我住口！”他本来是坐在中间的位置，这下直接侧过身走了出来，站在过道上正对着我。

“你个小娘们算什么东西，我说要见机长。”

亚亚一见形式不对，赶紧投向我求救信息寻找指示。我只能尽量小幅地摇了摇头，然后下巴往前略微一扬，对出一个“你回去”的唇形。

毕竟，她在这也只是当炮灰，飞的时间还没我多，犯不着在这儿挡子弹，怎么说我也是前辈，该挡也是我挡。

她左顾右盼了很久，也知道普通舱的事宜不应该由我去处理，但也实在是没办法，只见她脸突然涨得通红，就跟受了巨大委屈一样，却一点儿办法也没。傻丫头，我心里有点儿难受，那种爱莫能助的感觉，就跟我第一次遇到这种情况时一模一样，每个乘务员都会走过这种过程，一种被迫接受一切谩骂和无礼的心理承受能力。亚亚你还年轻，所以，交给我吧。

我心里这么想的，看到她无奈转身，倒也舒坦了点儿。照顾新人，这些都是应该的。

“你听见没有！”男人的声音再一次洪亮起来，我才从那远去的背影里抽回了神。

“真的不好意思先生，机长是没办法出来见您的。我们也会把您想知道的情况反馈给机长，您看可以吗？”

我再次压低语气，把姿态摆得更卑微，不忘一个深度鞠躬。

“我不要跟你个小娘们说话，我说了，我要见机长！”

他的语气没有一丝好转，反而由于我的道歉更加气焰嚣张。

“真的很抱歉。”

我保持着躬身的体态，声音从下方飘荡起来，我不知道我怎么可以做出这么没地位的表现，但我知道，上了飞机，我就是一名乘务员，任何情绪都要忍住。

可能是见我一直弓着90度的背，周围的几位阿姨有些看不下去了：“哎呀，算啦，一个小姑娘的，哎呀算啦。”

“……”

“机长不出来，她也没办法，算啦。”

……男子在她们一言一语中始终沉默。

大概一两分钟之后，我才缓缓直起背，以为已经摆平。

心里放松的同时，刚要抬手请他回座时，看到他暴怒的脸现在已经蒙了一层死灰的冷——不是凶狠，是阴冷。

“先生……”我突然没了底气，声音止不住微微颤抖，“您先回座吧，有进一步消息，我们会……”

“我欺负你了不？”

他开口，完全不同于之前的一腔怒火，反而平直得让人僵硬。

“……”

我没回答。周围旅客也不说话。

“我欺负你了不？”

他继续问，语气加重。

“先生……”

“我他妈欺负你了没有！”

终于，三次之后，该男子彻底没了底线，对着我竟是嘶吼起来。

本来还隔着一米左右的距离，我哆嗦地向后退：“先生……您冷静一点儿……”

周围原本很多站着的旅客也都回去坐好，尽量回避着过道。

“我欺负你了是不？！欺负你了是不！！”他仰着头，冷笑着，咆哮着，声音凶恶，我一边退一边解释：“先生，您没有欺负我，请您先回去坐好。”

越是这种时候，我反而语气柔和，尽量让他冷静起来。

“欺负你是不？！”

他冷哼，遂突然大步一跨，离我几乎咫尺，我来不及退，立在那里，却也不敢动，连话也理不顺。

“先生……您……”

“我这才叫欺负！啊？！我这才叫欺负！！”

他再次激动起来，动作和声音直接砸向我，劈头盖脸的哪里来什么反应的间隙。

高我一个脑袋的壮汉，往边上用力一拨，我便结结实实被撂倒，整个人扑倒在靠过道的扶手上，像是顶到了肋骨，钻心的疼。

而靠过道的这名旅客也“啊”地惊叫起来——倏地一站往里面靠去。

人群开始窃窃私语着，却始终没人站出来。

我双手捧着腹部，挺不起的脊梁骨，牙根处迸出的本能：“先生……”

“我这才叫欺负！！”

又是一声：“扑通”。

我整个人毫无防范地向后仰去，虽说是臀部先着地，但后脑勺还是磕到了地板。

一阵短暂的晕眩，双手完全不受控制，别说去撑起自己，至少那瞬间完全失能了，我都以为自己爬不起来了……

两次都很疼，但我还是没有哭。

后来我才知道，女孩子的坚强真的不是胡说，只有在感情里才会无比脆弱。

“不准动！”

“住手！”安全员强有力地介入了。

我两眼呆滞，无暇再去了解当时的情形，只是后来凭大家的描述知道，那男人原本是想过来继续施暴。

但两边旅客见我在地上爬不起来的样子实在是忍不住了，便伸手制止，而这些过程加起来短短数秒而已。

好在多亏了这几名旅客的牵制，才让我们的安全员在他进一步之前护住了我。

一人按住该男子，另一人赶紧将我抱回了前舱。

“星辰，星辰？”

头等舱不是满员，乘务长见我被安全员抱进来，很是震惊，连忙安排我在某个空的头等座上躺下，我意识尚在，只是脑袋里嗡嗡一团，眼神迷离，让他们很害怕。

“我……没事……”呢喃着说道，却不安地闭上了眼睛。头等舱的旅客大概也能猜到什么原因，特别是当地面公安上来带走这名男子的时候，有一名头等舱旅客还特地绕过来站在我身旁，像是不让我被那男子接近一样。

同一时间医护人员也到达，对我进行了意识测试之后宣布我只需要休息就可以了，至于肋骨稍微有点儿挫伤，避开碰触就可以了。

这闹剧才算结束。

“姑娘，想喝水吗？”

天气已经有些好转，我将仰靠的座椅调直，摸了摸后脑勺，心中骂道，真是个混蛋。

边上坐的旅客递上一杯水来，很是关心。

“不了，谢谢。”

我连忙摆手，心里却感动得很，到底还是善解人意的人占多数。

“你们也真不容易……”

一语道出心声，鼻头一酸硬是忍住。

“谢谢您。”

我起身，回到了前舱。

“乘务长，我没事了。”

我边整理制服，边苦笑道。

“早知道就不该让你去，白白遭了疼。”

“我不去谁去呀，飞机是大家的。”看到她很自责，我故作无所谓，但腹部以上的肋骨还是有阵阵痛感。

“真的没什么事了吗？还是多休息会儿吧。”她放下手边的事情，走近我，仔细打量着我的瞳孔，就怕摔坏了脑袋就麻烦了。

“哎呀，真没事。”我笑着推搡她，“结实着呢，别担心。”

“机长刚和我说了，半小时后推出，再过10分钟我就广播时间。这段你就好好待着吧，头等舱那边我来就行，他们肯定也能理解的。”

乘务长根本不是商量的语气，虽然温柔但却不容我拒绝。

我“嗯”了一声，便掩着裙边在自己座位上坐下。

今天的广播本应全权交由我负责，现在大小事倒全部被乘务长包干掉。虽然特殊情况无法避免，但给她添麻烦了是事实。

广播起飞时间后，客舱里一片欢呼声，我们这才彻底松了口气。这种班，多飞一次都不愿意，特别是我。

在我例行安检完回来的时候，飞机已经滑至道口。灰蒙蒙的天才透出一丝丝微黄，难看得很。

而我也知道，我的脸现在也是难看得很。

心里受了很大的委屈，却又哭不出。什么时候，心变得这么大这么能藏？

飞机在湍急的气流中颠簸着，我的情绪也跟着一上一下。也许就是一瞬间吧，你会被自己最软弱的东西所拯救。

当我面对那个男人的时候，我是害怕的。我想逃，可我不能。

我有职业所赋予的责任，也有责任所带来的坚强，但坚强似甲又如何，在利器面前只是块破铜烂铁，你丢盔卸甲溃不成兵，你想逃，真的想逃。

唯一想逃的地方，不过是宇宙所带给我的幻想世界，只想从那里逃跑，至于为什么逃……才不是害怕。

又或许，是害怕。

层云破出，满目艳阳，已浮在一片白芒之上，借着风正去向原本的地方，如果一切都是按轨迹在走，该多好。

三万英尺的世界，暂时没有你。

到达平飞高度后，"系紧安全带"的指示灯被驾驶舱关断（通常我们以这个为信号，作为正常服务的开始）。

我想去给头等舱送毛巾，被乘务长制止了："你给我坐着去。"

说着还眯起眼，故意严肃的样子。

我双手举起抬到脑后，摆手道："好好好。"

其实，只是倒地一瞬间有些昏厥，现在真的没什么大碍了，倒是肋骨的位置那种刺痛感，想碰又不敢碰。

"星辰，我去送餐，你把机组的饭热了吧。"说完，她便掩上门帘冲我一笑。

我打开烤箱，查看里面没有用来保温的干冰后才加热，好像还真的饿了。

没等我将一首歌哼完，驾驶舱的门就被打开了，而我正仰着头，靠在烤箱边上望着舱顶。

"嗯，要什么吗？"

出来的人是尹叶勒，他关上门走出过道，转身对着我："我出来透透气。"

“午餐马上就好了，一会儿我送进来。”

“不了，我在外面吃。”他忙不迭地接着说，“你头……”

他犹豫了一下，还比较婉转地用食指指着一侧划着圈：“真的没事了吗？”

“……”对他非常不自然的比画，我丢过去一个无奈的眼神。

“真的真的。没事——”我拖长尾音，几乎同时，“叮”的一声设定十分钟的烤箱已经完成工作。

我推了推一旁的尹叶勤：“你站后面一点。”

烤箱的开口侧正是朝向他，若是有蒸汽太强怕是会溅到。

尹叶勤向后挪了两个身位，一侧索性靠着墙面，顺势抱臂，饶有兴致地看着我。

“怎么，怕我在饭里下毒？”

我拿着小毛巾，尽量掩住门缝——“呲”的一声，一股带着一成不变早已提不起食欲的米饭香顺着热腾腾的蒸汽往外冒。

我拉开内置的桌板，将餐盘摆好，抽出烤箱的一层，已经是按顺序放好的餐食，一一用毛巾包着一角轻轻拿出来。就算如此，滚烫的温度还是偶从轻薄的毛巾里透出来，那是女孩子惯用的动作，发红的指尖会捏着耳垂来缓解，也是会让人误解成可爱的小举动。

“很烫吧。”

两份餐食都已经被我摆放好，只是上面的锡纸都还没揭开，这个机长有个习惯，那就是不需要我们帮他把锡纸揭掉。

“还行！”

拿了个苹果洗了一把后，我按铃，驾驶舱的锁解开后，我推门将餐送了进去。

机长冲我点了点头，算是谢谢，我也没指望他能有多礼貌。只是他不经意地回头瞥了一眼，看到是我后，忍不住问道：“怎么是你送？不是给撞蒙了吗……”我心想撞蒙了我早就下飞机了……你哪里还能见到我……

“呵呵……”我干笑两声，便退了出来。

关上门后，我再试探地推了一下，确定驾驶舱的门已经处于锁闭位后才又回到烤箱前。

刚要把尹叶勒的锡纸揭开，他就站到了我身侧，一手轻轻按住我，也不是多亲昵，我知道这是他体贴的一面。

“不用，我自己来。”

他这么一说，我反而不好意思起来，他倒不很在意，直接将餐盘端走，甚至很利索地翻下我的座板，然后就坐下……

就不能回你的驾驶舱吃吗？这是我的内心独白，前舱一共才两个座位，虽然说我和你没什么阶级观念，但大家都是穿着制服在工作，我总不能在他边上坐吧……

再说……我眼睛又扫到那相对白衬衫还是比较明显的红色痕迹，大概是被清洗过，已经荡漾成桃花的花瓣，也不知是因为我的刻意观察还是本来就突兀，反正我就觉得乍一眼就能瞅见领上的唇印。

“哧哧。”尹叶勒左手拿着纸巾，竟然掩住嘴，哧哧地笑出来。

“你是想看到什么时候？”

他坐直身子，将餐盘完整地放在腿上：“嗯？”

被他这么一问，一直认为已经练就的钢铁心脏竟还是颤了一下，抑或是说，想不到他也会和我开这样的玩笑……

“谁……谁看你了！”

我眨巴了两下眼睛，瞪了回去，把手里的毛巾往水槽里一丢，背过身去，佯装要去忙，却正对着机门，能忙个鬼啊！

只能又尴尬地转回去，但这次学乖了，打开储物柜，虽然没什么东西要找，但还是翻个不停。

余光可以看到尹叶勒收回了眼神，摇了摇头，又低头吃了起来。

像他这样安静的人不多，吃饭也能表现出很优雅的样子，大概是因为在我心里的形象太绅士。

我最初喜欢的，好像就是他这样吧。

相对于我聒噪的个性，他的安静温暖才得以渗透进来吧，像海绵一样，因为缺才会想要……

可我爱上他了吗？这样一个和我完全相反的人。

这问题对他同样适用，是爱上我了吗？是我与谁相似，却和你全部相反。

手上翻箱倒柜的动作，倏地停止。

这只剩下我和尹叶勒的空间，多么狭窄，硬生生又挤进来宇宙的影子。

好似就站在我身后，什么都不说。也不再是遥不可及的冷言冷语，更没有不善表达的各种指责，他就这么站在我身后，像我那天在Café离开他那样，只是低着头。——他也是个普通人吧。

我靠近过，又靠近不了的普通人。但是，他完整地教会我心动和心碎，永远都找不到合适的结果。这是每个普通人都会经历的过程，他当然也会……

“星辰？”

尹叶勒冲我喊道，我一下子尴尬了，在这种时候只顾想心事，也不怕被旁人看到。

“你……”他没能说下去，因为乘务长在这时回来了。

“已经送进去了吗？”

乘务长看到尹叶勒先是愣了下，但没任何多余的表情，拉上帘子就站定着问我。

“嗯，已经给机长送过了。”

此时尹叶勒也站了起来，端着餐盘，那还没来得及说的话就这样被忽略了。

“给我吧。”

我伸手就要去端，他却一侧，将我挡住：“我自已来，没事的。”

其实就算不是我，面对任何一个乘务员，我相信尹叶勒都会这样，可这在乘务长眼神里总能读到异样的信息，当然了，也在打着问号。

只见他有条不紊地将剩餐倒进了垃圾箱，然后洗了洗手，只是冲我和乘务长笑："那么，晚上一起出去吃饭吧。"

"欸，要一起吗？"

乘务长条件反射地看向我。

"是啊……要和你们一起吗？"

我接过眼神，再转投向尹叶勒。

"不知道机长怎么说，但晚上我请大家吃饭应该没有异议的吧？"

说完，又是清风般的微笑。

有人埋单，而且还不是心怀不轨的人埋单，我们当然没有异议。

"嗯，那回头落地我问问他们。"

"好的，那我进去了。"

语毕，尹叶勒按响门铃，推开之际，他又看了我一眼，本是上扬的嘴角，再一次爬升了一个弧面，那是盛情邀请的笑容。

"乘务长，如果星辰哪里不舒服，麻烦你及时告诉我。"

他转头，丢下这句话，就"啪嗒"关上了门。

"嗯……一定……"

乘务长冥想了很久才做出回应，尽管对方早已进去，她还是答道，显得有些意外——我也是。

我不敢看乘务长，只能收拾桌面，她肯定在猜我和尹叶勒，可是又不能问……要知道，八卦是女人的天性，换作是我，肯定也是憋得慌。

"咱……咱也吃饭吧……"

我找着话题。

"哦，好。"

她生硬地回答，两个人突然就聊不下去了。

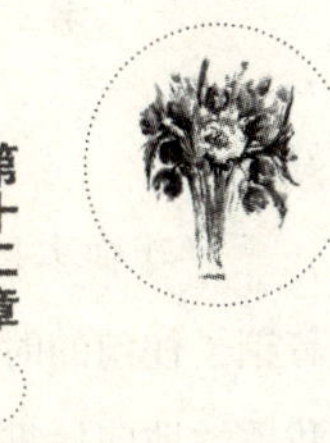

第十二章 逆位的魔术师

好在航程也不是太久，她忙她的，我打着下手，终于落地。一个对于这即将入冬的世界而言最好的暖巢，也是一颗在太平洋上格外闪耀的明珠——她叫香港，这里孕育着翻腾的张力，向上的，毫不停息的。

一上午的折腾，终于换来一晚短暂的和平。等我们到酒店时，已经是下午16时，大家都很疲惫。

办理完入住后，一行人拖着箱子走进电梯，其他住店旅客竟然非常有礼貌地让我们一行人先上，他们等下一部，心里莫名感动，再想想上午的旅客，有时候真的是心里落差太大。

机长要抽烟，让我们先上去了不用等他，机组住在17楼的行政套间，而我们乘务组都是住15楼。

电梯到了15楼之后，大家依次走出，我是比较靠里的，所以准备最后一个出去，在这之前，我们商议了一下稍作休息后5点大厅集合。机长表示自己有安排，不和我们一起活动了，对于我们年轻人来说，也是一件好事。

尹叶勒本是很细心地一直帮我们按着电梯的开门键，可当我正要拉着箱子往前的时候，手腕突然被握住，他的手指也离开面板，事出突然，我惯性地向后靠去，这一幕有点儿像上午，但尹叶勒的手一直牵引着我，缓慢而柔和。

他顺势按到关门键，那个侧对我的他，也是连贯地转身直面着我……

天旋地转般，不可思议。

“啪嗒”一声，我手中的箱子终于在离开我的支撑后倒在了墙上，不算很响，却正好让眼前那些马上就要远去的人回头。

我的眼睛勉强从他肩上捕捉到他们的回眸，那是和我一样的诧异。

眼睁睁看着电梯门慢慢合上……

而我已经可以控制自己的脚步，不再后退。可事与愿违，尹叶勒除了握住我，另一只手护住我的脑后，拉扯感突然转变，变成一股推力，继续向后方蔓延。

他低头看着我，电梯再次启动……我知道这动作过分亲密，可我没办法分开。

他表情从未如此认真，看得我，根本就不知道要思考。我隔着他的双手，贴到了墙壁，那是再也没办法向后，就意味着，无法扩大的距离，自然要面对的是缩短。

“叶勒……”

“嗯。”

他回应我。不，这时候为什么要回答我……

电光火石之间，如同我亲吻他那般。他也给了我个措手不及，柔软的双唇贴了上来，与我想象中完全相反——他的嘴唇竟然很凉。

容不得我有再多的想法，他的激进让我第一次有了害怕的感觉。

这不是单纯地想吻我，我可以感觉到，完全不顾场合和我的感受，真不是他的作风。

可他这么做了，而且是这么强烈的事情。抛开了他温柔的一面，开始掠夺。

我没有接吻的经验，不能去形容他的技巧，可我知道什么是令我不悦的。那被迫分开的齿间，那被迫纠缠的舌尖，从他内心喷出的占有，从冰冷的嘴唇所带给我的——不悦。

电梯再度打开……

他毫不迟疑地将我放开，看都没有看我一眼，拎上他的箱子便头也不回地走了出去，这算什么？

我惊魂未定地依靠着墙，也忘了去按电梯，等我回过神来时自己又回到了一楼大厅，而机长打开门也是吃了一惊。

“你怎么又下来了！”

见我的箱子倒在一侧，他更加有兴趣了。

我没回答，将箱子竖好，紧紧地握着，颤抖着去按了15。

到底发生了什么……为什么这么对我……为什么要这样吻我，最关键的，为什么我会觉得自己像是受到了羞辱而感到格外委屈？

我努力让自己平静，可这种感觉却只是越来越浓，终于泪崩：“我……我到底怎么了……”

我为什么要哭……我为什么要哭……

冲进房间后，我散开头发，遮住脸，几乎夺门就跑进了卫生间，开足了水阀，任凭水声湮过我的哭声。

我很想知道自己怎么了，好想知道我们怎么了，好想好想一个人，宇宙。为什么要想他？

唔……我不知道啊……可是这个时候，我脑子里只有他啊。他很浅的呼吸，同样很浅的回忆……可为什么就是刻得这样深，只要一秒钟，我下的决心就崩塌了，我说过我不要想起他了，不要再沉浸在和他的种种猜测了。

可是，我做不到啊！

他已经闯进我生命里了，怎么能赶走呢！

我都已经喜欢上他了，又怎么能若无其事地和其他人拥抱呢！

可是他知道吗？

可是我知道吗？

可是，有可能吗？

可是……尹叶勒呢？……

要怎么办才好……

从浴室出来后，我多想找借口推脱晚上的聚餐，可乘务长哪里同意，最后还是拖了我出来。

一路上，尹叶勒又恢复了他原本的模样，和其他人有说有笑，唯独我和他之间，一句话也说不上。

这是当地很有名的一家茶餐厅，但每次来HK大家只顾着购物，而且像这样时间充裕的班的确很少，所以就算想吃也没机会。

这次也算是尹叶勒有心安排，让我们终于有机会尝到。大家好像都察觉到我和尹叶勒之间有些不同，或者说是我们表现得实在生疏。

与白天反常太大。

有人提议玩塔罗牌，我开玩笑："哪里来牌。"

"我带了啊！"

提议人是个男孩子也就算了，关键是他还真的随身携带塔罗牌，也让在座的人有些无语了。

但似乎这的确是个消磨时间的好方式，于是也就顺了他的想法，一众人半信半疑地玩了起来。

最后抽牌的人是我，尹叶勒笑着拒绝参与，却很认真地看着我们抽牌，总觉得他不喜欢分享自己的任何事。

明明是很温柔的人，但说实话，却很难走进他的心里，对谁都是彬彬有礼客客气气，所以才没办法有真正意义上亲近的人吧。

轮到解读我的牌，我随机轮的命题是现在的恋爱状况。

“逆位的魔术师啊！”

男孩为难地看着我：“你懂吗？”

他这么一问，反而所有人都望向我来，自然包括尹叶勒……

“……怎么了……”

我怯生生地问道：“我没玩过，不懂的……”

“魔术师本来就是镜像的一种，代表选择和双向。”他严肃地看着我，“而逆位的魔术师……”

他摇了摇头，像是真的一样：“错误的选择，被蒙蔽的心。”

仅仅十个字。

气氛却凝固。

“……呵呵…呵呵……”

我干笑道。

魔术师这张牌，本来就很符合我的现状，而逆位的魔术师，却是我一直不愿承认的事实。

同样不愿意承认的，还有……

“好了，差不多了。”

尹叶勒突然冒出来一句：“服务员埋单。”

乘务长狠狠拍了拍男孩的头，所以说男孩的神经比较粗，直到这时才觉得刚才说得不合适。毕竟，大家已经默认我和尹叶勒在一起了，而宇宙出局了。

这是我选的。

但我选对了吗？

答案明明知道，可就是做不到。

也不知是谁说的要看夜景，于是我第二次来到维多利亚港。风有点儿大，吹乱了每个人的发，却是别样的美。

人倒是也没有很多，纵使这里也是个旅游景点，却没有人满为患的危机，我们按照惯例留了影。

我和尹叶勒分别站在最两端，却是在不经意间对上目光，交换的是一样的疑惑。

心里都有着别人，却固执告诉自己这才是最好的结果。

真是，无奈……

我像往常一样，在朋友圈更新了照片，很美的夜景。

我们坐着公交车，自顾自低头刷着最新消息，让我惊讶的是紧跟我之后，是宇宙更新的一则朋友圈。

我发誓，这是他第一次发朋友圈，以前从来没有过。

那是一张配合照片的状态，拍得很有技巧，是一本冥想类书籍，翻开的地方正是小章节的标题，那是几个干净的黑体字。

——魔术师。

而标题边上，正安静地躺着那曾经揭开他伤疤的往事，发黄而暖心的书签，正如干涸的大地终于下了一场淋漓尽致的酣畅大雨。

这里的风好大，而我的心里，突然静止了。

那熟悉的字，他爷爷的字。这有故事的照片，再加上宇宙为此所落的那四字——不忘初心。

而我在5分钟前发的是维港的夜景，并写道："逆位的魔术师。"

我在做一道选择题。

而有人，试着告诉我答案。

初心，初心。

"哇，是宇宙。"

也不知是谁，在车上惊呼起来，大家四处张望着，最后望向远处的裙楼，CBD的霓虹一片却还是被其中一栋高楼上硕大的LED屏幕夺去了焦点。

虽然不是第一次看到宇宙的广告，但此刻却难以形容的激动。永远的一头金发，映衬着鲜明的五官棱角，为了拍摄效果而摆出的造型却不让人觉得做作，即使眼里的深邃藏着太多太多的故事，可我们所看到的永远只是所谓天王巨星带有的夺目光环。

我从没对出现在荧幕里的他出过神，而这次，却久久移不开目光，直到下了隧道，将喧嚣拉离现世，脑后却还是他凝视的目光，像是被锁定了一般，如影相随。

大概是脑子真的摔懵了，竟然点开了宇宙的对话框，几乎没经过任何思考，发了个微笑的表情。

“疯了吧！”

双手忍不住捧住自己的脸，滚烫滚烫的！简星辰！你在干吗！

还没等我自我检讨完，“丁咚”的提示音就响起，吓得我差点儿把手机掉在地上。

我突然有些纠结，万一消息来源不是宇宙怎么办，万一又被他嘲笑怎么办?

可纵使心里在犹豫着，手指却滑开了屏幕，跳出来的头像正是他，顿时舒了口气。

“嗯。”

虽然只一个字，我甚至都没办法接着聊下去，为什么还是会觉得如此安心。

“在HK看到你的广告了。”

“是吗，关于什么的？”

“XXX护肤品。”

“哦，是上个月拍的，只在香港投放。”

“反正拍得不错！”（也是实在想不到该说什么了……）

“是在逛街？“

“没有啊，正在回去呢，刚才坐车正好看到呢。“

“哦。”

我重新锁掉屏幕，应该是聊得差不多了，也没什么聊下去的理由，本来就是一冲动甩出去的表情。

可是没过一会儿，又有新消息，说实话，我根本没想到还是他。

“明天晚上才回来吧？”

“嗯，你怎么知道？”

“上次去你们签到室找你的时候，把你的账号给过我了。”

怪不得……

“原来是这样……”

“那白天还要出去逛吗？”

不是他的风格，也是在找话题？

“应该会的，去SASA逛逛吧，其他倒没什么。”

“嗯。”

又是嗯……

岂料，又一次补充道：“你还在生气吗？”

我盯着他的头像一时有点儿不知所措，为那天生气？生气的理由？还是对自己生气？

“没……”我接着发，“你又没做错什么。”

“不，我没做好。”

“没做好？”

“嗯，我没做好。”

“那什么才叫做好了？”

我也是真的想剁手了，干吗要追问得这么紧。

还担心着他是不是不会回了，结果没有，在几分钟的沉默后，上方显示了数次反复的“正在输入……”

终于弹出来一句：“不是没做好，是那天做错了。”

这一回是彻底没了想法，愣了半天也挤不出任何可以回复的内容。

宇宙他……这是怎么了……

人如其名，变化莫测根本不知道他的心情走势。不过不知道怎么回事，心突突地猛跳，方才LED所放大的那张脸，倏地就呈现在了眼前，让人呼吸困难。

我发了几个“汗”的表情，作为回复。

结果又换来短暂的沉默，只是这沉默之后带来的是一个我连自己都没办法回答的问题。

“简星辰，你喜欢我吗？”

喜欢？……

“开……开什么玩笑！”可能是太激动了，还呛着了自己，干咳起来。

大家都投来异样的眼神，我忙不迭地低头，特别是对上尹叶勒的眼神时，总觉得他能看出来点儿什么，何况我的脸早已通红。

连忙把手机塞进包里，假装漫不经心地看着外面，恰巧车子慢慢驶停，我不停拨弄着头发，跟着他们下车，却始终不敢看。

当一行人陆陆续续进了酒店门口，我才定住脚步摸出手机，反复看着这条消息“你喜欢我吗？”

你喜欢我吗？

你喜欢我吗？

……

“开玩笑……怎么会喜欢你呢……”

“不，我喜欢你。”

手指尖飞快地录入这些字，却在发送的一刻否定了答案。

莫名的惆怅，怔怔地望着手机，“丁咚”一声后，——“嗯，那就好。”

过分！

问这种问题，又给出这种回复！算什么！

尽管如此，脸上火辣辣的恼怒感始终没办法散去，若不是尹叶勒在身后再次叫唤我，真担心自己能在这广场上咆哮起来。

“我们谈谈好吗？”

“欸？”

做贼似的藏起手机，碰到他在黑暗中闪亮的明眸，还是下意识地去回避。

认识尹叶勒的时候，他已经是这般身高，我好像也是离他这个距离，告白那天……

是他笑着走近那个只知道低着头的我，接过我手中不知是被风吹拂还是发自内心举措不定所微微抖动的信笺，是他笑着接纳我的心意，温柔是他最原始的模样。

是温柔吧，想被温柔地呵护，这是每个少女的懵懂心，而我才懂。

在这个忽然起风的夜晚，银色月光静静地洒在我们的肩头，无法对应的眼神，却清晰地说着各自的故事。

我曾喜欢你，那是一见钟情。我以为，会长情……可竟不是对你。

当我从被拉长的影子里扯回夜幕中时，那异样的感情就释然了，该死的，我做了什么？

困惑的人，又仅仅只是我一个？尹叶勒他知道自己的真心了吗？能像我一样回想起最初的心情吗？

如果不能……那我该怎么收拾这局面……

“简星辰。”

喷泉戛然而止，水分子渗透在空气里，弥漫着湿漉漉的气息，混杂在对他揣测不安的情绪里。

“嗯……还不进去吗？”

“那天你在我家，我问你的问题，你想好答案了吗……”

那是很严肃的表情，就算蒙着月色也可以感知。

答案，我知道啊……

可是，我说不出口啊……

真是一个白痴，其实那天的犹豫已经很明显了不是吗？为什么硬是把自己逼到这个局面，或者说在感情面前，我们谁都没有优势。

“那我换个问法。”

见我半晌不开口，他再次出声。

“我们是在一起了吗？”

一针见血，字字锥心。

“简星辰，我们是在一起了吗？”

我试着去开口，而只是动了几下嘴唇，却没办法回答。

“……我真的好像不了解星辰你了。”

他原本深棕栗的头发在夜风的撩拨中变成了漆黑漆黑的瀑布，却随着他低垂的脑袋，掩住这夜里来自于他眼中唯一的光亮。

“我……”

我真的该死，硬是把他拉到我的生活里，又给他错误的讯息，然而却从不给他正面的回应。

“叶勒……真的对不起……”

也不知道这样的低喃是否可以被他听到，但没办法对这样的尹叶勒不管不问，何况这是因为我。

迟疑着慢慢走向他，原以为自己可以伸手去安抚他，没想到只是在他面前停住脚步，怔怔望着他，毫无举动。

“对不起……”

除了反复重复这句话，我竟然对他不能做出任何亲昵的动作，哪怕初衷是为了安慰他。

为什么自己的抵触感会这么强烈……

“真的对不起！”

我被这样的疑问折磨着神经，望着他受伤的模样最终无可奈何，我真是个罪人！

冲他大喊一声后，再也顾不上什么形象，跌跌撞撞地往身后的酒店跑去。

而尹叶勒的声音一直在我身后不远处回荡着，那是我的名字。

同样的，他除了呼唤我的名字，应该也没有其他话可以说。

当我回到房间时，乘务长正在洗澡，也算是躲过了自己的狼狈样。谁又会想到，我人生最为难的事情竟然是因为两个男人。

或许他们也在为相同的问题犯难吧。

“你回来啦？”

乘务长裹着毛巾，还在擦头发，看到我小愣了一下，可能是在陌生人面前，尽管都是女性，还是多少会不好意思，于是她退回卫生间，还顺带问了我一句。

“嗯……吃多了，稍微走了走。”

这算不算不打自招？不过她应该不知道尹叶勒刚才也没跟他们一起回来……

“就你一个人？”

“欸？”

没想到她顺着我的话继续问下去，反倒叫我说不上话。

“嗯……嗯……”假装去忙着换衣服，尽量发出大动静好让她听到。

可偏偏就是越掩饰别人越不配合。

“我还以为尹叶勒和你在一起呢，方才他没和我们一起进电梯。”

说完这些，她已经换好自己的睡衣，并且发出轰隆的响声，吹风机的功率被最大化输出。

显然她也只是随口一问，也没准备听我的答案，可这样反而更让我有做贼心虚的感觉。

对了，我们的房间……

如果我没记错，正好是对着正门广场的位置。

“刷”地扯开窗帘，往下望去。楼层本来就高，除了路灯照出来的路面和喷泉，只能看到人影轮廓，他应该是跟我一起走的吧。

想到这个人，也是心里非常错乱，都是自己捅的娄子！

也不知是望了有多久，乘务长出来有一会儿了我才发现。

只能尴尬地把窗帘又拉上，闪躲着她疑惑的眼神，抓着自己的洗漱用品钻进卫生间。

心里总是像被什么东西搁住了，很难受，眼皮跳动着，是太累了，还是不好的征兆？

得了吧……我还能再不好？

任凭水花洒在身上，每个细胞被暂时地滋润着，久违的舒适啊。

也不知道从什么时候开始，突然很喜欢洗澡的感觉，热腾腾的水珠滚遍肌肤好像可以唤醒最原始的清新。

若是一直这样……多好……

乘务长和两个姑娘早早地起床出去又逛上了。

我也是好佩服她们的精力，昨晚回来都已经快午夜了，真是……

吃过早餐后，我闲着无聊，便打开电视，都是粤语反正也听不懂，但繁体字幕多少能看看。

只是合胃口的台太少，竟然又是习惯地定格在娱乐频道上。

我顺手拿到苹果，去好好洗了洗，又缩回床上靠着枕头，半知半解地看着电视，字幕加上图片，大致还是看得懂吧。

刚想拿手机，却发现关机了！

怎么会……明明充电了啊！

再顺着连接的电源线望去，另一端哪里插在插座上，正安静地躺在桌上……我是有多蠢……

无奈地插上电源，只是在零电力的情况下，就是接通了电源也暂时开不了……而这时，眼皮又开始跳了，怎么了？没睡好？

我揉着眼睛，特别难受，而电视里突然响起宇宙的名字，是的，对他的关注程度，是就连粤语都能一一辨识。

他在香港这么火啊……但是一想到昨晚那多余的问题，我又忍不住翻白眼，算了吧，那个神经质。

才刚咬下第一口，屏幕出现几个醒目的大字——疑似劈腿。

谁？

这下我整个人都坐直了，不好的预感，难道……

随着几张照片，以及局部放大的上半身滚动播放，边上还用红色的粗体打着醒目的标语。

箭头所指，正是我，还有尹叶勒。

而地点，竟然是酒店门口。

下方的字幕清楚地解释道：两人一前一后走进酒店。

这算什么？

污蔑我？

可这是驻外啊！分明是工作啊！为什么会被说成……这样不齿！

手机也在这时候恢复了开机状态，“丁咚丁咚丁咚”的消息声至少响了数十次。

“不是的……不是的……不是这样的……”

我已经差不多快忘了心里绞痛的感觉，那是全世界都充斥着谩骂声，讨伐你无法辩解的事实。

“不是的……真的不是这样……宇宙，不是的……”

屏幕里跃动的画面时不时带到我和宇宙以前的照片，以及曾经的新闻，还有于含雅的，关于他们的。

天平彻底失衡了，不公正的。

苹果掉到了地上，没滚上几下，就被染上了世俗的扬尘，不能捡起来了。

“真的不是这样……”

多么希望可以澄清，多么希望我的声音在此刻可以被传递出去，可是我所能做的仅仅是望着这陌生的电视，然后委屈到眼泪落下都浑然不知。

手机时不时传来消息和电话声，而我仍旧呆呆地望着电视，哪怕节目已经结束。

模糊的视线里，是龌龊的字幕加上醒目的标语，我被世界孤立了，真正孤立了。

无从想象接下来我所要面对的是怎样的情况，和被曝光宇宙的关系时截然不同的心情，多了太多的恐惧和后怕，其实最担心的还是他，他对我的看法、他所站的立场、他是否会相信我。

是否会像英雄一样救我一次？

一次就好……

是啊！我必须要说清楚，至少要和宇宙说清楚！

完全无法估量我消失一晚上所带来的影响，满脑子只想和他说清楚。

抓起手机，手指都会发抖，无数的消息和未接电话，下拉列表长长的一列……

可为什么没有宇宙！为什么！

都已经天下大乱了，可他为什么都没有来联系我！连Kevin都没有一条消息，到底怎么了！

我反复查询着列表，不可置信地揉了揉了眼睛，心头涌上一股难以名状的酸楚："宇宙……宇宙呢……"

他不信我吗？也不听我解释吗？

宇宙！宇宙！

就像失去理智一样，颤抖着按着屏幕始终不愿承认真相，一定是哪里出错了，宇宙一定也有在努力和我联系。

一定是哪里出错了……

泪珠一颗颗砸在屏幕上，我连忙去抹掉，接着还是不死心地盯着看……

还是没有他……

在我还没缓过来的时候，意外接起来正在打来的电话，来自尹叶勒的电话。

“星辰你没事吧！我敲房门你为什么不开！”

“他们……他们胡说……”我哽咽着，泣不成声。

他后来对我说，我总让他没办法不管，本能地想照顾，本能地去保护。

“你先开门好吗？”

我太专注于这件事，一直没听到外面的敲门声。

当我打开门，孤立无助的感觉，也变成了最初的依赖感，完全崩溃地扑进他的怀里。

尹叶勒明显吃了一惊，一时不知道怎么安慰我，双手垂在两边，许久后才犹豫着拍着我的背，力不从心地安慰着：“没事的，没事的。”

我们都知道，谁都不会没事。

忘了是怎么回到的家中，也忘了怎么执行的航班，我只知道小区门口又拥堵了一片记者，要不是尹叶勒开车，我怕是举步维艰。但还是有人发现我坐着他的车，当晚就追加了新的内容。

唯一陷入沉默的只有宇宙，我试着打他电话，一直无法接通，我打给Kevin，而他告诉我最近不要打扰宇宙。

为什么连解释的机会都不给我，就让我被误解下去吗？

何况，还是这样的误解。

我决定，找到他！

可事实上，我对他的掌握程度太少了，只有他家和宇泳那里，而我能做的也只是经常出现，当然了，也是一顿严密的遮掩后才敢出门。

娱乐圈对于这件事情的执着打破了常规，一星期了还被放在各大媒体头版头条，无疑宇宙的毫无回应让风波根本无法平息。

虽然事情出在我，可我没有话语权，而大家也只想听到他的声明，我是谁，我做了什么，只要对象不是宇宙，他们才不关心。然而现在，宇宙彻底不见了……

他到底去哪儿了……

莫名其妙地失踪，之前还莫名其妙地发他爷爷的书签。

对了！

他爷爷！

奇石镇！

奇石镇！

我就这么一个念头，奇石镇！他可能在那儿！是离这边500公里左右的地方，没有机场，也没有直达列车，最快的方法是开车。

不巧的是我的车子拿去修了，我站在马路中间，冥思之后蹦出来的第一个人是尹叶勒。

虽然很唐突，但他答应了。

“我下周要去法兰克福升级训练，两个月左右，车你拿着用吧。”

“不不，我就借这两天。”

“没事的，你现在比我更需要车，我不在的时候，你至少要保护好自己。”

尹叶勒对这次大轰动的态度格外坦然，好像一点儿都不想辩解，反而从他眼中可以看到安心的感觉，太陌生了。

一下决定，我当天就出发，没有带任何衣物，整整花了近7个小时，才进了这崎岖又隐蔽的小镇。

这里虽然离我们市没有很远，但道路不方便，偏偏在平原地带唯独这片区是丘陵地貌，显得特别不搭调，也因此一直没有得到很好的发展。

但对我来说反而是件好事，至少在这里都是几乎不接触什么娱乐新闻的当地人，我也不用太刻意地伪装起来。

这里虽然不大，但在一个怎么说也算有规模的小镇里找一个人，也难如大海捞针。

我甚至都不知道，为什么直觉他会在这儿。

爷爷的故居早就被政府占有了，何况是早已去世的人，他来又为了什么呢……

望着清冷的小巷，我一下子没了方向。

宇宙……你在哪里？

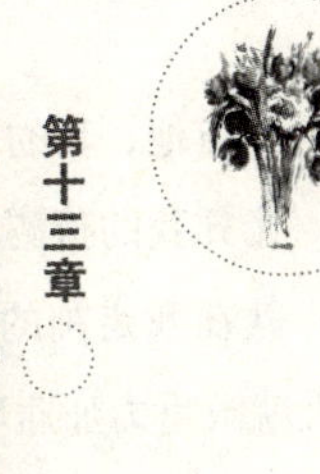

第十三章 你是我说不出口的珍重

到了小镇，早已是夜晚时分，凭着好心人的指点，我来到这镇上唯一一间所谓的旅馆，正是这巷口。

无论能不能见到宇宙，今晚我只能是住下了。

小巷内没有路灯，只有两边住户厚厚的石板门里头有微光，偶尔有几个人徘徊着，太暗了，但隐约中好像能看到小巷深处有个类似招牌的光亮吧。

倒也不是害怕，只是人生地不熟，加上视线太差，多少会有点儿虚吧。

我摸着一侧的墙，一点点往里走着，都什么年代了，连水泥沥青的路都没有，高低不平的石板路，让我的夜间行走格外困难。

也不知道是不是心理作用，总觉得山里的晚上好冷，明显的让我呼出了白乎乎的雾来。开始后悔自己没有带一件厚点儿的外套，只能搓着手，再扶墙，狼狈得不行，就像是古时候被放逐边疆一样，流浪到此。

宇宙他，真的会在这里吗？

光凭我的猜测……

就在我走神的时候，一声凄厉的猫叫把我吓得惊呼起来，手一滑，手机就做重力加速度运动撞向地面。

“糟糕！”

就在接地一瞬间，除了清脆的响声同时灯光也消失，在这本就阴暗的地方，我的手机……还摔坏了。

实在太背了，我只能跪在地上，先摸索着手机，好在已经适应了黑暗，手机找得不费劲，我尝试着再去开机，竟然开了！

但屏幕已经是千沟万壑的，惨不忍睹……我只能彻底依托屏幕本身的光源象征性地探着路，又该和大伙失去联系了。

真是佩服自己了，这个时候还有心思开自己玩笑，千里迢迢跑到这么个不毛之地，连一个下榻的旅馆都找得这么心酸，就好像流年不利一样，眼看就要12月了。

真的好快，从初夏到秋末，竟然只是一转眼的时间。没想到我和宇宙也是扮了这么久的恋人，久到我都快认为是真的了。

要不是于含雅在这段时间里的介入，怕我真的要入戏了。

唉，从一开始的不想演，到现在的演不下去，我都不知道当初做的事情到底有什么意义。

像个傻瓜一样，被当成炮轰的对象，而她躲在宇宙为她所织的世界里享受安逸，待我挡尽子弹后竟落得一顶令世人唾弃的冠帽，重得我抬不起头，而他又在哪里。

想来，也是心寒……

一次次的，需要的时候，他到底在哪里……

蹒跚地向前挪动着，月光已经被高高的围廊挡在了视线之外，突然有点儿沉重，就算旅馆的招牌已经可以看到完整的轮廓，而脚步突然就走不了了。

心里，太堵了。

实在太难受了，一意孤行的行为总让我陷入这种窘迫的境地，明明旅馆就在眼前，可却不敢走进去。

他，真的在这里吗……

这唯一外来者可以投宿的地方。

他真的在这儿吗？所谓初心的奇石镇……

连自己都不敢相信这个想法，却硬着头皮走到了这里，其实我们都是这样，在感情的世界里，喜欢把自己逼到走投无路，还怪这世上没有后路。

忍不住叹口气，抬头想去让自己脑袋放空，却看到旅馆位置的天台上站着一个男人，身材高挑。

也是个忧伤的身影，同是天涯沦落人？他也只是站在那里，面朝远方，只是静立，但至少这光景还是很美的。

我搓了搓掌心，带来一点暖意，裹紧外套又沿墙默默前去。

旅馆的店面很小，招牌上写着“旅舍”二字，连个名称都没有。不过对于小镇而言，有没有名字大家都不会找错，反正只有一家。

和我原本想的有很大不同，虽然是充满岁月感的古镇小巷，却没有想象中陈旧的破败感，也是精心设计过的地方，和丽江那些客栈有些神似，但开在这么个地方，让人觉得可惜。

果不其然，环顾四周除了我以外，就只有和我一样眼神的店员，或者说，店长？

一下子来到这么古色古香的地方，我都差点儿喊成掌柜的。不过还好，到底是在喊出前改口：“老板，我想要一间房间。”

“就你一人吗？”这位上了岁数的老头推了推眼镜，低头翻找着什么。

“嗯，就我一个人。”

说着，我便掏出身份证给他，他接过后仔细看了看我的脸比对了一番又还给了我。

不用登记吗?

对方似乎看出了我的不解:“我们这间旅舍，来借宿的都让住，不是用来赚钱的。”

说完，他露出了高兴的表情，“找到了。给你的钥匙。朝南的，暖和一点儿，这没有供暖，你要是觉得冷，柜子里有毛毯可以加。喝的热水就在楼梯边，你一会儿上去就能看见。”

他冲我笑了笑:“在那上楼，左边第一间就是。”

看这店的规模，我揣测到，这里的房间也就那么几间，加上我方才看见的天台人影，不会才两个吧?

可是这怎么看也不像黑店，说实话，如果就算是黑店，我既然来了，住不住都别想出去了。

“那老板，押金需要吗?”

“明天走时把钥匙还上就行。”

这算什么?民间公益组织，还在这种地方?……

还没等我开口问些什么，他又追加道:“我可不是老板，老板在楼上。”

“您不是老板?”

“嗯，我帮他看店的，他大部分时间在城里，每年这时候回来扫墓，但这次待得特别久。”

说着，他若有所思地望向楼梯，好像在思考着什么。

我似懂非懂地点了点头:“噢，是这样……”

“那老先生，这镇上就你们一家店没错吧?”

“嗯，怎么了。”

“我想问问，你最近有没有注意到一个高高的男人，长得很俊俏，头发是染得黄黄的。”我边说边比画宇宙的高度，“不知道有没有来你们这儿投宿，或者您平时路上有没有……”

话未说完，听见一句：“姑娘，我寻思着半天，你原来是找我们拐小的啊。”

谁？怎么这个名号听着那么别扭呢。

等等，拐？？

拐老丑？？

不会是……宇宙吧……

“你说……你们老板……是拐老丑的孙子？”

“这你都知道？”

老先生抿着嘴，认真端倪起我来：“你还真知道不少……除了我们这地儿，没人知道。”

“他在这儿吗？你告诉我，宇……不对，拐小在这儿吗？”

“楼上呢，说是吹吹风，年轻人啊，也真是抗冻，多冷的天……”我几乎是冲向了楼梯，两节台阶合着跨，天知道这木质楼梯看着有多陡，可我只想知道是不是宇宙！

天台那个人是不是他？

跃上楼层是一条短廊，我向前继续跑去，右边的墙多了条通道，几步之后就见一扇檀木门。

我深呼吸再深呼吸……门的背后，就是天台。天台之上，就是宇宙。

这恐怕是深秋最冷的一夜，山区本就寒冷，而我一路奔走出了点汗，门被我轻轻推开，风却倏地抽打我的周身，冰冷冰冷的。

从这里望去，他正背对着我，还是那个位置，望着远方不知所向。

竟然，竟然，真的被我找到了！

这个浑蛋！

或许这就叫喜极而泣，我突然就哭了起来，但这并不是惊动他的关键，正是虚掩的门被风猛地拍上发出巨大声响，连我都被吓了一跳。更别说是发现身后有人的宇宙了，况且这个人还是他正在回避的我……

他转过身，怔在那里，久久不出声。

“宇宙……”

“……”

我试着慢慢走近他，但才迈开第一步，他突然厉声道：“你就站在那里，别过来。”

“你怎么了……宇宙……”

“只是让你别过来。”

“你就这样讨厌我？”我婆娑着，望着模糊的他，满心委屈却说不出口。

“嗯。”他背对月光，我根本看不到他的脸，只能看到发丝飞扬着，像荆棘一样缠住了月光，勒出深深的伤痕。

“我讨厌你。”

什么？

他在说什么……

“简星辰，我讨厌你。”

他在说什么啊……

“从我眼前，消失掉吧，别再出现了……”

宇宙，他在说什么啊……

那晚的月色柔和皎洁，将人的泪水串成颗颗珍珠，洒在他离开的背影中。

我想得到你的信任，想找到你的所在，想告诉你我的感情，而你却听也不听，只让我消失。

宇宙……是我听错了吗？……

我以为我的心早就碎了，可我现在才知道，就在刚刚，我的心，掉在地上，碎掉了。

“姑娘，姑娘！你这是去哪儿！”

老先生见我失魂落魄流着泪，恍惚地走向门口，顿时紧张起来，站起身对着我喊。

“噢，噢。”

我像是被人打了一巴掌一样六神无主，颤颤巍巍地把钥匙往柜台上一放，接着又走向门口，是往左还是往右？

我几乎是靠着本能在行走，什么都不管不顾。不平的路面，让我不知道跌倒几次，可我一点儿感觉都没有。

扶着墙站起来，又茫然地走下去。

他让我走，他不想看到我，他要我消失。

他连解释都不愿听我说，他连我这么远一个人跑来也没有觉得有丝毫的心疼。

是我错了，错在一开始就入戏太深。

是我毁了他的剧本，是我改掉了结局，是我……都是我……

就这样怪我……就这样误会我……就这样让我消失……

宇宙……

手机一直发出声响，可屏幕却是一片支离破碎，是谁在找我，是谁都无所谓，反正无所谓。

一个人午夜疾驰在高速，最后抱了一瓶烧菜用的白酒睡死在自家阳台。

这是我这瑰丽的开始，残酷收尾的梦境，在一个树叶枯黄的季节，告诉我自己，这个冬天会特别冷，尤其是心里。

在我快睡着前，手机还是疯狂地响着，而天却露出了微光，那是晨曦……太耀眼了。

是啊，宇宙。

太耀眼的光，容不得小小的我带有一点点灰色的影子。

这世界，满满的恶意啊……呵呵。

我可能才睡着一会儿，就被暴力行为弄醒，接着便是吐了一地又一地。他们说了什么我都不记得，我只记得他们和公安一起撬了我的门，他们是乐乐，还有宇泳。

那是我这辈子，彻彻底底醉过的一次，一瓶红星二锅头，我记得牢牢的。

好在那几天公司有意让我销声匿迹几天，像藏匿嫌疑犯一样。指指点点的，特别嫌弃，他们的眼神被我恶狠狠地瞪回去。

至少在那天后，我变了，更沉默了，说话带刺了，世界变灰了。

尹叶勒很担心我，甚至打算暂时不做机长升级训练了。那是我第一次对这个人无视，仅仅答了一个“噢”字。

他惊讶的表情，让我知道现在的自己是有多好笑。

宇宙从大众面前消失第二个星期了，视线再次转移到我这里，我不得不再次搬到乐乐那儿。乐此不疲的记者，疯狂的粉丝，近乎把我已经崩断的神经全数歼灭。

那几天，我几乎什么都没吃，那几天，我只记得有个人让我消失。

后来是胡文找到了我，这让我十分吃惊。而她见到现在的我，本来是来教训我的口气，顿时软了不少。

她找我去她家坐坐，没办法，这时候我也不能招摇地去外面晃。

“你知道尹叶勒很担心你吗？”

“知道。”

“那你为什么这么自私！他为了你一直把出发日期往后延！”

“我知道！”

“那你为什么要这样！多少人觊觎这个机会，又有多少人对他的二代身份愤愤，你都知道吗？”

“知道知道，我都知道！”

我不耐烦地重复着，冷冷地望着她。

“我知道，他很担心我，只是担心，不是爱啊！”

胡文愣住了，酝酿了很多原本开导我的话反而被我噎了回去。

“你以为他分不清喜欢和不喜欢吗？他都知道，知道为什么会在意我，为什么没办法对我不管。”我将桌上的温水一饮而尽，“他看我的眼神，和看你的眼神，根本不一样！你知道吗，我嫉妒你，嫉妒他喜欢你，嫉妒到想得到他。

“可是我没办法……因为我心里的人不是他，而他也没办法。因为他假装心里的人是我……”

即便是真实的，可从自己嘴里说出来和初恋的结局一样还是会涩涩发苦。

我多希望是单纯地喜欢他，而不是这样让他丢了方向。

“胡文，他喜欢你。不，他是爱你，才会试着喜欢我。”

胡文呆呆地看着我，嘴唇呢喃却不吱声，她彻底懵了，以为我还是那副要死不活的样子，却可以把这些话说得这么清楚。

“他爱你，那么你呢……”

在他们的立场上，我是局外人，有充分的发言权，而在宇宙的问题上，我像是判了死刑的罪犯，苟且度日。

“我……”

“你们当初为什么要分开？”

看着她避而不答的模样，倔强却让人不忍。

“因为，没办法在一起。”

“没办法？”我冷笑，“哼，这叫什么。什么没办法？你不能生育还是被包养了？”

这么犀利的话被此刻的我说出来，有点儿羞辱的意思，而自尊心超强的胡文当然很是气愤。

“简星辰！你不要在这儿胡说！”

“那你倒告诉我，什么叫没办法？天也没塌下来。”

我目光瞥向别处，那是一堵照片墙，满是照片，乍一眼我就能看见熟悉的笑容，暖如春风。

“你明明很喜欢他。”

胡文顺着我的视线看到了那些照片，连表情都柔和起来，表情骗不了人，她就算到了现在还是很爱他。

“他很优秀，我配不上。”

这8个字，是她最卑微的陈述。

“我多希望，我能和星辰你一样，生于普通人家，这样我肯定会争取一次机会。”

“我们是一样的啊，都很普通。”我不解。

“我生于农村，下面还有一个妹妹，我父亲早逝，母亲务农现在也是重病在家，我一直都是靠政府补助念的书，你知道吗？”

“我是多么贫困的家庭，贫穷到我只渴望成为你这样的普通人。”

我不知道怎么去接她的话，虽然听似苦衷，可爱情因为家境就真的不能在一起吗？

说实话，太深刻的问题我还是没办法解答的。

她大概意识到自己说太多，转开话题，唤我去看电视，我觉着也是个好好聊聊的机会，便一道坐上了沙发。

她家真的很干净，不，是因为东西太少了，除了照片墙什么摆设都没有，或者可以这么说，除了生活必需品，多余的东西一样都没有。

是怎样的家庭条件养成了这样的习惯，尹叶勒对于她这种情况，很难做到不闻不问吧，或许也是这样才刺到了胡文的自尊心，让她害怕这种物质条件所带来的差距。

这恐怕是世上最无力的妥协，没有背叛没有欺骗没有变心，是自卑，是因为太喜欢而觉得自卑。

而我却没什么理由可以去安慰，只是似曾相识的感觉，就如同我站在宇宙身边时，渺小得连自己都会把自己忘掉。

嗬，喜欢就是自卑的开始？

早点儿发现就好了，也不会这样了。

可是这又如何，于含雅还是在那里，宇宙还是宇宙，会变出什么结果来。要不是我，他们说不定已经彻彻底底站在一起了，说到底，她们才是一个世界的，是我唐突地闯了进去，如今他把我赶出来了。

我和胡文一时间找不到话题，电视频道切了一个又一个，好好的音乐台突然被转播掉，这反而让我和她好奇起来。

但接下来的所见，几乎让所有人崩溃。

被转播过去的，竟然是一场新闻发布会，而且是宇宙的新闻发布会。

胡文给人的感觉虽然是冷冰冰的，但其实非常细腻，很会照顾人，她一定知道我现在多不愿看到宇宙的消息，连忙准备换台，而我去制止她，“等等，不要换。”

他这么久未露面，见到我只是让我消失，把我推到舆论死角，现在又出现，还搞了声势浩大的发布会，甚至是多台直播，到底是想说些什么。

这该死的浑蛋，知道我有家不能回的处境吗，知道连同事都在数落我的不是吗，知道我连家人电话都不敢接的心情吗，知道我对他已经改变的心意吗？

对我呼之则来，挥之则去。既然这样，你又准备发表什么声明呢？呵呵……

我当然知道，他会说什么。

很快的，宇宙的脸被撑满整个屏幕，下巴压在交叉的手背上，也没有刻意做造型，也不像商业活动般正装出席，反而对于媒体来说，会不会太普通了。

“感谢各位可以来到本次新闻发布会，的确是对这次分手事件的一个说明。谢谢大家。”

先说话的是Kevin，他坐在宇宙边上，对着麦克风说着开场白，“在各位提问之前，宇宙会先给大家做一个声明。请大家暂时先保持会场的安静，谢谢！”

不得不说，Kevin的脸色看着不是太好，大概是最近也忙疯了。的确，手里握着的是当红巨星，并且独占鳌头，压力肯定会比其他经纪人大很多，何况又是艺人最怕的感情危机。

而从这些时间的新闻来看，众所周知的情况是——我给这位天王戴了绿帽子。

“大家下午好。”宇宙轻试了一下话筒，双手自然分开，一手捏住话筒底部，另一手成拳状摆在一旁。

此前他都未正视摄像机，而终于抬起那张令世界动容的脸，凝视着摄像机，眼里的确少了许多盛气凌人的光芒，但还是坚定得不容大家怀疑，宇宙还是宇宙，无论发生什么，他都会选择用最直接的方式来解决，无论好坏。

宁负天下人的男子，我却从来没懂过。

“关于近日我始终不露面这件事，首先向各位表示抱歉，并非是因为不想回应我和简星辰的问题，而是我有放不下的私事，也让粉丝和各位担心了，真是对不起。”

啧，官腔打得倒不错，我不小心都哼出了声。

“既然大家很关心我的感情问题，今天就借这个机会，坦白这个结果。我和简星辰的确是已经分手了，所以她现在和任何人交往都是她的权利，希望大家不要再去打搅她。”

就像我说的那样，承认分手，责任归我，接着是……

等等！

他后面说的是什么？

这是在庇护我？

怎么可能？

让我走的人明明是他。让我消失的人也明明是他！

“你们真的已经分手了？”

胡文似乎也搞不清楚状况，追问着：“你和叶勒也是真的在一起了？”

“我不知道……不是他说的这样啊……这不对啊……不是这样。”

镜头里的宇宙，目光毫无闪躲，直视着前面，继续深沉地说道：

“然而，今天我开发布会，不是为了澄清我们的关系。”

台下陷入了骚动，纷纷猜疑起宇宙这句话的意思。

而我看着电视中的他，整个人开始不安起来，宇宙他要干吗！他要说什么！

那日在他家中，暖暖的黄色灯光中，打着他侧脸微妙的阴影，才是真实的那部分，他的梦想、他的个性、他的自由，甚至是他的不得已。

他说，他有不得不承担的事。

他说他是宇宙，浩瀚星河外的宇宙，吞下的是所有人的期望，给予的是所有人的心安理得。

“不要……不要……”

我好像可以意识到他要说什么，我也好像可以知道，等着他的会是什么。

我好像也知道，因为我，他真的在乎。

“什么不要？”胡文已经完全不明所以。

宇宙，不要这样。

求你了！

我双手交叉，诚恳地祈祷着，千万不要因为我的事情，做出自毁的事情。千万不要！拜托了！

“咯吱”一声，宇宙站了起来，椅子发出略微的声响，我目光紧紧地锁在他的眼神里，那是望不到底的承受力，我们无法想象。

“感谢大家这些年来对我的支持和肯定，也感谢公司对我的栽培和引导，让我取得了从未想过的成就，但是今天，我宇宙，在这里宣布，12月31日会成为我这番事业的最终点。”

全场沸腾了，却迅速回归鸦雀般的寂静，只等他说完。

宇宙深深地吸了口气："明年我会退出演艺圈，谢谢大家。"

那是我第一次见到宇宙卸下骄傲的伪装，那是和我一样卑微的鞠躬，90度代表的不仅仅是尊重，更多的是放低身段。

会场已经炸开了，Kevin也是一脸的惊讶恐慌，连他也不知道宇宙会在今天宣布这种事情。

啪……

有一个神经断了，那是藏在最深处的执念，断掉了。到底是我，毁掉了宇宙，在他看来，是我们毁掉了彼此。

我永远无法忘记那一天，一个偶像拉着我在商场中奔走，他问我："你叫什么？"

"简星辰。"

"那么简星辰，对不起了。"

"什么？"

他违背我的意愿，带我进了混沌世界中享受镁光灯的聚焦、嘲讽和捉弄。

如今他违背我的意愿，让我从他复杂的世界中消失，心好痛。

我才不要你的对不起，我只要我们从未认识过，谁都不要为彼此挺身而出，谁都不要为谁心动。

我希望这是个梦，是个又美又让人流泪的梦，如今我只愿醒来，所以拜托上天，让一切重来好不好。

"星辰星辰，你怎么了……"

胡文慌乱地找来纸巾，却擦不掉我心里早就被眼泪填成的湖泊，而我就躺在那里，无能为力。

你是笨蛋吗？

简星辰，你是笨蛋吗？

是，我是笨蛋。

尹叶勒能察觉到宇宙对我的心动。

于含雅能察觉到宇宙对我的心动。

宇宙自己也察觉到内心的挣扎……

唯独我，始终认为他把我当作是牺牲。

他把我从他的世界里驱逐了，就这样彻底地驱逐了，还给我一个自由的身份，自己扛下所有人的指责。

他以突然宣布离开的轰动，来盖过关于我绯闻的浪潮，是的，他做到了。

没有人还会去关心我的事情，所有媒体都在声讨宇宙的这个决定，这是他出道这么久，第一次也是最严重的一次负面批斗，说他这是对职业的不尊重，说他自私地抛弃了粉丝。

他们都在说他，每个人都在说他，可是凭什么？

凭什么每个人都只看到表面的东西？

你们知道真相吗？你们愿意了解真相背后的故事吗？你们只想听自己愿意听的，指责你们认为不对的。

胡文不放心放我走，叫来了尹叶勒。

尹叶勒很惊讶我会和胡文在一起，但最后还是简单地谢过了她，胡文对尹叶勒刻意保持冷淡，只是“嗯”了一声。

她是温柔的，也是刚烈的。

她是爱你的，也是能离开你的。

她是胡文，做了和宇宙一样的傻事，还固执地把自己画地为牢。

“她以为我和你在一起了。”

“连我都以为是这样。”

“叶勒，真的对不起。”

“这有什么，喜欢一个人，只要她开心就好。”

听他再次强调，我低落的心情又起了波澜，我和宇宙已经这样了，不能眼睁睁看着尹叶勒和胡文还被自以为是的真心蒙蔽。

“你这是自欺欺人。”我冷不丁地冒出一句，着实让他吃了一惊。

“什么？”

“你喜欢我，是因为我和胡文相似。”

“星辰，你误会了，真的不是……”

“误会的人是你。”我让他把车靠边。

“尹叶勒你看着我。”

他照做，却是一脸迷茫。

“如果现在我的事情发生在胡文身上，你还能坐得住吗？”

的确，这是最好的比喻。

“你多温柔你知道吗，温柔到每个人靠近你都会觉得自己能被照顾。我也快以为这是爱情了，可你知道吗，在你的眼睛里我从没看到过自己。”

“……”

“尹叶勒，你喜不喜欢我不重要！重要的是你有多喜欢胡文，喜欢到甚至愿意分出真心来喜欢与她有些相似的我。”

“你知道吗，我有多不甘心这种感觉，所以才会做出那些让你误会的事情，同样的，也让你认为我们两个走到了一起。”

“星辰……”

“你别说，你听我说。

“胡文有多喜欢你，喜欢到连自尊这种东西都能丢掉，你知道吗，和我谈话时流露出来对我的羡慕和嫉妒。

“胡文她……才是真的喜欢你。”

简星辰，你是个坏蛋。

你毁掉了宇宙和于含雅，也毁掉了尹叶勒和胡文，你是个局外人，却是搅尽了局。

尹叶勒懵在那儿，半晌回不过神。

“送我回去吧。”

他陷入了真正的深沉，或许对于胡文，也是他一直在意却一次次回避的话题，一旦打开就没办法随意放下，至少，他开始清醒了。

到乐乐楼下后，他也下车，把钥匙给我。

“还有，给我们所有人一点时间，让我们知道自己要的是什么。但至少在目前，我希望你还是我的女朋友。”尹叶勤握住我的手，“明天我就去法兰克福，不会再让你困扰，你也答应我，好好照顾自己，跟着自己的心走。我们都是！”

他一股脑儿地说了一串，我只能苦笑。

也好，至少还算有个依靠，我想不用多久，他总会想通的，也总会重新爱上胡文。

“嗯，再见。”

我朝他摆手，他只是一路向北，没有回头。

我能感觉到，那是尹叶勤的挣扎，他还在逃避，他还需要时间。

待我上楼后，乐乐留了张字条给我：

今晚宇泳店里举办生日趴，你要是一个人，晚上也来吧。

自从手机屏幕坏了之后，我一直没去修，因为想看的东西已经看不到了。

但是就在宇宙低下头，把脸平行地面的那一刻，我试着去抓住这剩下的回忆，无论好坏。至少让我知道，他和我还有某种联系的可能。

可我知道，他不希望我再出现，那句让我消失，也是真心的，无论是为了他还是为了我，他都选择了最极端的方式。

那就是我们都背对彼此，然后只能往前，不能回头。双向背离，只能远去……

我拿起手机，去了店里修好，打给了乐乐。

“我正在来的路上。”

混乱的时候，千万不能让我一个人待着，谁知道又会做出什么让人难过的事。

转眼间，已经12月了，日子实在太快，实在无法适应季节交替的落差感，也无法适应心情的云霄飞车。

不过我也无法忘记所有的事情，有好的，有坏的。

他做这个决定，就算痛苦不堪，都是希望彼此刻意开始新的生活。

那么，我也好，宇宙也好，我们真的能够把彼此除名，做到真的开始吗？

谁知道呢……

我开着尹叶勒的车，很快就到了宇泳的店，乐乐已经在门口等我了，竟是火辣辣的包臀，性感得不像话。

“快点儿！”

她拉着我，带着小跑，里面难得地来了很多人，彩带气球什么的也都装点了起来，的确是浓浓的派对感。

原本小资的格局被临时布置的霓虹造出了酒吧的氛围，也是迷离微醺惹人躁动。

“星辰，你也来啦。”

宇泳本来在和朋友聊得甚欢，看到我小意外了一下，但还是很热情地招呼我在他边上坐下。

从他和朋友闹腾的程度来看，他还不知道宇宙的事，不然他肯定是在担心才对。

不过这样也好，我想宇宙肯定也不希望宇泳为了他的事情而伤神。何况他已经不是当时那个可以被要挟的少年了，已经成长到能够独当一面的时候，丰盈的翅膀除了能自由飞翔以外也能成为他所想保护的人的臂膀。

这样一个男人，很难不会爱上吧。

同样的，这样一个男人也很难让别人走进自己的心里吧。

一想到他，就会难受得不行。

也不知是谁替我满上了酒，我想也没想就一饮而尽，喉间也是辣辣的，但比起二锅头来说，已经好太多了。

“哇！痛快！”

有人起哄着，还不忘鼓掌，接着又替我满上。

而乐乐也是喝了不少，和边上的人正玩得热火。

倒是宇泳，见我一杯下肚伸手又要去端，他还是试探地叫住了我：“星辰，少喝点儿。”

“没事，今天开心嘛。”我随后说着，然后举过酒杯，“来，我敬大家一杯。”

喝酒看场合不看人，像这种聚会，才不用恭敬来恭敬去，看我这阵势，明眼人一眼就知道我是个不太喝酒的人。

而乐乐喝得更凶，我两杯下肚已经开始上头，坐到边上自己看他们玩骰子。

乐乐一副女中豪杰的样子，虽然一直在输，但厉害在喝了那么多杯了竟然还没倒下。

宇泳试图拦了好几次，哪里是乐乐的对手，摆手让他边上去。

这么一个大男人，就这么无奈地看着她，露出了恨恨又心疼的表情。

咦?

其实早就开始对他们的熟络有过一点点猜疑，但直到现在才真的看出来不对劲。

这暧昧的气息太浓烈了，一个愿打一个愿挨，但还没能够牵上手，或许这才是最好的状态吧。

有人担心你爱护你，却不用担心会失去。

我最好的朋友，和那个男人的哥哥，竟然已经擦出了这般火花，就连我看在眼里都觉着甚是美好。

宇泳的爆脾气在乐乐面前根本没作用，他是真喜欢乐乐吧，看她一杯杯地喝，却又不听劝阻，又爱又恨的纠结拧成了宇泳眉间的沟壑。

眼看这一杯，又是要喝。我都替乐乐捏了把汗，这喝下去，回头得醉成什么样……

连我也坐不住了，伸手想去挡她的酒杯，却没想到宇泳早我一步，扣住了乐乐纤细的手腕。

乐乐一脸的不情愿："干吗？"

"你喝太多了，行了。"

"我高兴啊！"

乐乐又开始任性了，可这一次，宇泳表示不再放纵了。

扣住乐乐手腕的大手非但没有放开，另一只手已经上前夺过她的酒杯，满满的啤酒，两三口"咕咚咕咚"，全进了宇泳的嘴里。喉结起伏时的样子，实在太man了。

"你……"

乐乐气极了，却没办法挣脱。

宇泳重重地放下酒杯，猛地站了起来，乐乐却像一团泥一样还是粘在座位上。

"你跟我过来。"

"我不！"

"趁我好好说的时候！"

"我说，不！"

看似火药味甚浓，而大家都是看戏的表情，那是好戏上演的前奏，甜甜地感染着现场。

"哐当"一声，宇泳大臂一扯，把单薄的乐乐从凳子上拉起，凳子向后倒去，发出声响。

霸道一直是宇泳的作风，他只是一直在让着乐乐而已。

乐乐被怔到了，但借着酒精还在闹着脾气："干什么你！"

宇泳这回的举动，让所有人都震惊了。

他单手拖住乐乐的后腰，接着，反手从她腰前穿过，借助他体格的优势，双手交错地扶住乐乐的两侧，极为轻巧地把乐乐扛在肩上……

“我的天……”

这是我真实的表情，惊讶得合不拢嘴。

正常情况下不是应该把她抱起来吗，可为什么是这么粗暴？

不过后来仔细想了一下，这种亢奋的乐乐若是抱起来一定不会老实待着，也只能这么对付她。

但到底是自己的好朋友，我免不了担心。

“快放我下来！”

乐乐趴在他背上，狠狠地拍打着。

“别乱动。”

宇泳这句别乱动，是有保护性的，才不是因为乐乐的拍打造成伤害了，而是乐乐扭动的身躯将包臀裙扯到了最尴尬的位置，再下去，可能要走光。

我同样也发现了这个问题，连忙找到乐乐的外套，还没有下一个动作，宇泳又抢在了我前面。

他从椅背上抽起自己的夹克，轻轻一抖一甩，竟然化成一道漂亮的弧线，巧妙地掩住了不雅处。

“唉……”

就算是好朋友，也撒手吧，能制伏她的只有宇泳，我又瞎担心什么呢。

宇泳阔步向前，不顾周围唏嘘，扛着乐乐转个弯就上了楼，想必是好好教训她去了。

我倒吸了一口冷气，总怕乐乐清醒后会骂我见死不救。

在场唯一认识的两人离开了，我也没什么待下去的理由，喝了点儿苏打水后也准备回去。

只是喝了酒，又开了车，难道把车丢在这里？

我拿着车钥匙对着这辆奥迪犯难时，边上打着灯光有车停泊着，下来一个人，不，是两个人。

宇宙和于含雅。

总是在这里又尴尬地巧遇，真不知是不是老天故意捉弄？就像什么都没发生过一样，他们站在那里，而我一个人站在这里，真的就像什么都没发生过。

于含雅拉住宇宙的手，往店里去，宇宙和我有那么几秒的对视，接着我们同一时间挪开了目光。

他扫了一眼我的车，发出了轻蔑的笑声。

而我也觉得自己太可笑，把他的牺牲非得归咎到自己身上，明明是为了自己吧。

一天里情绪可以这样反复，只因为在乎不是吗？但他却死活不想问清楚，真是犟到死。

宇宙随着于含雅从我身边擦过，或许只是衣服碰到了而已，而我却好像被抽走了灵魂，整个人绷紧了神经。

“你喝酒了？”

宇宙突然停住脚步，怒视我。

我看了看他，又看了看于含雅：

“是，我会消失。”

你让我走的不是吗？

又管我怎么个走法。

误会？

才没有什么误会……

第十四章 逆光，只是一个转身的距离

“你能不能爱惜你自己！”

我拉开车门的手僵在那儿，眼睛噙着眼泪，我知道他是指我喝了酒还打算驾车的事，但我总会往更坏的地方去联想。

“宇宙。”

我侧着身，不打算看他，只是尽量让声音听起来不那么抖：“我知道你一直都没相信我，可我还是要说，那篇报道是假的，那天我和他飞同一个航班理所应当住一间酒店，对，就是这么巧，我们飞一个航班，还被记者逮到。就是这么巧，第一天让我遇到你们，也是真的这么巧，我偶尔来宇泳的店，每次却都可以碰到你。真的是，太巧了……”

说到最后，还是发出了颤音：“不过以后不会了，我不会再来了，也不会出现。”

从此茫茫人海，就此别过。

我扭头上车，点火打方向，我听到宇宙在喊我的名字，也可以看到他甩开了于含雅的手，他想阻止我，也许仅仅是担心我的安全，但是那紧张的表情，怕是我这辈子见过他最深刻的表情，至少在当时，他是担心我的。

至少他对我，不会轻易忘记吧。

哪怕我们留下的是糟糕的回忆也好。

我打足了方向，从他们身边开过，后视镜里变小的身影是两个，一个是宇宙，一个是于含雅。

人物都没变，我来了，我走了。而他们没有变，就跟我出现时那样，他们还是在一起。

我这半年来，算是什么玩意儿？我演了个什么角色，主人公的命运根本不受我影响，连配角都不算。

尹叶勒真是交给我了一个可以宣泄的好东西，虽然我自己内心也在惶恐，这是酒驾，这是犯法。

可是我没办法，不想再靠近宇宙的黑洞了，会让我丧失抵抗力地被吸进去，趁能抽离的时候，但不求全身而退，只愿留有余地。

12月的第一天，我发现自己爱上了一个不能爱的人。接下来，我要用多少时光才能抹掉他。

还未到楼下，电话响了起来，我接起来发现是宇泳，他的语气听起来不是太高兴：

“星辰你到家了吗？”

“嗯，刚到。”

“我说你和乐乐，能让我消停会儿不？一个才折腾完，一个喝了酒还敢开车？谁给你们的胆。”

我理亏，不想解释，而话筒那边我可以听到宇宙低低的声音：“行了，知道到家就挂了吧。”

“星辰我跟你说……”宇泳还没说几个字，就被我打断。

“好了，那我挂了。”

真是受不了自己，和宇泳置什么气，他是关心才打来的，何必因为宇宙的这句话掐了电话呢。

可宇泳是怎么知道我开车回来的？

宇宙让他打的？

呵呵，不会的。

乐乐养了只叫侏罗纪的乌龟，她说乌龟有把好运留住的本事。我看未必，我时常替忘记喂食的乐乐照顾它，也经常给它换沙子和清水，也没见我所想的事朝着预期的方向改变。

不过没关系了，所有的所有都已经翻页了，尹叶勒也好，宇宙也好，所有憋在心里的话全部说完了，至少是问心无愧的，再不会被事实所折磨，也不会遭受良心的谴责，即便是那未曾开口的表白，却是心底最庆幸的克制。

还好面对宇宙的多次接近，我都没把感情传递过去；还好他不知道，我偷偷爱上他……还好他不知道，所以才让我走。

他若是知道，还让我离开，那样才是最难过的吧。

是不是啊，侏罗纪？

我趴在鱼缸前，自言自语地说着，而侏罗纪非常不配合地依旧缩在龟壳里。

我也和你一样，终日东躲西藏，而从此以后我变成普通人了，真的回到我想要的生活了。

是我要的生活，唯独心被掏空了。

很难受……

答应自己，过了12点做回那个无忧无虑的女孩可好。

我叫简星辰，开篇时提到过。

平淡的生活，才是归宿。

冷锋过境，窗外望去的小区早就失去了生机，萧索枯黄的树叶也不留一片。

它们提醒着我，冬天来了，要保暖了。

心里冷了，只能冬眠了。

查了一下整个月的大计划，要到15号我才飞，于是简单收拾了行李，准备明天回家。

至少还有个可以卸下所有包袱的地方。

对于我和倾城来说，都是失恋的一年，也是最让父母操心的冬天。

订了中午的票，我早早就起床，并回到了自己住处，好好打扫了一番，看着也顺眼了很多。

不知道是不是要回家的原因，连天气都格外晴朗，晒得暖暖的。

我把自己丢在沙发上休息，手机却响了起来。还奇怪这么早是谁，原来是上午就要离开的尹叶勒。

简单问候后他叮嘱我要照顾自己，还是那种语气，无论我怎么对他他也不会改变暖男的品质，后来网络上流传开一句话，这不叫暖男，对每一个女孩子都格外温柔的家伙，是中央空调。

怎么说呢，是有一点儿，但也不是说尹叶勒就是这样。

他的体贴，只是良好家教的体现，在深度方面还是可以察觉到别样的用心，比如在我身上，再比如，以前对胡文的时候，到底是不同的。

举手之劳的帮忙，对比理所应当的照顾，完全是一个天一个地，被这样的尹叶勒爱过，胡文也是很幸福的。

完完整整的爱，是每个人本能的妄想，占有欲的体现，我就不信有人可以大方到去分享。

挂了电话之后我给乐乐留了言，猜着妮子喝了那么多，不睡到日上三竿是不会醒的。

反复确认电器和门窗之后，我才准备锁门。

看着陌生的门锁，也是笑了起来。那晚奇石镇回来后，被他们破门而入，不得不换了新锁。

不过也是怪了，她们都知道我去了奇石镇才对，怎么知道我回城里了？

总有好多说不出的奇怪来，却道不明其中原因。

算了。这有什么好烦心的。

啊，我的生活，回来了，真的回来了……

我没有选择坐飞机，反而选了高铁，虽然要用近5小时的时间，但把生活的重心转移，放慢步调也是很重要的。

永远都只选靠窗的位子，心理学得出的结论是缺乏安全感的一种症状，也是内心脆弱的表现，我觉得这是女孩子的通病。

等车的间隙我还买了本毕淑敏的《远行，与最美的世界相遇》。这种时候看看这些治愈的东西，真的有效。

边上坐了个女孩，看着比我小一些，我看累了书会偏头看看外面的景色，但我发现，女孩一直在偷看我。

这个年纪，也是关心娱乐吧，多半是因为绯闻事件，但女孩子始终羞涩，她在我到达前就下车了。

在这之后，我的边上一直是空的。

很安静很安静，也不知道什么时候开始，很享受安静的时候，不愿意被打扰。

到达站台已经到了饭点，肚子开始咕咕叫，倾城说来接我，于是在约好的出口，我一眼就望见了她，她戴着书生气的木质眼镜——是她那负心汉送的。

“姐！”

我承认，在宇宙的影响下，我规矩了很多，不再直呼倾城的名字，老老实实地叫姐，其实根本没有想象中的难开口。

真正难开口的，是你害怕被拒绝的话。

“嘿。”她冲我招手，也看到了我。

回到家中，一桌子的美味佳肴，我想念得不得了。

上次骨折没敢回来，这一拖竟是半年。想来真是太对不住父母了，总是工作工作让他们挂念，还让他们操心。

自己也不小了，却还是只会惹麻烦，在受了委屈时才会想回家。

我承认，这一晚是我睡得最安稳的一次。尽管房间很小，还有倾城在和我共享氧气。

但是这感觉在这时候真的很棒。

快深夜的时候，尹叶勒留言给我说到了，而那会儿我早睡了，隔天早上起来我才回。

心情愉悦地又起了早，爸妈也已经起床，一个看报一个做早餐，我像读书时一样，出去散了个步，遇到不少街坊。

“哟，这不是星辰吗。”

“星辰回来啦？”

“又变漂亮啦！”

热情的长辈每次见到都是这些话，一方土养一方人，这里的人都很善良。

至少她们也或多或少知道我的事，但还是像对待孩子一样，只说我爱听的话。

这便是大爱吧，被迁就的感受，被照顾的感受，于是你觉得那些经历真的没什么。

我匆匆道了别回到家中，老三样的豆浆油条加小米粥，其实以前是白粥，可自从我有了胃病之后，就改成了小米粥。

总之热腾腾的雾气一下子充盈了眼眶，鼻子猛的一酸，我低着头，飞快地扒着粥，心想这才是家的温馨。

什么都不用说，他们就都知道。

生你养你更懂你，他们不会来问，只会将温暖回流给你，告诉你接下来的生活还是会很好。

暂时地让我忘记了那个城市发生的一切，而电视里还是铺天盖地地放着宇宙的消息，多半是批评的。很快的，又流出了他和于含雅在和我分手之前就私会的照片，总之突然间，大家好像都不喜欢宇宙了。

可我却一点儿都不觉得心理平衡，更不觉得舒坦。

这些都不是事实，而事实除了我们自己，谁都不会知道。

新闻报道说是他赔了近1000万的违约金，天知道他的身价竟有这么高，这些还只是经纪公司的合同，原本那些已经拍板的电影电视，或是拍摄一半的作品都纷纷向宇宙提出索赔。

我在家的这段时间，就是不停地看着宇宙一次次登上头条，赔偿的、没有艺人精神的、劈腿的、虚伪的……

没有一则是正面的。

他早就知道会这样，却还是这么做了。

很难想象在这种讨伐声中要用什么样的精力才可以继续完成12月份的工作，换作我肯定是做不到，而他却可以。

仍有相关工作的跟进报道，但多是被粉丝围堵现场的结果，他就准备一直这样下去吗?

我已经和他没关系了，那么他的事我能不能不要再去关心了。

每天强迫自己不去看新闻，却还是准点坐在电视机前，他明明还躺在通讯录里，我却只能从屏幕外的世界里看到他。

这就是消失的第一层意义，从你的世界里消失。

默默退回到普通人的视角后，已经开始试着放下。

一度以为自己放得下。

坚持每晚和叶勒视频，不聊感情，只是瞎聊，琐碎的事情，我们都在填补彼此不愿过问的缺口，只能靠零零碎碎的日常来挡住汹涌的思念。

半月之后，我回到了这里，准备迎来第二次的和平，已经没有人对我和宇宙的事感兴趣了。

以后也不会有人记得我和宇宙曾有过故事，就连宇宙都淡出人们的视线，何况是我这个本来就路人甲的龙套呢。

休整后的航班都用心在飞，乘务长的打分都非常高，我也因此恢复了头等乘务员的资格，顺利的话再飞一年可以参加乘务长的竞聘。

其实生活没变，只是我让事情变得复杂了，捋顺之后都是简单明了的，没有谁给你设置障碍，只是自己越不过屏障。

宇宙也是我的心结吧，自从解开后，开朗的我又回来了。

还是成天和乐乐腻歪在一起，只是会回避宇泳，也不会去宇泳的餐厅。

说得再彻底一点，我是履行我的承诺，和宇宙再无瓜葛的承诺。

宇泳关心我的情况，也告诉我宇宙的情况，而我一概无视，久了之后他也就不再做无用功了。

可乐乐告诉我："宇泳说，他总觉得你会和宇宙在一起，而不是于含雅。"

说这句话的时候，她还刻意学着宇泳的表情特别夸张地叹气，顺便还偷望我一眼。

"又找打是吧？"

我脱下袜子朝她丢去。

"你恶心死了！活该单身！"

乐乐嫌弃地跑到几米开外，还不忘狠狠数落我几句。

真是最毒妇人心！

我以为日子就会这样过下去的，真的。

航班多了，飞得多了，自己的时间少了，乱想的时间也少了，我就以为至少这个圣诞会是和平安详的。

而我总是和预期的状况背离方向，或者说，运气太背。

当我23号一早到了准备室开会时，乘务长偷偷把我叫到边上。

我心想怎么了，看她一脸为难的样子。

只见她拿着iPad给我看头等舱的名单，赫然写着：宇宙。

没这么巧吧！虽然没有头像，但出生年月的确是一样的，我心存侥幸的念头却在看到边上Kevin的名字后彻底愣住了。

怎么会这样，怎么会这样。

要不然，我请假？

可是这是工作，凭什么我要躲？

那不然这样，有没有人可以和我换班。

可我干吗要换，做贼心虚？

见我翻转着眼珠子不停打着小脑筋，乘务长不停地喊着我名字。

我“啊”了一声，笑道：“没事没事。”

真的没事吗？

怎么可能！

从上飞机那一刹那开始，我的心就吊在了嗓子眼上，无比紧张忐忑。

“丁咚”，机长打了铃通知登机，我和乘务长是负责在门口迎客的，而且头等舱是优先登机的。

一个人来了，不是他……松了一口气……

又来了一个人……不是他……

松了口气。

简直太折磨人了！

能不能痛快地给我一刀，要来就快来，一个个地闹哪样啊！

内心还在咆哮，他就真的出现了，Kevin在前，他在后，Kevin看见了我，在门口怔住了，我也非常尴尬地问好。宇宙原本是戴着墨镜低头走路，只是Kevin的突然立住，才让他有了抬头的动作。

真是几日不见，重逢的场面甚是感人啊！

啊呸！

你以为我又要嘤嘤呜呜哭哭啼啼是不是，我给予他吃惊的表情一记漂亮的回击：

“您好，欢迎登机。”

客人和工作人员。

我们的关系，今天就只是这样。

虽然表现得格外淡定，但其实自己的心脏都快跳停了，和宇宙交往的这段时间里，也倒好好锻炼了自己的演技。

头等舱上完客之后，是普通舱的旅客上客。

这个季节往长白山去，多半是为了滑雪。所以行李还是比较多的，倒不是我不在意宇宙了，只是行李多到后面人手不够，经常让我去到后面几排稍作支援。

而宇宙也是刻意地不看我，陌生到底是吧。

挺好。

旅客上完了，还有几个箱子未安置，行李架几乎是找不到空了，真是不懂了，为什么就不喜欢托运呢，为什么不托运呢!

才刚关门，客舱里就闹腾起来了，说是行李被挤到了，也是叽叽喳喳很难摆平。

关键是方才有一名头等舱旅客稍微迟到了一会儿，是和普通旅客一起上来的，因此他入座后把箱子往边上一搁，等着我们去放，而我正在后面帮忙还没来得及。

叮叮叮叮叮，一连串的呼唤铃在客舱里响起，显然是一个人反复按压的。

是2排这位靠过道的先生，姓刘。

“您好，刘先生，请问您有什么需要？”

头等舱进行的是单膝的跪式服务，好让旅客可以享受到尊贵的体验。

“我的箱子，你看不见吗？”

这种语气让我着实丢人，却又没办法顶嘴，何况宇宙也在飞机上，还离得这么近。

“好的，先生。”

我抱歉地颔首，站起身来想去帮他放箱子，而这箱子非但大，而且塞得很满，很重，一个人是绝对搬不动的。

“刘先生，真的很抱歉，您的箱子有些重，可以麻烦您帮我搭把手拖一下吗？”

我再次蹲了下来，征求着他的意见。纵使不讲理的人，在这种问题面前还是会答应的。

“你是服务员还是我是服务员？”

他轻蔑地看了我一眼，“给我放上去。”

“刘先生，我会帮您把箱子放上去，但是需要您帮我一把。”

我把声音压低了，这种请求真的很为难吗？

“姑娘，你是不是没听到我刚才说的，谁是服务员谁放。”

说完还用手指搓了搓我的脑袋，就像是在教训自家下人一样。

我红着脸，憋着气，余光看到同排的宇宙只是握紧了拳头，像是要做什么，但Kevin伸手按住了他。

也叫我松了一口气，千万别再管我的事了。

就算铆足了劲儿也得试一试，我咬牙切齿地举起箱子，几乎是用尽了全身力气才举过眼睛，但毕竟是力小，眼快就要碰到行李架了，受过伤的左手在关键时候使不上力气了。

“糟糕！”左手骨折过，腕部容易瞬时丧失能力。

这箱子砸下去，要出人命的！

我死拖着却还是无法阻止往下坠的趋势，说时迟那时快，突然出现一双手扶住了箱子，很是粗暴地将箱子塞进行李架。

这个人站在我的身后，他很高，影子都可以盖住我，他的味道我闻过，但却快要忘记了。

“谢谢。”

我低着头，不敢转身。右手不自觉地去捏自己的左手腕，真是丢人！

可是没等我有时间埋汰自己，宇宙做的事情又让所有人震惊了。

“你他妈是男人吗？”

几乎是这句话的同时，我就看到这位刘先生被宇宙揪着领口拖起来就是一拳。

“宇宙！”Kevin大声呼喊，为时已晚，而头等舱其他旅客也惊叫起来。

愤怒的宇宙又将他按回座位上，扬起了拳头，准备补上一拳。

“不要！”

我本能地扑过去，虽然踮着脚才能勉强抱住他，但至少不能再这么恶化下去了。

“宇宙，不要！”

我紧紧抱着他，好怕他会失控，这狰狞的表情都会让我害怕，好像打算吃人一般的生气。

他真的气疯了，身体微微颤抖着，这是骨子里透出的战栗，我不能放手，不能不管。

乘务长及时出现，加入到劝阻中，包括Kevin也是，把刘先生从他手中救了出来。

我慢慢松开手，他也慢慢恢复理智。

我们没有再多说一句，开了舱门，他和这位滋事者都被警察带了下去。

那个高大的男人，就这样被带了下去，一言不发地走了。

那背影，让我太难受。

宇宙你这是干吗呢！

为什么要管我呢！

蛮好一个航班，蛮好的一个月，就因为这名旅客，全部被打破了。

他对我还是做不到不管，我也一样。

落地后我的心情很差，很想去问问宇宙的情况，可是我不能，这是我们约定的结果。

我不能打破自己的承诺，也不能忘记他让我消失的话语，心里又是阵阵绞痛，于是，我开始喝酒。

这难眠的夜，这难熬的夜，这难以释怀的夜，只能靠着酒精才能麻痹。

今天的场景历历在目，宇宙暴怒的神情，不惜大打出手的行为，又开始骚动我的心了。

他为什么要管我，又为什么在老死不相往来后来干涉我！

我好想知道这些，可是，真的没办法……

消失的第二层意义，关于他的一切无法获知。

宿醉的感觉依旧很糟，乐乐看了新闻又找到了我，而此时我的脑袋正快疼裂了。

今天是平安夜，乐乐有约会，早早去了宇泳店里，我是真的不愿去，却没想到他们竟然在晚上的时候找到了我家里。

死活要拖我出去潇洒，潇洒什么，不就是找个车夫嘛！

他们嗜酒的程度我还不知道吗？

虽然心里有一千个一万个不愿意，但还是同他们一起去了某个酒吧。

所谓的狂欢夜，真是胡闹。

我向来是不爱这种灯红酒绿的地方，而今天却特别沉迷。太怕晚上了，怕闭眼就是某人的脸。

不知道是什么心理，我拍了张酒吧的照片发在朋友圈，不小心还显示了当前位置，配字很关键：“初心你妹啊！”

发这条朋友圈的时候，我已经至少两瓶啤酒下肚了。

不能再过瘾了！

原来我内心还隐藏着这么恶魔的一面，随着音乐的律动，竟然甩起了头发。

乐乐和宇泳已经在舞池里找不到人影了，我想起钱包在车上，就回去取，却反而把手机掉在了车上。

回到酒吧后，又是一顿喝，吐了喝，喝了吐，反正没人认识我，没人搭讪我，没人关心我。

我喝我的，却是越喝越清醒了。

清醒到连心里的痛苦都被放大了。

又哭又闹的，酒保终于看不下去了，不让我喝了。

“唔，我好想他。”我对着酒保说，然后掏出来不知道多少钱，“结账！”

说完，把纸币往桌上一拍，一骨碌从凳子上下来，没站稳差点儿摔了，还好人够多，挤来挤去的也倒成了我的人墙，我蹒跚着到了门口，晃了晃脑袋，对自己说：

“不能睡，还不能睡，到家再睡。”

真是自欺欺人，好像这样就能让自己清醒似的。

我翻遍了全身口袋也没找到手机，去哪儿了？

残存的理智告诉我，得找到手机，和乐乐他们说一声我先回去了。

可是，手机呢？

我摇头晃脑地翻找着，倒也踱步到了车边，先是一阵反胃，我扶着车前盖，吐了起来。

“尹叶勒，对不住了，你的车！”

自言自语着，还傻呵呵拍了拍车子，噢！手机会不会在车上？

可是这时候眼皮已经开始打架了，我摸索了半天才找到钥匙，开车门时没把握好力度，又穿着高跟鞋，“扑通”就摔在地上了。

“真……真疼……”

我爬了起来，弓着身子就这样上了车，点燃了引擎打开了车内灯，跪在座位上俯下身一顿瞎摸。

手机呢？手机呢？……

车门是开着的，屁股和腿露在外面，一个喝醉了的女人，就这样在马路边上，发着神经。

反正我只知道，我真的在找手机。

“简星辰！”

我怎么听到有人在喊我？

倏地起身却把脑袋砸向车顶：“啊！好疼！”

大半夜的谁会叫我啊！真是的，幻听吧！于是我俯下身子继续搜寻着手机。

“简星辰！你疯够了没！”

真的有人在叫我。是真的……

我没能起身，因为有人把我从车内拖了出来，把我吓坏了，可当我看到这个人之后，是真的吓傻了。

是我喝多了吗？真的是我喝多了吗？

一定是这样的……

只有喝多了才能看到宇宙不是吗？

只有这种时候才能见到你不是吗？

“宇宙……唔……宇宙……”

我靠着车，忍不住捂脸哭了起来。

“我……我好想你……”

这时候才不会去在乎什么形象，内心早就崩溃了，什么旁人侧目的异样眼神，什么以为我一个人发神经。

至少在我喝醉的时候，我能说出真心话，至少让我说出来。

“你他妈疯了吗！”

幻想出来的宇宙对我吼了起来，这和我的设定不符啊，我分开手指，从指缝去打量。

好几个宇宙在我眼前，果然还是虚构的呢……

“嗯，疯了……”

既然是假的，那有什么好害怕的。

“又想酒驾是吗？你真的疯够了简星辰！别疯了！”

口口声声说我疯，你知道什么叫疯吗？你知道吗？

“对！”

我声嘶力竭地吼道：“我是疯了，疯到会喜欢你！我是疯了，疯到停不下来地喜欢你！”

我喜欢你，错了吗！

“我喜欢你，就非得疯吗……”

说完，又是“哇”的一声哭了出来。

四肢发软，几乎就要瘫在地上，那是真的力不从心，被触到软肋后的无力感。

“嗯，我也疯了。”

什么？

世界好安静，我没有跟一摊泥一样倒在地上，也没有幻觉。

我被他轻轻拥入怀中，再是分开些许距离，我想我是喝多了，真的喝多了。

多到连他吻我，都能哭出幸福来。

告诉我，这光怪陆离的影响，告诉我这看不清的脸庞，是不是逆光的原因。

“简星辰，我爱上你了。”

那晚天空飘起了雪，浪漫得不像话。

我哭得像个傻子，却获得了最好的礼物。这是我一生中最美最美的平安夜。

原来，有些幸福只需要说出来，就能得到回应。

我们只不过是自尊心太强，太固执而已。

他轻轻抱起我，毫不费力，那是温暖的胸膛，第一次如此真实，他的每一次呼吸起伏都能感受到。

他将我放在副驾的位置上，绑好安全带，我眯着眼睛，只是看着窗外，根本懒得动。

路上张灯结彩霓虹璀璨，雪绒花在窗户上颗颗绽放，天空中炸开了朵朵昙花的绚丽烟火，点亮了这童话般的夜晚，我带着笑容甜甜睡去。

朦胧中听见宇宙爽朗的笑声，我知道他在打电话，断断续续的片段："嗯，哥我知道了。""呵呵，在我这里。""你们不用担心……"

只是此刻，太美妙。

我以为就这样会一觉到天亮，可是这个梦太短暂，突然被惊醒后，我心里莫名失落。感觉世界崩塌了，而忧郁的眼神环顾一圈后，竟发现已经身处异地。

什么情况?

此时的酒已经醒了一半，这不是我知道的地方，我只是被随意摆在沙发上，等等，这客厅我来过。

是……宇宙的……

不对不对，我今天是在喝酒吧？是啊……

刚刚那个梦是梦到了宇宙……

不是梦!

这不是梦!

真的是宇宙!

我再次揉了揉眼睛拍了拍自己的脑袋，好痛。

不会错了，真的是宇宙，虽然刚才的事情我已经恍惚快忘记了，可现在的情况，都的确是真的。

宇宙带我回来的?

"你醒了？"

宇宙的声音鬼魅地在身后响起，只见他端着热茶伴有生姜的味道，这时候闻着倒很舒服。

"我还担心怎么叫醒你呢。"

对于断片后的记忆，我拼命回忆着，但记起来的画面都是脸红心跳让我不知真伪。

宇宙坐到我身边，很是自然地揽住了我，太过亲昵！

他一脸的心疼，对着杯口吹散着热气，好一会儿才递给我，我像个傀儡一样不知所措，被他牵引着，递过来我就喝，伸手就还杯子。

脑袋是清醒了，脑袋里的东西，还是一团乱。但至少有一点可以肯定，我那句喜欢一定是说出口了！

至于他的回应，是吻我了吗？

该死的，脑海里到底哪些是真哪些是假？

宇宙见我一个人在那儿抓狂，戏谑地说道：“醒了就装傻了？”

“什么？”

“你说你喜欢我。”

“是……是吗……”我结巴起来，也不敢看他那笑起来可以勾魂的双眼。

“嗯，你说你喜欢我。”

他云淡风轻地说着我恬不知耻的告白，让我才褪去的红晕又浮了上来。

“然后我说，我也是。”

这样一个男人，俯下身来，在我耳边低喃着：“我爱上你了。”

恍如天籁，酥麻酥麻……

我知道我完蛋了，彻底完蛋了。我被宇宙完全控制了，鬼迷了心窍了，不可救药了……

不，我不要你们救，这样沉沦就好。

他再一次抱起我，这一次，我更敏锐地察觉到特殊的讯息。

这是那次在车内散发出的相同讯息，炙热的，骚动的，令人不安的，却又让人神往的。

荷尔蒙在酒精的刺激下愈发诱人，他将我丢在床上，我发出娇嗔，而在他听起来，是种挑逗。

他没有开灯，径直走向窗边，大力拉上窗帘，像是营造出了一个神秘的世界。

他的轮廓隐约可见，衬衣落地，肌肉线条在我指尖游走，我生涩的吻抵不过他的掠夺，只能化作齿间低低的沉吟，他的触摸，他的双唇，像一场大雨一般落遍了我的每一寸肌肤。

这是我有生之年，收到的最大的圣诞惊喜。

一夜交织，我睡得太沉太沉……

宇宙起身准备早餐，而我也没发现，继续酣睡。享受这久违的安心，可是一段持续的门铃，最终还是扰了我的清梦。

我看了看床头的钟，这才几点？8点都不到啊……

会是谁来造访呢？

显然，刚刚睡醒的我又忘了昨夜之事，花了些时间来接受这个现实，竟害羞地把自己藏了起来。

直到传来楼下尖厉的女声才把我从无比幸福的云端中扯了回来。

"为什么要分手！"

"你告诉我啊！为什么啊！"

"是不是因为简星辰，是不是！"

"这双鞋子是谁的？"

"这件外套也是！"

"她在这儿是不是！"

每次的情绪都在上升，每次的音量都在靠近，楼梯仓促的脚步声让我有种偷情的错觉。

"于含雅你够了！"

宇宙试图阻止她什么，可显然太晚了，房门被"砰"地打开。

我赤身裸体，只是靠着被子掩盖自己。

于含雅的眼神像要喷出火来！

“啊！”

她让我害怕，却无处可躲。

这落差太大了，从天堂摔到了地狱，我无助地望向宇宙，而宇宙的忍耐也到了极限。

“你跟我出来！”

“我不！”于含雅甩开了宇宙。

这打破了宇宙最后的底线。

“从9月份开始，我就提出分手了，于含雅请你搞清楚这件事！”

“我不听我不听！你就为了这个女人对吗！”

“于含雅你够了！你知道你现在是什么样吗？那个说想过普通生活的女孩子不见了！满眼的现实！你知道吗？”

“为什么要分手你不明白吗？”

“我决定做科研你支持过吗？”

“那个说以后一起做研究的单纯少女呢，为什么总是要挟我不准放弃星途！”

“于含雅！你醒醒吧！我们已经在两条路上了。”

“是你说的这个女人，教会我真实，教会我找到心底最深的真实，教会我爱。就是你说的这个女人，他让我知道了什么是爱，就是这个女人，你看到的，就是她，简星辰，现在是我的女人。”

顿时天旋地转，再多的情话抵不上这霸道简单的陈述句，特别是这样一个男人，这么直白地说出他爱我，那就是最能感动人的话语。

于含雅哭着跑了出去，可我和宇宙都明白，她会好起来，因为她的世界真的和我们不一样。

她还是会在娱乐圈里继续闯荡下去，而我选的，宇宙所选的，都是来到对方的世界里，即使陌生又恐惧，排挤又艰难，只要有你在，就好。

宇宙“唉”了一声，听着楼下的门被重重关上，反而松了口气。

我们相视一笑，往昔就在眼前。